Susanne Lohrey

DER WEG DER 7 SIEGEL

2017–2024

IMPRESSUM

DER WEG DER 7 SIEGEL
2017–2024

Zweite Auflage 2024

Finale Buchbearbeitung in Satz und Text: Buchschöpferei
Petra U. Appel, www.appel-verlag.de
Elisabeth V. Strassert, www.textmechanikerin.de

Buchvorbereitung
Thomas Kurt Pelletier, www.sprache-als-leib-des-geistes.de

Bilder
Freepik (Seiten 20, 89, 112, 122, 146, 164, 169, 180, 192, 222, 238, 259, 274, 275, 279, 294, 311, 314, 317, 322, 350, 351, 352)
Wolfgang Eckert (Pixabay, Seite 342)
Chil Vera (Pixabay, Seite 354)
alle weiteren: Jedana (Claudia Papachristos), www.jedana.de

ISBN 978-3-00-080083-2

Susanne Lohrey

DER WEG DER 7 SIEGEL

Eine poetisch-mystische Reise durch geronnene Zeit

EHRLICH

Juli 2017

Meine Texte, meine Gedichte und Videos sind oft Beobachtungen des täglichen Geschehens, Erzählungen von Dingen, die mir widerfahren sind. Mitunter sind sie sehr kritisch, hinterfragen Phänomene der aktuellen Zeit. Manchmal berichte ich auch von meinen Erlebnissen, meinen Freuden, Enttäuschungen, meiner Trauer, meinen Berührungen mit Menschen, meiner Bestürzung über die gesellschaftlichen Fehlentwicklungen und ja, auch von meiner Wut.

„Warum machst du das?“ haben mich Freunde oder Kollegen aus der Therapeuten-Szene gefragt. „Susanne, du machst dich dadurch angreifbar, offerierst dich in deinen Schwächen, deinem Hadern und Zweifeln, dem Kampf um Entscheidungen.“ Es wäre nicht klug, so offen zu sein, meinen sie. „Als Experte, Berater musst du die Souveränität aufrechterhalten, sonst verlieren die Menschen das Vertrauen in dich!“

Ich hörte ihnen zu, dachte ein Weile darüber nach; könnte es doch sein, dass ich in meiner Eigeneinschätzung einen „blinden Fleck“ habe und ihre Sichtweise berechtigt ist. Aber dann habe ich meine Bedenken verworfen. Ehrlichkeit bedeutet, sich in seiner Ganzheit zu zeigen, auch in seinen Wunden und Schwächen. Authentizität heißt auch, den Mut zu haben, sich in seiner Gesamtheit zu zeigen, nicht nur den glattgebügelten Blüschen-Kragen und das lachende, nett geschminkte Gesicht für Seminare und öffentliche Auftritte.

Es ist der Maskerade zuviel, die aktuell durch die Szene quillt. All der Glanz, die Makellosigkeit, der überbordende Pseudo-Optimismus, die Täuschung und die Inszenierung mit buntgefärbten Medien-Kulissen brütet Misstrauen aus in den Köpfen der Menschen. Sie verlieren ihr Vertrauen, ihren Glauben, dass das Gute, Echte existiert. Wenn das Vertrauen komplett erlischt, gibt es keine Hoffnung mehr.

Gerade in den aktuellen Zeiten braucht es die mutigen Pioniere mehr denn je. Sie sind es, die unerschrocken zeigen, dass wir geliebt werden dürfen, in allem, was wir sind, dem Lächeln, der Freude, den Ängsten und den Tränen über das große Leid.

INHALT

GEBRAUCHSANWEISUNG

Die meisten lesen kein Vorwort. Einfach, weil es viele nicht interessiert, warum ein Buch entstanden ist, unter welchen Umständen es vorbereitet wurde.

Deshalb hier einfach eine „GEBRAUCHSANWEISUNG“.

Dies ist kein normales Buch, weder ein eindeutiger Prosa-Text-Band, noch eine rein lyrische Sammlung. Es ist eine Sammlung von Gedanken, „geronnene Zeit“ von mehreren Jahren sich zuspitzender Ereignisse, die die Menschen durch Höhen und Tiefen gedrängt haben. Es ist der aufgezeichnete Prozess einer VERENGUNG, eine VERDICHTUNG, die Begleitung eines alchemistischen Prozesses, der immer weiter hinführt in eine frappante Veränderung von Mensch und Gesellschaft in unserem Land.

Mögen die ersten Texte aufwühlend, wütend, erzürnt erscheinen. Sie sind wichtig, weil sie das Beobachten vorbereiten, das Erkennen hochdestruktiver Prozesse. Immer ist es wichtig, es zunächst mit der Angst und dem Schrecken aufzunehmen, dem „Bösen“ ins Auge zu schauen, um nach und nach Strategien des Überlebens zu entwickeln. Nur so entwickelt sich letztlich die Phase des Mutes und der Zuversicht, die neues Schöpfertum und Neu-Anfang ermöglicht.

Intention dieses Buches ist es deshalb: Mögest Du die Reise durch die Zeit mitbegleiten, Seite für Seite, Seite an Seite. Mögest Du Dich wie auf einem kleinen Boot durch die Fluss-Windungen der Jahre mit hindurchkämpfen, um mit jeder Strömungs-Enge ein Stück stärker und mutiger daraus hervorzugehen.

Dies ist also eine Art MUTMACH-Buch, ein BEOBACHTUNGS-Buch, ein BERÜHRUNGS-Buch, das Dich an zurückliegende Zeit erinnert und Dir die Welt der Zuversicht für das Kommende eröffnen will.

Vielleicht gelingt es mir, dass unser Puls-Schlag eine kleine Weile gemeinsam auf Reisen geht und Du am Ende den Band lächelnd schließt mit der Gewissheit, dass nichts unsere SEELE, unseren GEIST, unsere BESTIMMUNG zu zerstören vermag.

Immer wird es uns geben, immer werden wir schwingen in dieser EWIGEN MELODIE, ob im Hier oder im Drüben.

Es ist mir eine Ehre, dass Du Dich einlässt auf unsere gemeinsame Reise. In LIEBE und DANKBARKEIT dafür, dass es Dich gibt.

Deine Susanne Lohrey im Jahre 2024

PS: Dank an meine lieben Helfer, ohne die dieses Buch nicht möglich geworden wäre.

An Dr. Gabriele Kautzsch, die das Werk als Erste nach Fehlern durchforstet hat, an Thomas Pelletier, der den Layout-Entwurf erstellt hat, an Jedana, die einen Großteil der Bilder zur Verfügung gestellt hat.

Und zuletzt an die „Buchschöpferei“ Petra U. Appel und Elisabeth V. Strassert, die Schriftsatz und Texte wunderbar und professionell überarbeitet und die Veröffentlichung möglich gemacht haben.

Sie waren mir wertvolle Begleiter. Ihnen allen meinen herzlichen Dank.

SELBSTHEILUNG

Winter 2018

Das gesellschaftliche Klima wird täglich rauer. In der neuen Ellbogen-Gesellschaft sind Begriffe wie Achtung, Respekt, Mitgefühl zu Erfolgs-Verhinderern und Karriere-Bremsen geworden. Dies sind bedenkliche Entwicklungen. Psychologen sprechen inzwischen von einer destruktiven, narzisstischen Gesellschaft.

Jedes lebende System verfügt über Resilienz-Strategien. Wenn der Körper, die Psyche eine Krise erkennen, den Auslöser einer Fehlentwicklung ausmachen, steuern sie dagegen. Es erwachen Energien, um diesen Zustand abzufedern, den „Feind" zu eliminieren und die Widerstandskräfte zu erhöhen. Heilung, ja sogar posttraumatisches Wachstum ist möglich. Solange diese Kräfte in uns wirken, gibt es Hoffnung und Vertrauen in eine Zukunft.

Und so glaube ich an die Resilienz-Energie einer Menschheit und an jene Persönlichkeiten, deren alldurchdringendes Licht genau dann erwacht, wenn Zeiten dunkel werden.

Empathische, hochsensitive Menschen mit Ethik und Werten sind die, die sich in den nächsten Jahren sammeln und ihre Kräfte bündeln müssen. Sie verdichten sich zu einer Bewegung, die unaufhaltsam wachsen, sich sogar zum „Trend" ausformen wird, dem andere folgen.

Auch die dunklen Komplementär-Kräfte werden sich dem anschließen müssen, ähnliche Werte suggerieren, wenn sie die Menschen nicht verlieren wollen. Dann wird auch hier Goethe Recht haben mit seinem bekannten Satz, den er Mephisto in den Mund legte: „Ich bin ein Teil von jener Kraft, die stets das Böse will und stets das Gute schafft."

Es kehrt sich das Pendel. Nicht mehr zerstörende Kräfte werden die Führung haben, sondern das Schöpferische; jenes, das dem Leben zugewandt ist.

So wird eine neue Ethik, ein neues Wertebewusstsein wachsen, das nicht mehr negierbar ist. Diese Kraft wird die neue Epoche einläuten.

Am Rande des gesellschaftlichen Wahnsinns, und inmitten einer großen Verletzung an der Schöpfung dieser Erde, möge sich so alles verbinden, was erfahren und weise genug ist, diese große Wunde zu schließen. Dem unerschütterlichen Glauben an das Gute und das Leben kann sich nichts entgegenstellen und auf der Erde wird das Gedeihen neu beginnen mit noch größerem Willen.

SUCHE

Während wir suchend den Blick
schweifen lassen
nach den Schriftgelehrten
in der Ferne,
ermüdet der WEISE MEISTER
in unseren Seelen.
Aber er ist geduldig.
Er wartet auf uns.

SCHWARZMALER

Wenn man nur SCHWARZ sieht,
erkennt man alsbald
auch seinen Weg
vor den eigenen Füßen nicht mehr.

VERHINDERTE REISE

Solange man mit anderen Leuten ewig diskutiert,
ob man die Reise zu Fuß oder mit dem Pferd antritt,
kommt bald die Dämmerung.
Man geht wieder ins Haus zurück,
zündet die Kerzen an, wie jeden Tag,
und denkt: „morgen!“

MAUERSCHAU

Während man ständig nur in die Gärten
fremder Leute schaut,
verrottet das eigene Gemüse.

VON ROTKÄPPCHEN UND DEN 7 GEISSLEIN

Wir leben in der Zeit der WÖLFE.
Sie sind stets hungrig
und halten Ausschau nach denen,
die ihre Mütter oder Großmütter suchen.
Denn diese glauben arglos
an die alleinige Existenz der Liebenden.

Sie merken nicht, wenn sich Wölfe
weiße Hauben aufsetzen,
Kreide fressen, um ihrer Stimme
den lieblichen Ton zu verleihen,
ihre Pfoten mit Mehl und Teig
vom Krämer bestreichen,
um hell wie der Tag zu sein.

Die Gutgläubigen klopfen
arglos an die Türen,
setzen sich vertrauensvoll ans Bett
des scheinbar Siechenden.
Blauäugigkeit wird sie strafen.
Nichts als Nahrung sind sie
den EWIG-HUNGRIGEN.

Nur ein Geißlein war schlau.
Es versteckt sich im Uhrenkasten
und wartet im Verborgenen, im Schutz der ZEIT,
wohlwissend, dass satte Wölfe träge werden
und sich zum Schlafen legen.
Mit aufgeblähtem Wanst
sinken die dunklen Kolosse irgendwann träge dahin.
Dies ist die Zeit der WACHEN.

AM RECHTEN ORT ...

Wenn du MUTTER bist,
öffne deine Arme, dein Herz,
wiege deine Kinder in den Traum.
Werde zur besten Mutter der Welt.
Trage die unschuldigen Seelen,
kostbarer als Diamanten,
damit sich das Licht in ihnen einst bricht.

Wenn du KRANKE pflegst und Alte,
nimmm deine Hände,
und berühre ihre Körper und verwundeten Herzen.
Werde zum besten Heiler der Welt.
Geleite ihre vernarbten Körper
in die Genesung oder den letzten Gang nach Hause.

Bist du BAUMEISTER,
setze Stein auf Stein
behutsam, sorgsam.
Sei der beste Architekt der Welt.
Baue den Menschen
den Dom für das nächste Jahrtausend.

Wenn du ein GÄRTNER bist,
lege den Samen in sorgsam vorbereitete Krume
und schütze die Frucht.
Sei der beste Gärtner der Welt,
speise die Körper und die Seelen,
als wolltest du die ganze Menschheit ernähren.

SEIEN WIR DIE BESTEN der Welt,
dort, wo man uns hingestellt.
Dann wird die Erde genesen
und GOTT hält Einzug
in seine Schöpfung.

WENDELTREPPE

Wenn du dich ärgerst,
weil du dich wieder einmal nur im Kreis drehst,
stell doch erst einmal sicher,
ob du die Runde nicht deshalb gedreht hast,
um dich eine Etage höherzuwinden.

KLUGE LEUTE

Manchmal denken
die KLUGEN viel zu lange nach.
Dann verpassen sie den Zeitpunkt,
Gedanken hinauszuschicken
in die Welt,
dorthin, wo man sie hört,
dort, wo sie wirken
und Früchte tragen.

AUFLÖSUNG

Die Kunst der Manipulation ist es,
Lüge wie WAHRHEIT ausschauen zu lassen,
Wahrheit wie eine Krankheit,
wie das Abweichen vom NORMALEN.

Menschen wollen nicht „abnormal“ sein,
nicht „anders“.
Sie passen sich deshalb an,
um der ISOLATION zu entgehen.
Auch, wenn es die Wahrheit kostet
und noch viel mehr.
Eine bittere Erkenntnis.

WERTE-VERLUST

Je mehr Masken man trägt,
desto mehr verliert man das eigene Gesicht.

Je mehr man sich verstellt,
desto mehr verliert man seinen Stellenwert.

Je mehr man sich veräußert,
desto mehr verliert man sein Innen.

Je mehr man sich verkauft,
desto mehr verliert man seinen Wert.

Und irgendwann, ganz zuletzt, sucht man sich selbst,
weil man zum NICHTS geworden ist.

SEHNSUCHT

Erst in der dunkelsten Nacht
wird die SONNE sehnsüchtig erwartet.
Die Zeit der Entbehrung
öffnet die Türen
für das LICHT.

DAS GESETZ DER ENTSPRECHUNG

Je prachtvoller die Krone des Baumes,
desto mehr gibt es die,
denen die Pracht missfällt,
weil sie im Schatten stehen.

Still und heimlich, oft in der Nacht,
sägen sie an den Stämmen,
versuchen sich in der Fällung des Baumes.

Aber was sie nicht ahnen:
Je größer die Krone,
desto mächtiger auch die Entsprechung
im Erdreich,
verborgen, tief unten, als Wurzeln.

Ein ganzes Königreich aus Sprösslingen
wartet schon,
schickt seine neuen Kinder aus
ins Leben,
wenn Altes fällt.

Löse dich von der Illusion, dass Leben vergeht,
gefällt werden kann
in Arglist nächtlicher Angriffe.
Es gebiert sich stets neu,
in immerwährender AUFERSTEHUNG.

SCHRITT ZURÜCK

Manchmal zieht dich das Leben
wie in einem Strudel hinab.
Man sucht sich,
verliert sich.

Dann gilt es zurückzutreten,
Dinge aus der Entfernung zu betrachten.
Mit hochkonzentriertem Blick auf das Ganze
erneut seinen Platz zu finden,
an anderer Stelle,
an richtiger Stelle.

Erneut betritt man den Raum.
Neuer Versuch, neues Spiel.
Und der Raum, verändert, lacht,
weil er einen erwartet hat
und meint:
„Schön, dass du wieder da bist!“

ATMEN

Der Wald atmet ein.
Sein Leben zieht sich wieder zurück, tief in die Erde.
Alles lässt er los, was er für seine Rückkehr nicht braucht.

Doch es ist kein trauriges Ereignis.
Bunte kleine Blätter-Schaukeln
trägt der Wind hinab auf goldene Wege,
Eicheln hüpfen mit kleinem, lustigem „Plob“
ins raschelnde Laub.

Wolken ziehen hastiger als sonst,
als hätten sie Eile.
Sie spannen einen grauen Kokon
um die Wald-Welt und ihre Geister,
die sich zu geheimen Beratungen
ins Innere der Erde zurückziehen.

Dort werden neue Pläne geschmiedet,
für noch mächtigere Stämme,
für noch größere Kronen,
die grün die Lüfte befüllen im neuen Jahr.
Dort verbinden sie
Himmel und Erde auf ein Neues.

BEGINN

Rede dir nicht ein,
dass du nichts ändern kannst,
dass deine Bewegung keinen Radius hat
und deine Meinung kein Gewicht.

Die kleinste Bewegung deines Fingers
bringt ein Pendel zum Schwingen,
einen Schalter zum Kippen,
eine Kugel zum Rollen.
Sei dir deiner Wirkung bewusst.
Sei du der Flügelschlag des Schmetterlings,
der Stürme erweckt.

LAGERWECHSEL

Achte, wenn du „Freunden“ traust,
ob du auf FELS, nicht Düne baust.
Die, denen du einst treu verbunden,
sind in Krisen schnell verschwunden,
in fremden Lagern, die gut zahlen,
wenn sie in deren Farben malen.

Buntes Wechseln ist ihr Spiel,
der Freund zählt nichts und Tand zählt viel.
In immer wieder neuen Kleidern
frönen sie dem Macht-Erweitern.

Doch had’re nicht und warte ab,
Ikarus fällt meist herab.
Bunte Posse, die wir schau’n,
enttarnt sie schnell als Pausen-Clown.

In Hofnarr’n lustig Schellensprüngen
tanzen sie auf Messers Klingen.
Enttarnt wird bald ihr Spaß-Gesicht
und dass es sein Versprechen bricht.
Nackend steht der Wicht alsbald,
in seiner traurigen Gestalt.

Drum achte stets, wem du vertraust,
ob du auf FELS, nicht Dünen baust.
Und mag dir Fehler mal geschehen,
du wirst in Zukunft besser sehen.

IN DER SONNE

Sommer 2019

Heute psychologische Sitzungen mit einer Ärztin, die mehrere Stunden zu mir gefahren kam. Sie erzählt von Mobbingprozessen in der Klinik, ihres kritischen Hinterfragens wegen, unzumutbaren Arbeitsbedingungen und großen Konflikten in der Familie.

Die blonde, hübsche Frau wirkte sehr erschöpft von der langen Fahrt. Aber es waren vor allem auch ihre Augen, die sehr traurig und dunkel wirkten. Diese Art Augen haben momentan viele Menschen. Sie zeugen von Leid, von anstrengenden Wegen durch Unrecht und Abwertung.

Manchmal ist es grenzwertig, in welch dunklem Morast ich in meiner Arbeit wate. Die Dunkelheit, der Hass und die Wut, die durch Familien, Unternehmen und unsere Gesellschaft kriechen, wabern täglich für viele Stunden in meine Praxis herein.

Inzwischen muss ich aufpassen. Durch die hohe Präsenz einer großen Düsternis der aktuellen Zeit sickert der Schmerz, das Leid, die Angst der Menschen in mich hinein. Wie eine schwarze Flüssigkeit vermag sie es, zwischen die Fugen meines eigenen stabilen Mauerwerks zu dringen. Unruhe und Bedrohlichkeit kriechen dann in die eigenen Glieder. Dieser Zustand ist nicht ungefährlich für hochsensible Menschen, die Gefühle anderer empfinden wie eine eigene Erfahrung.

Nach solchen Arbeitstagen muss ich oft noch aus dem Haus gehen, an die frische Luft, in den Wald, auf menschenleere Wege, um durchzuatmen. Heute bin ich mit dem Fahrrad losgefahren. In der Nähe gibt es einen alten Bauernhof, auf dem noch selbstgemachtes Eis verkauft wird. Ich sitze auf einer farbabblätternden alten Holzbank in der warmen Abendsonne und löffle mein Zimt-Eis. Schwarze Schiefertafeln künden mit Kreide-Handschrift davon, dass es hier Erdbeeren, selbsthergestellte Marmelade und Bauernhof-Eier gibt. Die Frau, die mir das Eis aus der kleinen, brummenden Kühltheke auf dem Hof gelöffelt hatte, läuft mit einem großen Lachen für mich zurück ins Haus.

Ein bisschen erinnert mich das Verweilen hier an früher. Da waren wir als Kinder oft auf den Bauernhöfen unseres Dorfes unterwegs und saßen unter alten Kastanien in der Sonne. Der Geruch von Blumen aus den Hausgärten, frischem Heu und den Kühen im Stall, meinte es gut mit uns Kindern. Auch die Erwachsenen hatten noch viel Lachen für uns und sprachen gutgelaunte Worte. Wir wussten, dass alles noch in Ordnung war.

Jetzt ist die Zeit anders geworden. Sicher war früher nicht alles besser. Aber die Zeiten waren ehrlicher, die Menschen freundlicher, die Kastanienbäume blickten knorriger mit großen, schattenspendenden Ästen auf uns herab und die Holzbänke warteten gemächlicher in der Sonne auf ihre Gäste.

Heute gilt es lange Ausschau zu halten nach dem Lachen, den Gerüchen praller Blumengesichter und den kleinen bunten Käfern, die einst fröhlich durch die Lüfte summten.

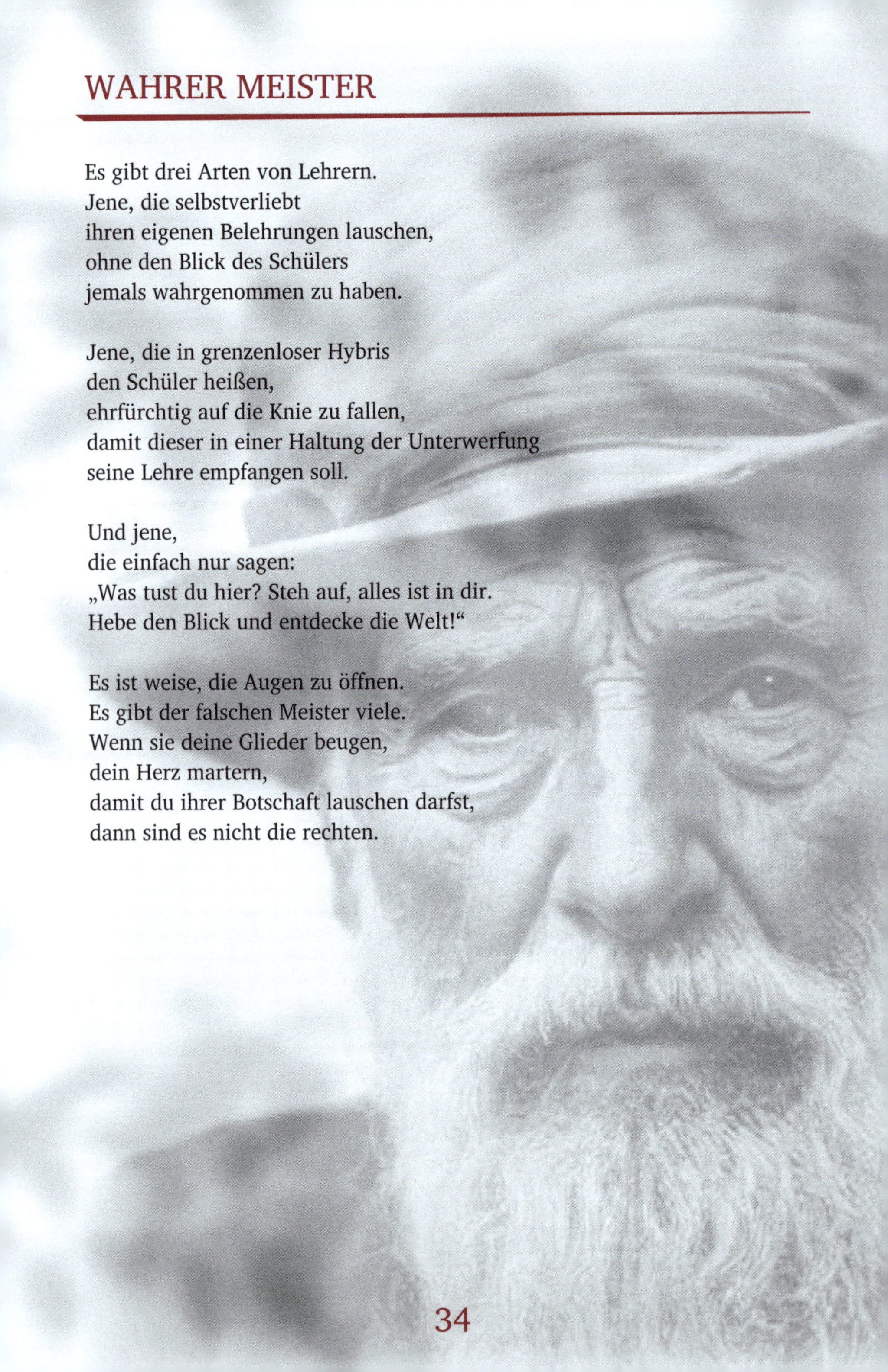

WAHRER MEISTER

Es gibt drei Arten von Lehrern.
Jene, die selbstverliebt
ihren eigenen Belehrungen lauschen,
ohne den Blick des Schülers
jemals wahrgenommen zu haben.

Jene, die in grenzenloser Hybris
den Schüler heißen,
ehrfürchtig auf die Knie zu fallen,
damit dieser in einer Haltung der Unterwerfung
seine Lehre empfangen soll.

Und jene,
die einfach nur sagen:
„Was tust du hier? Steh auf, alles ist in dir.
Hebe den Blick und entdecke die Welt!“

Es ist weise, die Augen zu öffnen.
Es gibt der falschen Meister viele.
Wenn sie deine Glieder beugen,
dein Herz martern,
damit du ihrer Botschaft lauschen darfst,
dann sind es nicht die rechten.

TÄUSCHUNG

Oft sagen sie,
du wärest schuld,
wenn du das Böse anziehst.
Du hättest die dunklen
Gestalten erkennen können,
weggehen,
jederzeit.
Dein Fehler wäre es,
wenn du ihnen
nicht zu entkommen weißt.

Denkfehler.
Wölfe fressen Kreide,
schmieren sich Teig auf die Pfoten,
oder tragen die weißen Mützen
der lieblichen Großmütter.
Die Täuschung ist es, derer sie sich bedienen,
um an Beute zu kommen.

EINSCHÜCHTERUNG

Viel zu oft ducken wir uns ab
vor den scheinbaren RIESEN,
die lange Schatten werfen.

Wenige Schritte hätte es oft gebraucht,
hinter die Kulissen zu sehen,
jene zu erkennen
hinter der Bühne des Schatten-Theaters.

Oft sind es ZWERGE,
die mit winzigen Taschenlampen
ihre jämmerliche Gestalt
in große Umrisse verzerren.
Panoptikum der ILLUSIONEN.

VERRÜCKUNGEN

Manchmal gibt es Zeiten,
da scheint sich alles zu verschwören.
Da sammeln sich ungute Gestalten,
Unerquickliches und Düsteres
in Verabredungen zur gleichen Zeit,
am gleichen Ort.

Da gibt es keine Wahl mehr,
kein Diskutieren,
kein Hoffen und wartendes Bangen.
Nein, nur die FLUCHT NACH VORNE
vermag dich zu retten,
weil es anderer Möglichkeit entbehrt.

Das Leben katapultiert uns,
zwingt uns in NEUE RÄUME,
die wir nicht betreten hätten,
freiwillig und ohne Angst.

Nach erstem Schock
reiben wir uns die Augen.
Der Sturm legt sich,
Panik schleicht sich auf stillen Sohlen davon.
Langsam sieht man das neue Land,
das in den Blick hineinfällt
wie NEUES LICHT.
Das Leben meint es gut mit uns.

SEELEN-KISTEN

Das Gefühl der Kleinheit,
der Depression,
der Verklumpung jedes Potentials
ist meist eine gezielte Verschnürung,
ein Hineingepferchtwerden
in kleine hölzerne Seelen-Kisten,
weil du der Welt zu groß bist.

Im alten China
band man den jungen Mädchen die Füße,
damit diese winzig blieben,
und damit auch ihre Schritte
und ihr Radius im Raum.

Auch die Seele eines Menschen
kann man zusammenzurren,
das Wachsen der Flügel verhindern.
Sie kann nicht auf und davon,
bleibt liegen
zur VERFÜGUNG anderer,
und verkümmert.

VERKEHRTE WELT

Wir leben in einem Zeitalter,
in dem sich Zwerge zu Göttern machen,
und jene,
in denen das GÖTTLICHE schläft,
sich die Augen reiben.
Hoffen wir,
dass sie rechtzeitig erwachen,
bevor falsche Götter die Erde
zugrunderichten.

EINFACH

Die INSZENIERUNG der Welt
brütet Misstrauen aus in den Köpfen der Menschen.
Sie verlieren ihr Vertrauen,
den Glauben an das Gute;
dass im Einfachen, Echten, Unscheinbaren
oft das Glück liegt.

Doch immer größer wird der Hunger
nach Einfachheit und Schlichtheit,
nach der sanften Berührung zwischen Menschen,
einem kleinen versteckten Lächeln,
dem Duft einer Sommerwiese,
einer handgeschriebenen Botschaft: „Ich vermisse dich!“,
einer einfachen Scheibe frischen Brots mit Butter
auf einem Holztisch.

Viele haben das über,
was quillt, sich aufbläht wie gärender Hefeteig,
was lauthals bunte Töne spuckt
und Verheißungen anpreist,
die doch nur Illusion sind.

Viele sind es leid, dem Schein Glauben zu schenken,
der Täuschung Vertrauensvorschuss zu geben,
um dann erneut zu sagen:
„Ich habe es geahnt,
wieder nur Lüge!“

Es ist Zeit,
zurückzukehren in die Heimat,
wo Gott sich im Detail versteckt,
wo du fühlst
im Leisen, Kleinen, fast Unsichtbaren:
„Ich bin angekommen.
Nichts, das es mehr braucht!“

ENTSCHEIDUNG

Ich traf eine Entscheidung.
Ich hörte auf,
hinterherzulaufen, hinterherzutelefonieren,
hinterherzusorgen, hinterherzufragen.

Da wurde es sehr still um mich.
Ich vergaß die eig'nen Worte,
weil es keine Gegenüber mehr gab,
denen ich sie geben konnte.
Die Räume waren leer,
die Wege, die ich ging,
führten nirgends mehr hin,
wo jemand wartete.

Doch nach den ersten Schrecken
begann ich meines Wegs zu laufen,
für mich und nicht für andere.
Ich hörte das Murmeln des Baches,
das Summen der Bienen,
das ferne Lachen von spielenden Kindern,
den Kies unter meinen Füßen
und meinen eigenen ruhig gewordenen Atem.

Da traf ich sie,
die anderen Menschen,
die auch auf Kieswegen gingen
und die Sprache der Bäche verstanden,
in die der Duft der Wiesen strömte,
die das Zirpen der Grillen hörten
und ihr eigenes Atmen.

Wir begrüßten uns lächelnd und in Respekt,
so, als ob wir uns lange schon kannten.
Wir wussten um unsere Namen
und unsere Leben, ohne ein Wort.
Ein Herzschlag barg das ganze Universum.
Jedes Wort hätte in der Stille nur gestört.

LICHTGESTALTEN

Es gibt der Menschen viele,
die sich als SONNE, Mond und Sterne verkaufen.
Spiritualität und Glitzerlicht als Ware,
Weisheiten, abgepackt in Tüten,
für gutes Geld zu erwerben.

„Damit ließe sich Feuer entfachen“, raunen sie.
„Man könnte sich in kühlen Zeiten Funken entzünden“, werben sie,
sich die ersehnte Erleuchtung verschaffen,
dem ewigen Schlaf der eigenen Dumpfheit entsteigen,
um endlich selbst zum Licht zu werden –
davon träumen sie.

Was für ein Trugschluss!
Nichts von alldem ist käuflich
im Schnellverfahren zu erwerben.

Not tut es dagegen, Menschen zu lehren,
das Holz zu sammeln
und Zunder für die Flammen.
Not tut es, sie zu lehren,
selbst das Feuer zu entfachen
mit eigenen Händen,
Fackeln zu entzünden,
die andern Orientierung sind und Hoffnung.

Licht ist nicht käuflich.
Es bündelt sich in jenem,
der zum Sammeln bereit ist
und entzünden kann,
wo die Nacht am dunkelsten ist
und Menschen Wege suchen.

FALSCHE SCHLÜSSE

Oft sagt man,
„Opfer“ würde man erkennen.
Mal hätten sie rote Haare,
mal den falschen Gang oder die falsche Rede.
Sie wären seltsam,
passten nirgendwo hin
oder wären einfach „anders“.

Dem ist nicht so.
Sie haben kein Schild auf der Stirn,
das da lautet: „Opfer“,
„ich bin schwach“, „ich bin voller Makel“,
für jeden erkennbar „im Mangel“.

Ganz im Gegenteil.
Oft liegt ein seltsames Scheinen um ihre Stirnen.
Ihre Gesinnung scheint wie ein Kunstwerk.
Meist sind sie zärtlich,
voller Liebe und Güte.
Ihr Herz ist rein, das eines Kindes,
ihr Glaube voller Offenheit,
ihre Gesten oft in Barmherzigkeit,
Fürsorge und im Geben.

Deshalb jagt man sie.
Entweder, um sich ihrer Gaben zu bedienen
oder in arger Missgunst,
im Versuch, das kleinzumachen,
was man selbst nicht hat.
Größe zu erniedrigen,
beschert Dunklem Macht.
Licht zu löschen,
beschert der Finsternis die Illusion
von Kontrolle.

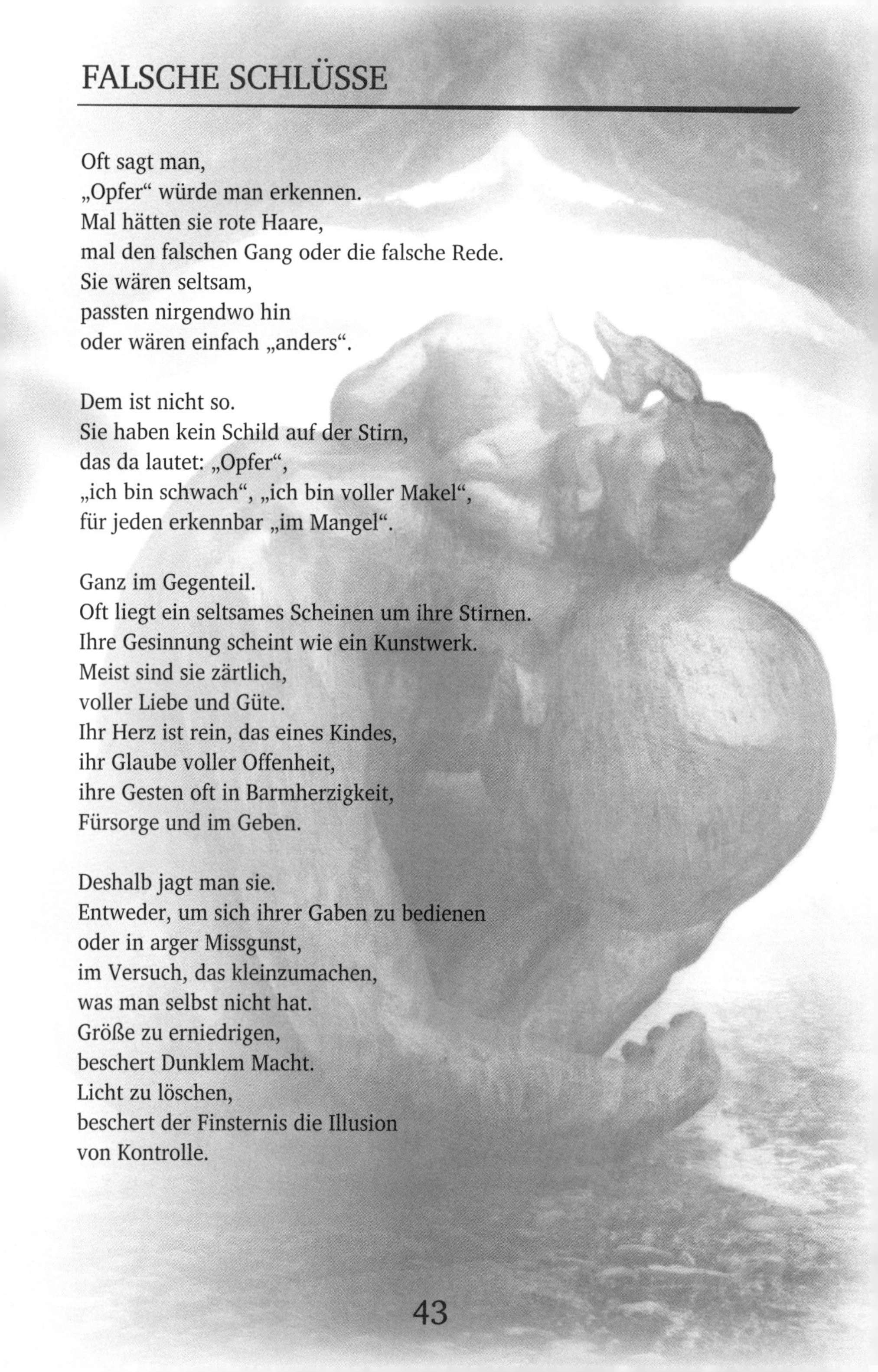

SPÄTER!

„SPÄTER!“,
sagst du.
Meist wird ein IRGENDWANN daraus,
und dann ein NIE.

Wirf den Plan weg,
auf dem alles so viel wichtiger scheint
als du selbst:
die Vorgaben,
die Pflichten,
die Erwartungen,
die Anliegen der anderen.

Mach Dinge JETZT,
nach denen deine Seele ruft.
Du wirst es sonst
in einem Monat nicht getan haben,
in einem Jahr nicht,
vielleicht nicht mehr tun können.
Es ist HÖCHSTE ZEIT!
Beginne.

ENTLEERUNG

Wenn die RESSOURCEN versiegen
und man nichts mehr hat,
was dem Gegenüber gereicht werden könnte,
was ihm dienlich wäre,
dann fällt oft damit die große ILLUSION.
Keiner ist da mehr,
der einem jetzt selbst hilft,
zur Seite steht, wenn man erschöpft ist.
Viele der angeblichen Freunde gehen.

Oft ist es der eigene Zusammenbruch,
der uns die Chance gibt,
Betrug zu durchschauen.
Masken fallen,
Täuschungen enttäuschen sich,
Ikonen zerbrechen,
Gold-Lack bricht hässlich von Gesichtern.

Hadere nicht mit deinem Schwachwerden,
dem Versiegen deine Kräfte,
dem Ermatten deiner müden Hände.
Das Leben hat sie dir geleert.

Erst, wenn du nichts mehr geben kannst,
vermagst du
nach den STERNEN zu greifen
und sie in dein eigenes Leben zu holen.

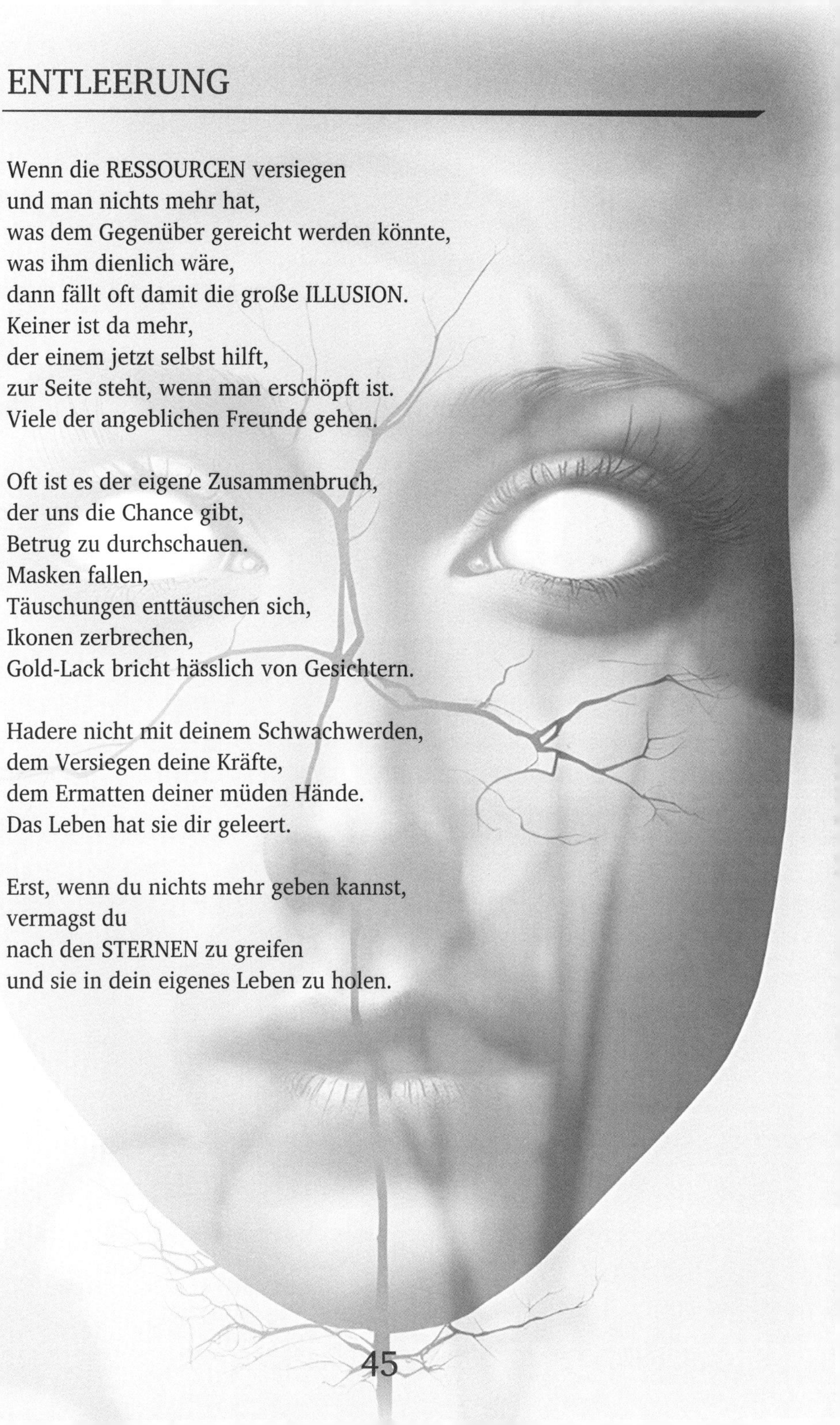

SCHMERZHAFT

Oft braucht es das Öffnen der Wunden,
um sie zu reinigen,
zu versorgen.
Erst dann können sie HEILEN.
Mit der Zeit.

Oft braucht es das Gehen
eines geliebten Menschen,
um die alte Verwundung noch einmal
aufzureißen,
damit sie sich letztendlich für immer
schließt
und heilen darf.

FREILEGUNGEN

Nur Menschen
mit Masken
verlieren ihr Gesicht.

Loses Blattgold blättert
bei ersten Erschütterungen
und fällt.
Tönerner Tand legt sich frei
in Scherben
in den strengen Winden.

Also fürchte sie nicht,
die aufkommenden Stürme,
denn sie dienen der Wahrheit
und deiner GEWISSHEIT.

ICH BIN

… wie ein zurückgezogener MALER,
der ab und zu seine Bilder
verstohlen vor die Tür stellt,
damit die Augen der Vorübergehenden
über sie schweifen mögen,
um zu SEHEN,
die Farben fremder Universen
in ihren Blick zu lassen.

… wie ein MUSIKER,
dessen Klavierspiel in tanzenden Tönen
durch das offene Fenster,
durch windspielende Gardinen,
nach draußen
auf den Gehweg fällt;
aufgehoben, um es zu HÖREN,
von einem, der nicht in Eile war.

... wie ein DICHTER,
dessen lose, handgeschriebene
Seiten der Wind
nach draußen in die verschlafenen Vorgärten weht
und manch ein Mensch sie von den Sträuchern pflückt,
um sie verwundert zu LESEN
wie Märchen aus fernen Zeiten.

Mitunter scheint es,
dass die Menschen lächelnd auf den Bildern verweilen,
den Liedern sinnend lauschen,
manchmal mitsummend,
als würden sie sich erinnern
an eine frühere Zeit,
die Zeilen lesen,
als ob sie ihr eigenes Leben darin fänden.

Und so ist alles gut.
Die Zeit scheint stillzustehen.
Das Bild, die Musik, die Poesie,
sie fügen sich in einen mystischen Reigen.
Alles wird EINS und schwingt
in einer Melodie,
in der sich die Menschen in ihre Heimat
und NACH HAUSE träumen.

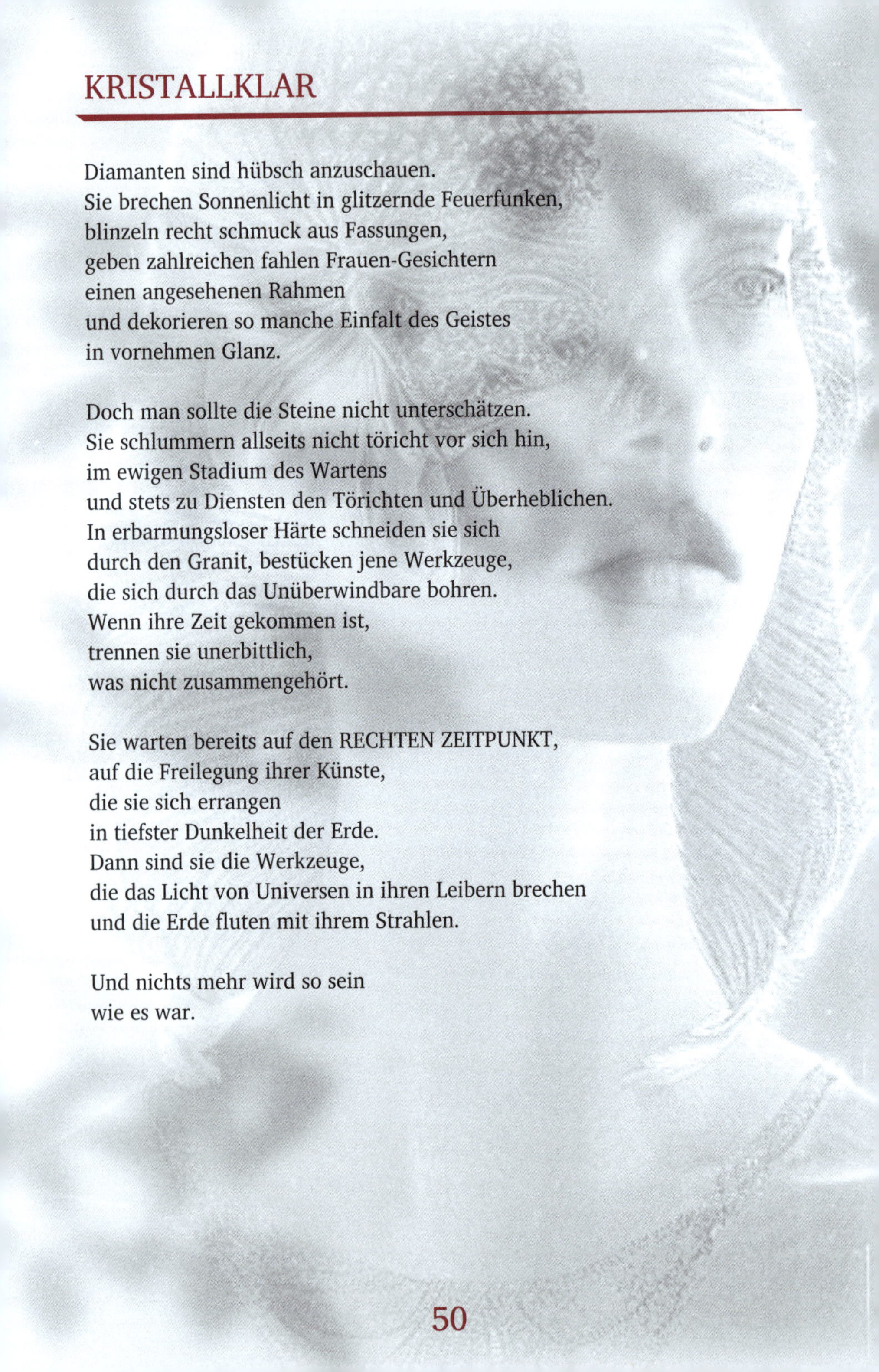

KRISTALLKLAR

Diamanten sind hübsch anzuschauen.
Sie brechen Sonnenlicht in glitzernde Feuerfunken,
blinzeln recht schmuck aus Fassungen,
geben zahlreichen fahlen Frauen-Gesichtern
einen angesehenen Rahmen
und dekorieren so manche Einfalt des Geistes
in vornehmen Glanz.

Doch man sollte die Steine nicht unterschätzen.
Sie schlummern allseits nicht töricht vor sich hin,
im ewigen Stadium des Wartens
und stets zu Diensten den Törichten und Überheblichen.
In erbarmungsloser Härte schneiden sie sich
durch den Granit, bestücken jene Werkzeuge,
die sich durch das Unüberwindbare bohren.
Wenn ihre Zeit gekommen ist,
trennen sie unerbittlich,
was nicht zusammengehört.

Sie warten bereits auf den RECHTEN ZEITPUNKT,
auf die Freilegung ihrer Künste,
die sie sich errangen
in tiefster Dunkelheit der Erde.
Dann sind sie die Werkzeuge,
die das Licht von Universen in ihren Leibern brechen
und die Erde fluten mit ihrem Strahlen.

Und nichts mehr wird so sein
wie es war.

ENDLICH

Manchmal zieht uns das Leben genau das weg,
was gnädig, als großes GEHEIMNIS,
lange Zeit unsere Wunden verbarg.
Hinter dem Unausgesprochenen
durften wir Schutz suchen, abducken,
uns verstecken wie kleine Kinder.
In unseren Rollen wollten wir keinem
unsere Tränen zeigen und unser LEID.

Doch eines Tages,
wenn du stark und groß geworden bist,
fragt dich das Leben nicht,
ob du willig bist.
Es nimmt dir Menschen,
Gewohnheiten,
Güter,
Illusionen,
Tarnungen hinweg.
Du schreist auf vor Schmerz.

Und dann klafft das auf,
reißt noch einmal auf im roten Schwall,
was sich nach Heilung sehnt.
Tiefdunkel die Wunde,
einst geschlagen vor tausend Jahren,
erinnert sich,
beginnt erneut zu bluten
und alten Krieg zu zeigen
in entsetzlichen Gesichtern.

Erst dann beginnt sie sich zu schließen.
Endlich GANZ GESEHEN
darf sie HEILEN.

BESCHEIDENHEIT

Bescheidenheit
ist ein seltsam Ding,
das nur jenem möglich ist,
der weiß,
dass er sich nichts mehr beweisen muss,
dass die Bühne der Eitelkeiten
nicht die seine ist.

Achte also auf jene,
die schweigend in den letzten Reihen stehen,
die kein Aufsehen um sich machen,
die einen Schritt zurücktreten,
um anderen Vortritt zu lassen,
weil ihnen das Laute zu laut
und die Bühne die der Schelme war.

Auf ihnen liegt die wahre Größe.
Sie warten ab, weil sie ahnen,
dass ihre Tage kommen werden.

Die Possenreißer,
bunte Pfauen, mögen eine Weile
ihre Runden laufen.
Doch dann, wenn keiner mehr lacht
und Witze fahl geworden sind,
ist die Zeit gekommen.

Das Wahre nimmt seinen rechten Platz ein,
weiß, was zu tun ist,
wie es der Plan ist,
um alles zu ändern.

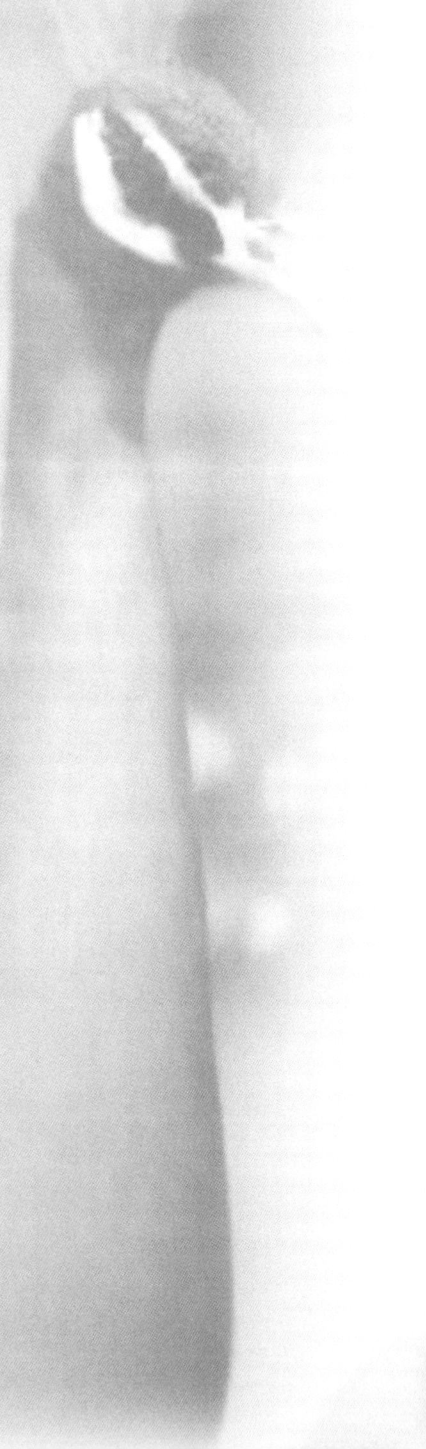

HEIMKEHR

In sich HEIL sein
ist das Ur-Recht
eines jeden Menschen.

Doch Un-Heil bürdet man
in anmaßender Weise,
schon den Seelen der Kinder auf.

Und so ist es die Sehnsucht
eines jeden,
die HEILIGKEIT in sich zu suchen
und wiederzufinden.

Nur in der Gänze des Seins
ist die Rückkehr
zur Quelle möglich.
Nur so gelingt Heimkehr.

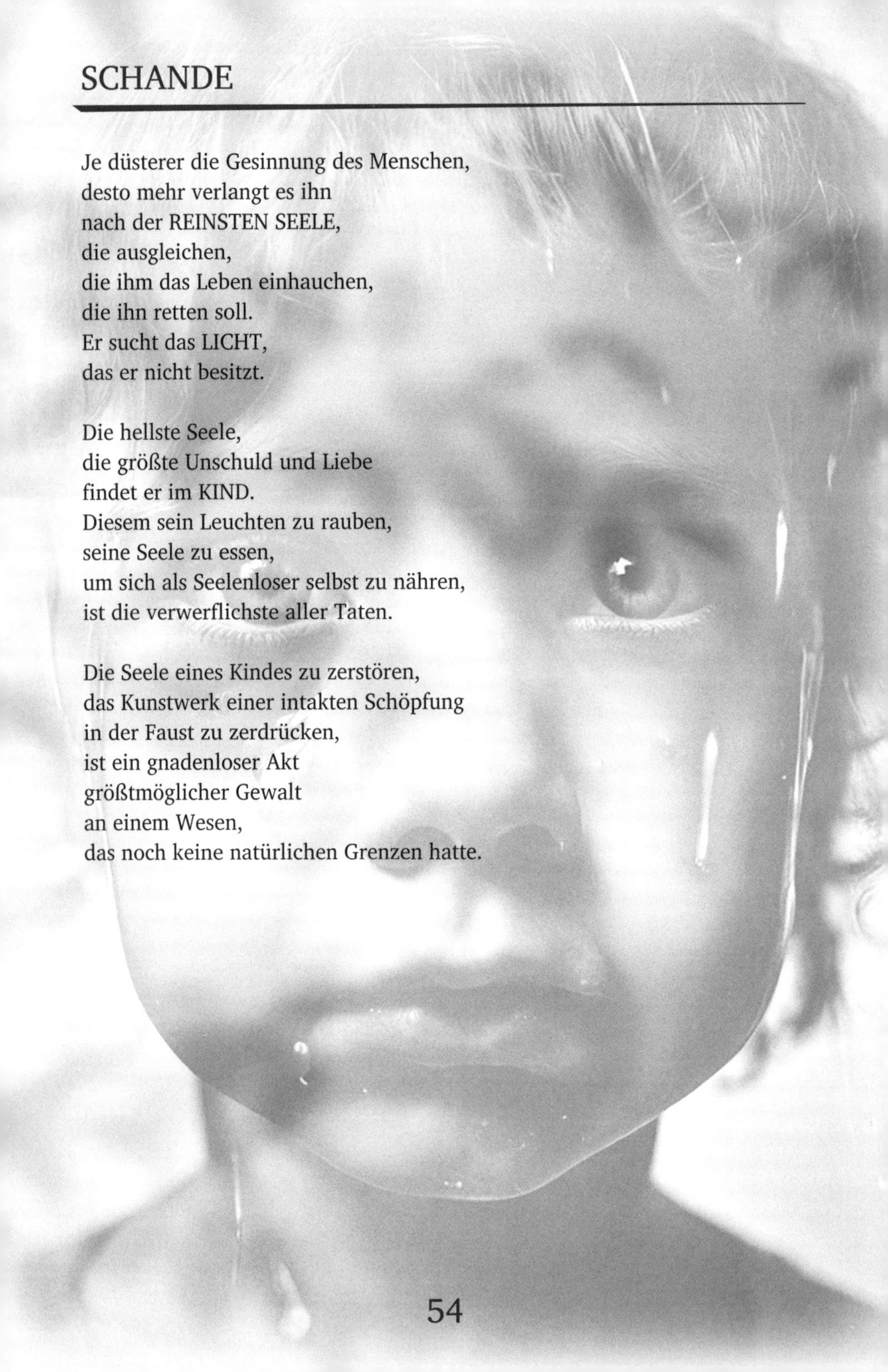

SCHANDE

Je düsterer die Gesinnung des Menschen,
desto mehr verlangt es ihn
nach der REINSTEN SEELE,
die ausgleichen,
die ihm das Leben einhauchen,
die ihn retten soll.
Er sucht das LICHT,
das er nicht besitzt.

Die hellste Seele,
die größte Unschuld und Liebe
findet er im KIND.
Diesem sein Leuchten zu rauben,
seine Seele zu essen,
um sich als Seelenloser selbst zu nähren,
ist die verwerflichste aller Taten.

Die Seele eines Kindes zu zerstören,
das Kunstwerk einer intakten Schöpfung
in der Faust zu zerdrücken,
ist ein gnadenloser Akt
größtmöglicher Gewalt
an einem Wesen,
das noch keine natürlichen Grenzen hatte.

NÄCHTLICHER ASPHALT

Ein Arbeitstag endet.
Das Leid verzweifelter Menschen
mit klaffenden Wunden in ihrer Seele
wandert durch meine abendlichen Gedanken,
durch mein Leben.

Ich laufe durch die Nacht.
Die Straßen, der Ort, menschenleer.
Meine Stiefel auf dem schwarzen Asphalt
zählen mit ihrem klackenden Geräusch
die strengen Sekundenschläge
einer unsichtbaren Uhr in mein Hirn.
Ich bin voller Tränen.
Rede mir Beschwichtigungen ein:
Trauer gehöre dazu in meinem Beruf,
ich müsse mich ihrer nicht schämen.

Das viele Dunkle in der Welt
macht manchmal die eigene Seele ganz schwarz.
Dann muss man atmen gehen.
Und wenn es Nacht ist,
draußen auf den dunklen Straßen,
und der Asphalt im nieselnden Regen
ebenfalls schwarz glänzt,
wird Licht sehr klein,
in der Ferne
und im eigenen Kopf.

IRGENDWANN

... zwingt uns das Leben,
für uns einzustehen.
Es meint es gut mit uns.
Krisen, Angriffe, Krankheiten,
Enttäuschungen
fluten uns meist,
damit wir endlich
die ENTSCHEIDUNG treffen
FÜR UNS SELBST.

FÜHREN

Führen braucht Demut.
Nur wer das Unten kennt,
darf sich erheben.
Viele, die vorangehen
mit gereckten Hälsen
und gekaufter Autorität,
haben das DIENEN vergessen.
Ein fataler Zustand,
der das Leiden
vieler Menschen verursacht.

KORREKTUR

Krisen kommen oft
wie Katastrophen daher.
Nichts geht mehr,
scheint es.
Und doch sind sie oft nur
der Fingerzeig,
der uns sagt,
dass wir eine andere Richtung nehmen müssen,
damit alles gut wird.

NARZISSMUS UND GIER

Wenn
NARZISSMUS und GIER
gefeiert werden
und MITGEFÜHL
langsam als eine Form
von Dummheit gilt,
dann läuft gehörig was schief.
Eine moderne Form der
Dekadenz.

VORBEREITUNG

Täusche dich nicht,
nie verachte das Kleine!
Dem Kokon entsteigt der bunteste Falter,
der Knospe die prächtige Rose,
dem Samen der mächtige Baum.

Alles Große
entsteigt der Komprimierung
aufs dichteste Sein.
Es bedarf der Vorbereitung
und großer Kunst,
das winzigste Detail zu erschaffen
und es wohl zu behüten
im Verborgenen,
bis zum rechten Tag.

Drum sieh dich vor,
verspotte das Kleine nicht,
verachte nicht den Rückzug
in die Unsichtbarkeit.
Es ist immer nur für eine Weile.
Das Leben tritt nur einen Schritt zurück,
um Anlauf zu nehmen
in den nächsten größeren Raum.

UNTER-ERDE

Menschenschicksale
strömen täglich durch meine Arbeit in mich hinein.
Wie eine Sonde fühle ich ihre Konsistenz.
Ich analysiere die Konzentrationen toxischer Werte,
eingelagerter Fremdstoffe,
wie in einer Flüssigkeit,
die glasklar sein sollte
und doch trübe ist.

Ich gehöre zu denen,
die man „Hochsensible“ nennt.
Mit höchster Konzentration und Wahrnehmung
messen wir feinste Nuancen,
Gefühle, Stimmungen der Menschen.
Es ist eine Gabe,
aber auch eine Last.
Man durchforstet Kloaken
auf der Suche nach den Heiligtümern.

Manchmal nennt man uns auch verächtlich:
„Träumer, Überempfindliche, Zart-Besaitete,
Dünnhäutige, Lebensuntüchtige, Weltfremde“.
Es ist das Gegenteil der Fall.
Wir sind stark und sehr achtsam,
haben ein hohes Bewusstsein.
Wahrheit und der Sinn für Gerechtigkeit
sind unser höchstes Gut.

Wenn es uns gelingt,
mutig zu werden,
meist in unserer Lebensmitte,
steigen wir in tiefste Kanäle, Abgründe hinab.
Das Grauen überwinden wir,
um dort zu forschen,
wo viele schreiend davonliefen.

Wir begegnen den Leichen im Keller,
den dunklen Geheimnissen der Sippe,
dem qualvoll Entsorgten aus Scham,
den Verbannten, die unbequem waren,
den verlorenen Kindern
und den gemarterten Seelen,
die nicht mehr nach Hause finden.

Dann, wenn Mut in uns gekehrt ist,
uns nichts mehr schreckt,
weil wir oft schon in das Auge des Verderbens blickten,
gehen wir Hand in Hand mit den Verzweifelten auf Suche.
In dunklen Gewölben,
zwischen Morast und Ungeziefer
halten wir Ausschau nach dem verlorenen Schatz.

Wir finden ihn.
Das ist gewiss.

FEIERABEND

Ich laufe das DUNKLE weg,
das in mir haftet
wie Ruß.

Die Gedanken der Menschen,
das Leid, die Trauer,
fliegen wie schwarzsilberne Fäden von Spinnweben,
die sich Halt suchen
im offenen Herzen des Helfenden.

Ich laufe das Dunkle weg
in einem Wald in der Herbst-Sonne.
Ihr Gold fließt sanft in den Atem hinein,
in den Körper,
scheucht
graue Mäuse und dunkle Asseln
aus den Winkeln.

Alle wird wieder licht
und sanft
in Körper und Seele,
atmet das LEBEN zurück.

AUFLÖSUNGEN …

Allerseelen.
Andacht auf dem Bergfriedhof meines Heimatdorfes.
Es nieselt. Es ist sehr kalt dieses Jahr.
Ich ziehe meinen Kragen enger. Es fröstelt mich.

Viele Gräber dieses Jahr,
unaufgeräumt, verlassen.
Vereinzelt flackern Lichter,
verloren, auf dunkler feuchter Krume.
Jemand hat sie angezündet, ist gegangen,
bevor Menschen sich zur Andacht versammeln. Aus Scheu, gesehen zu werden? Oder weil er mit all den Ritualen nichts mehr anfangen kann?

Ich stehe vor dem Grab meiner Eltern. Sie waren meine große Liebe.
Ich stehe allein.
Keines meiner Geschwister, meiner Kinder schloss sich an.
Dies schon seit vielen Jahren.
Sie gingen auf der Reise unserer Familie verloren,
fanden einander niemals mehr wieder.

Musikstücke einer über die Jahre klein gewordenen Bläsergruppe
fallen fast orientierungslos durch blecherne
Lautsprecher auf die regenfeuchten Böden.
Eine Spinne zieht emsig Fäden
durch altrosa Erika-Stöcke auf dem Grab,
silberne Gespinste zu Füßen der Toten.

Meine Gedanken grau, schwer, wie die feuchte Erde.
Erinnerungen an eine große, stattliche Familie,
die in ihre Fragmente zerfiel.
Auch die Lebenden haben sich, wie die Toten auch,
in ein Nichts aufgelöst.
Noch vor wenigen Jahren hatten sie sich um dieselbe Zeit
an diesem Ort der Nebel auf dem Berg versammelt.
Sie sind nicht mehr da.

Vergangene Zeiten.

Die Toten werden weggeschält von den Lebenden,
aber die Lebenden voneinander auch.
Auflösungen – auch der Familie –
sind Begräbnisse der anderen Art.

Ich versuche eine Strophe mit anzustimmen.
„Segne du, Maria“, das Lieblingslied meiner Mutter.
Meine Stimme fällt in einsamen Tönen
die kühle Stille des Berghanges hinab,
wirkt verloren inmitten vereinzelter Menschen,
die keine Melodie mehr haben
und sehr graue Gesichter.
Aber auch meine Weise verstummt nach wenigen Zeilen.
Der Text ist mir entfallen.
Melodie löst sich auf, wie vieles
in dieser Zeit.

Die Menschen gehen.
Ich durchschreite den Friedhof noch eine lange Weile,
das raschelnde Laub unter den Füßen
begleitet mich tröstlich,
dort, wo die Menschen durch schmiedeeiserne Tore
entschwunden sind.
Mein Blick fällt auf die Kreuze, die Inschriften der neuen Toten.
Manche sind mir bekannt, Begleiter meiner Kindheit,
und ich grüße sie, fast zärtlich.
Dann gehe ich nach Hause,
den Mantelkragen nach oben geschlagen.
Es ist kalt.

GESCHÄFTSMODELL

Das Geschäftsmodell
der Gier, der Selbstoptimierung
und des blinden Egoismus
ist zum Sterben verurteilt.

Es kann nur so lange bestehen,
wie es genug der Wirte gibt.
Die mit den Ressourcen sterben aus.
Und mit ihnen der Parasit.
Ob er sein Ende bedacht hat?

AUFBRUCH

Es ist die Zeit angebrochen
der Stillen,
der Unsichtbaren,
derer im Hintergrund.
Sie hören den Ruf.

Es ist die Zeit angebrochen,
in der sie in die erste Reihe treten
und man ihrer gewahr wird.
In der Stille reift die Frucht,
in den Tiefen der Erde der Diamant.
Unsichtbar schläft sich das Kleinod
seiner Größe entgegen.

Wenn es an der Zeit ist,
erkennst du den Wahrhaftigen
an einem Wort,
an seiner Tat,
seinem Zeichen.

Alle gleicher Herkunft
werden sich sammeln,
einander erkennen.
In einem einzigen Blick
in die Tiefe der Augen des Gegenübers
erkennen sie, sehen sie,
wo Gott wohnt.

ZUVERSICHT

Du glaubst, ein „kleines Licht“ zu sein.
„Nichts kann ich ausrichten“,
sagst du, „gegen das Dunkle der Welt“.
Man würde dich zum Erlöschen bringen
mit nur einem Atemzug des Feindes.

Siddhartha, Jesus, Gandhi,
sie alle gingen im Licht voran.
Sie schienen zu scheitern,
ihr Licht schien gelöscht.

Doch werde gewahr:
mag dein Licht auch eines Tages erlöschen,
so hast du doch vorher tausend Kerzen angezündet,
und diese tausend wieder Tausende.

Kein Dunkel der Welt
kann sich gegen das Licht stemmen.
Nichts wird ihn aufhalten können,
den aufsteigenden Tag.

HERZSCHLAG

Die Menschen hasten
durch regennasse Straßen nach Hause.
In Mänteln, mit hochgeschlagenen Krägen,
verbergen sie ihre Gesichter in Einheits-Grau.
Die Arbeit, die Maschinerie
der immer gleichen Bewegung
macht Glieder schwer und müde.

Aufdringliche, bunte Werbung auf Straßenwänden
hämmert auf dem Nachhauseweg in die Stirnen,
was wir zu kaufen haben.
Grell geschminkte Gesichter auf Plakaten,
Ideal-Körper auf Leuchtreklamen erinnern daran,
dass wir alt und fahl geworden sind,
schuldig daran wurden mit den Jahren,
dass man uns nicht mehr liebt,
vergisst, einsam zurücklässt,
weil wir keinem mehr von Nutzen sind.

Müde Gedanken verlieren sich in Betonmauern
und grauen Pflastersteinen.
Augen begegnen sich auf Gehsteigen
ganz kurz und ohne Seele.
Zusammengepresste Lippen
verbergen ungesagte Worte.

Doch heute scheint alles anders.
Ein kleines Lächeln huscht, wie zufällig,
unter einer tropfenden Kapuze vorbei,
ein kleines „Verzeihung“ grüßt,
nach dem Zusammenstoß zweier nasser Mäntel.
Ein kurzer Blick in Augen des Gegenübers,
die noch Farbe haben,
erinnern an das Leben früher.
Sinne wiegen sich für ein paar Minuten im Tanz.
Erinnerungen blinzeln aus alten Zeiten herüber.

Der Gang nach Hause,
mit leichterem Schritt als sonst
und einem Lächeln,
das es bis durch die Haustüre schafft.
Dort, in warmer Stube,
summt der Mund eine kleine Melodie.
Das Zimmer plötzlich so bunt,
die Uhr tickt fröhlicher als gestern.
Das Herz beginnt zu schlagen
und denkt für eine Weile: Leben.

HIMMELWÄRTS

Machen wir uns keine Illusionen.
Die wenigsten Menschen
freuen sich aus tiefem Herzen
über unser Wachsen und Gedeihen.

Die, deren Ressource wir sind,
denen wir nützlich sind in unserem KLEIN-SEIN,
werden uns bremsen beim Wachsen,
damit wir verfügbar bleiben.

Sie beobachten uns in Missgunst,
werden bremsen, sabotieren,
damit wir in Inferiorität verbleiben,
um ihrer Illusion von Größe nicht zu schaden.

Es werden wenige sein,
denen ein Lächeln übers Gesicht huscht,
denen das Herz aufgeht,
die uns liebevoll begleiten,
wenn wir unsere Hände
dem Himmel entgegenstrecken.

Wer weiß,
vielleicht müssen es ENGEL sein,
die sich über die FLÜGEL
eines Menschen freuen,
um mit ihnen gen Himmel zu fliegen.

MORGENLICHT

Psychische Gewalt
hinterlässt
keine blauen Flecken,
keine Schwellungen, Rippenbrüche.
Aber sie zerstört Seelen,
ungesehen, unbeachtet, geräuschlos.

Münder werden stumm gemacht,
Augen leeren sich,
Herzen hören fast auf zu schlagen,
Stirnen betäuben ihre Gedanken,
weil sie Schmerz nicht mehr ertragen.

Schweigend leben Menschen
in ihrem Leid hinter geschlossenen Fenstern.
Ihr Rufen ist erschöpft, verhallt,
weil sie sich heiser schrien,
keiner sie hörte.
Kaum mehr sichtbar,
sind sie zum Schatten ihrer selbst geworden.

Und doch liegt Hoffnung
auf dem Anbruch des Tages.
Morgen-Sonne vermag mitunter
Schatten aufzulösen,
Tränen zu trocknen,
Glieder zu wärmen
und das Leben wieder zu wecken.

Wenn man Glück hat,
hat sich der Schmerz durch die Nächte gewacht,
um sich eines Morgens die Augen zu reiben.
Manchmal vergeht dunkle Stunde.
Manchmal bringt Licht
UNRECHT zu Tage.

WEGWEISER

Viele geben vielen Ratschläge.
Viele weisen anderen viele Wege an,
weil sie Bescheid wüssten,
über Gott und die Welt
und was für andere richtig sei.

Solange sich nicht dein nackter Fuß
an Steinen blutiggelaufen hat,
sich die Dornen des Pfades in die Haut bohrten,
solange dich nicht dürstete nach dem einen Tropfen Wasser
in der Glut sengender Sonne,
deine Glieder dich kaum mehr aufrechthielten
in der Mühsal des Weges,
erzähle keinem über die Widrigkeiten
des Lebens und den Weg,
den er zu gehen hätte.

Nur wenn einst Staub dein Haar bedeckte,
Demut dein Haupt senkte und den Rücken krümmte
in den Herausforderungen deines eigenen Lebens,
wage es, einem Menschen Pfade aufzuzeigen.
Nur dann.
Alles andere entspringt Stolz
und grenzenloser Selbsterhöhung.

LAUT GEDACHT

Winter 2020

Die Zeit ist erschöpfend. Die Müdigkeit der Menschen, der Ärger, aber auch ihre latenten Ängste nehmen immens zu. Viele fühlen, dass mit all den Maßnahmen, den Regelungen nichts stimmt, dass dunkle Schwaden bedrohlicher Energien in unser Land, in unsere Gesellschaft einziehen. Keiner kann die Zeichen recht lesen, keiner die Prozesse analysieren. So eine Zeit war noch nie da; die Orientierung, die Erfahrung fehlt. Niemand weiß genau, was es nun zu tun gilt.

Die Menschen ziehen sich zurück, beäugen einander misstrauisch, verlieren ihre Fähigkeit zu kommunizieren. Sie beginnen einander zu meiden, ziehen sich, in ihrer Angst vor dem Unbekannten, zurück in ihre Häuser, weil jeder jedem zum Feinde wird. Diese Verdichtung aus Angst, Aggression, Ohnmacht und mangelnder Kommunikation wird zu einer gefährlichen Mischung.

Seit langem wieder einmal habe ich heute eine Weile die Bundestagsdebatten verfolgt. Erschreckend, wie sich Sprachkultur verändert hat. Alteingesessene Politiker fallen aggressiv übereinander her. Kein Zuhören, kein Respekt, man ergießt sich in lauten Einwürfen, die den Redner stören sollen.

Verrohung tritt ein bei Menschen, die über das Schicksal eines Landes entscheiden. Ich schäme mich. Das „hohe Haus“ ist tief „heruntergekommen“, treibt wie ein führungsloses Boot auf den Wogen der stürmischen See.

Die, die nicht wütend herumzetern, tippeln, gespielt abwesend, auf dem Smartphone herum, blättern pseudogeschäftig in Unterlagen. Eine Bundeskanzlerin erledigt, desinteressiert am Vortragenden, diverse Schreibarbeiten, so, als ginge sie das alles nichts an. Wen also geht das alles noch an, was in unserem Lande läuft? Wer kann noch Verantwortung übernehmen? Mich dünkt, es sind wir selbst, die übrigbleiben. Dafür braucht es Mut, sehr viel Mut.

BEUNRUHIGTE ZEIT

Wenn der Regen gegen die Fenster peitscht,
die Bäume in Stürmen brechen,
das Meer über die Deiche steigt,
ist es nicht die Zeit der Stille.

Es ist nicht die Zeit,
sich in warme Wannen zu legen,
Kerzen beim Leuchten zuzusehen,
sich den Kopf mit Räucherwerk zu zerstreuen
und auf Rosenblättern zu träumen.

Zieh die Jacke an,
die Kapuze über den Kopf,
geh nach draußen und schreite zur Tat.
Beginne, was getan werden muss.
Die Zeit der Entscheidung beginnt.
Das Leben zählt jetzt auf dich.
Reich' ihm die Hand.

SCHEIN-HEILIGE

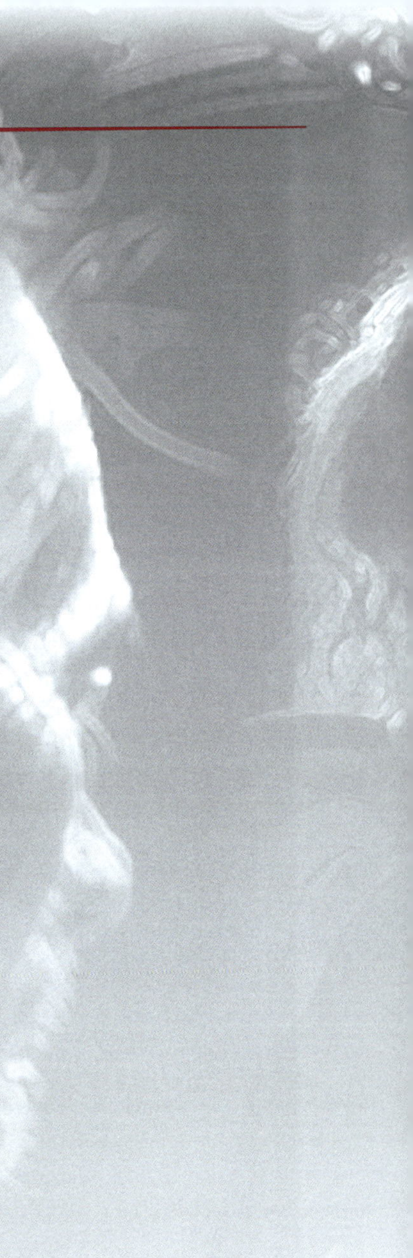

Das BÖSE erscheint selten mit der FRATZE
und weit aufgerissenen Augen.
Es ist schlau.
Im Gewande des HEILIGEN bittet es um Einlass.

Doch öffnet man die Tür,
tritt unversehens düsteres Gefolge mit ins Haus,
lehrt Bewohner das Fürchten,
bringt hundert Seelen um den Schlaf.

Der „SCHEIN-HEILIGE“ lacht,
meint kühl: „Du hast die Tür geöffnet,
beklage dich nicht,
schuld bist du selbst!
Dein fehlender Argwohn,
deine Unvorsichtigkeit
sind dein eigener Mangel!“

So tritt das Grauen in viele Häuser,
weil man ihm vertraut, nichts Böses ahnt.
Die Lichter löschen sich im Dorf,
und dunkel wird’s im Land
für eine lange Zeit der Finsternis.

Drum beobachte sie mit Sorgfalt, lieber Freund,
die „HEILIGEN“ in weißem Kleide.
Mit ehrfurchtsvoller Miene
und huldvoller Geste schreiten sie voran
und mimen die Weisen und Gelehrten.
Meist kommen sie mit Gefolge,
nie allein.

Lass dir Zeit,
halte inne, um zu sinnen,
wem du Einlass gibst in deine Wohnstatt.
Ein guter Rat:
an ihrem ungeduldigen Drängen an deiner Tür
wirst du sie erkennen.
Sie sind gewohnt, schnell an ihr Ziel zu kommen.
Sie haben Übung darin, die Unschuld zu mimen;
zu warten sind sie nicht gewohnt.
Verlieren sie Geduld und ihr Ton wird harscher,
deines Zögerns wegen,
schließe jedes Fenster, jede Tür.
Die Ungeduld ist es, die sie verrät.

AUFRECHT

Siehe nur,
die Winterstürme kommen.
Letzte Blätter reißt die Böe dann vom Baum.
Eitle Sonnenfänger-Segel
müssen welk in Demut fallen
und zu jener schwarzen Erde werden,
die sie im Sommer noch verhöhnten.

Holzig Baum-Monumente stehen nackt
und strecken ihre Arme aus
in kahler Schönheit.
Und mit abgeworf'nem Tand
halten sie nun Zwiegespräch
mit eilend Wolken und den Göttern.

Wie Antennen wiegend,
empfangen sie Signale aus dem All.
Still ist es,
nur der Wind und seine Boten
flüstern in des Holzes knorrig Ohr.
Sie beraten das Fest der Auferstehung,
des Knospen-Frühlings,
der aus dem Schlaf nun bald erwacht.

Die Erde dringt mit neuem Atem
in schlafend Zellen grauer Rinde.
Frische Säfte schickt die Welten-Seele
in jede Faser ihres Seins.
Das Leben, der Gedanke
quillt in die neue Form hinein
und denkt sich bess're,
noch schönere Gestalten aus.

Halt' inne,
wohne einem Wunder bei.
Der Rückzug war's,
der Auferstehung schuf.
Die Schar der Wälder
bereitet ihre Hochzeit vor.
Weiße Blüten steckt
das Holz sich bald schon in sein Haar.
Die Winterstürme haben sich gelegt
und ziehen weiße Leinentücher weg.
Die Erde vermählt sich bald,
in jungem, duftend' Kleide,
mit dem Himmel und wird eins.

TATEN

Wenn Zeiten dunkel werden,
nützt es nichts, nur Kerzen ins Fenster zu stellen
und zu hoffen, dass alles gut wird.
Die Welt retten zu können, indem man sie zu Tode umarmt,
in allem und jedem nur das Gute erkennen wollen,
das sich irgendwann besinnen wird,
ist ein fataler Irrglaube.
Es kann Kopf und Kragen kosten.

Manchmal muss man nach der Fackel greifen,
um voranzugehen;
manchmal den Winden trotzen
und der drohenden Flut Einhalt gebieten
mit Mauern aus Sandsäcken;
manchmal sich Wölfen entgegenstellen,
die einem das Blut in den Adern gerinnen lassen.
Manchmal braucht es den Sprung in die Meere,
um den Ertrinkenden zu retten,
manchmal das Vernageln der Fenster mit Brettern,
wenn die Pestglocke schlägt.

Dann wieder gehen wir an manchen Tagen Bäume pflanzen,
um ein Zeichen der Hoffnung auf Morgen zu setzen.
Der Mensch ist nicht geschaffen zu warten,
zu hoffen, dass Lichter sich selbst entzünden,
Könige für ihn in die Schlacht ziehen
oder Götter Retter schicken mit flammenden Schwertern.

GEIST ist uns gegeben,
um Entscheidungen zu fällen,
AUGEN, um Unrecht zu erkennen,
HÄNDE, um unsere Kinder zu führen,
WORTE, um Leidende zu trösten,
GLAUBE, um zu siegen.
Und ist es auch nur die kleinste Geste,
so formt Geist unser Tun, welches Welten heilen kann.
Retten wir uns selbst.

OPFER-ROLLEN

„Opfer-Rollen“ werden oft nicht von den Opfern,
sondern von Tätern besetzt.
Ein schlauer Schachzug,
Mitgefühl, Unterstützung auf sich zu ziehen.
Sie ziehen einen Nutzen daraus, sind Profiteure.
Laut verkünden sie der Welt ihr Leid.
Sie erhalten damit
narzisstische Zufuhr von Aufmerksamkeit,
Nahrung, die sie brauchen.

Sie sind nicht die wahren Geschädigten.
Die wirklich Missbrauchten schweigen meist,
aus Scham, aus Angst.
Sie sinnieren über die angebliche Schuld,
die man ihnen einredete.

Mühlsteine hat man ihnen umgebunden,
bevor man sie ins kalte Wasser warf.
So manchen zog es hinab.
Er konnte das Gewicht nicht tragen.

Finde den Fehler!

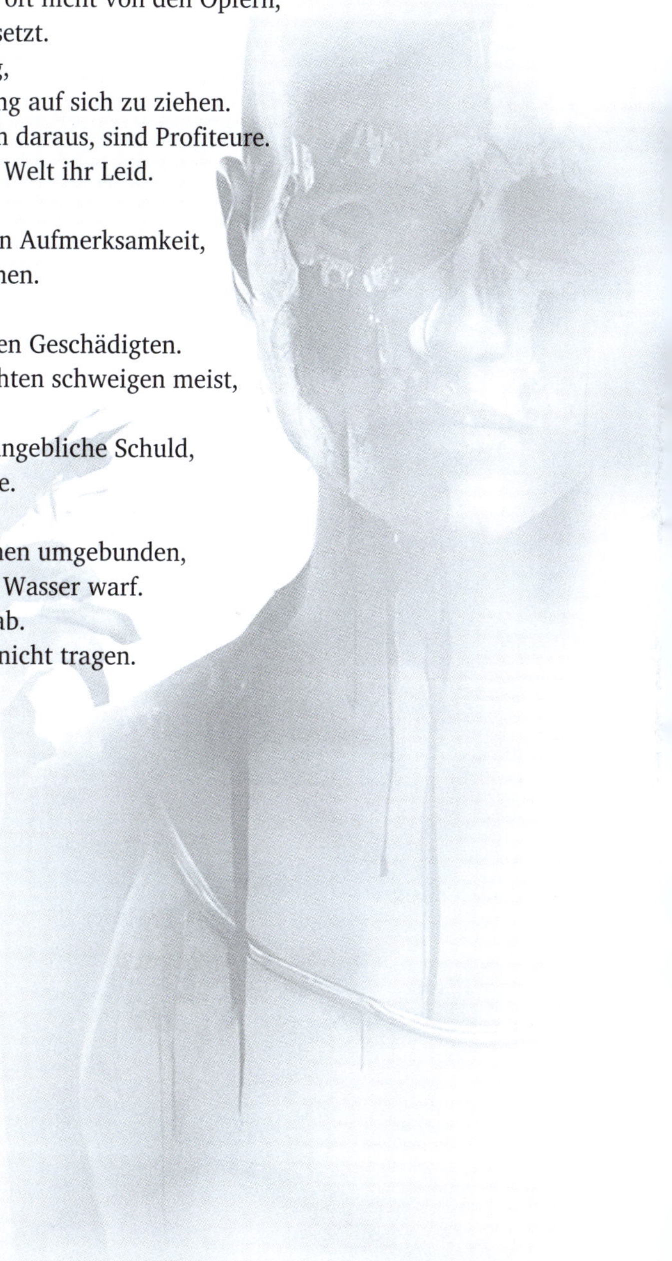

HOCHZEIT DER POLE

Jedes Extrem ist schädlich.
Bist du mit deinen nackten Füßen
zu stark im Fels verankert,
ist dein Körper eins mit Materie
und den Dingen auf der Erde:
Die Seele erkaltet zu Gestein,
weil sie gefangen ist in der Erstarrung.

Hältst du dagegen nur an den Himmeln fest,
suchst die Augen der Götter dort,
im Glanz der Sterne
und dem Wiegen der Lüfte,
verlierst du dich im Wind.

Die Seele fliegt dir mit Flügeln davon,
wurde nicht mehr gesehen,
weil sie die Erde verlor.
Der Funkenschlag des Göttlichen ergießt sich in den,
dessen Füße auf dem Gipfel des Berges stehen,
dessen ausgestreckte Hände
den Himmel und die Wolken berühren.
Dann GEBIERT SICH GOTT neu.

In der Hochzeit der Pole
entstehen die neuen Geschöpfe.
Und zufrieden lacht Gott.

WÜRDE …

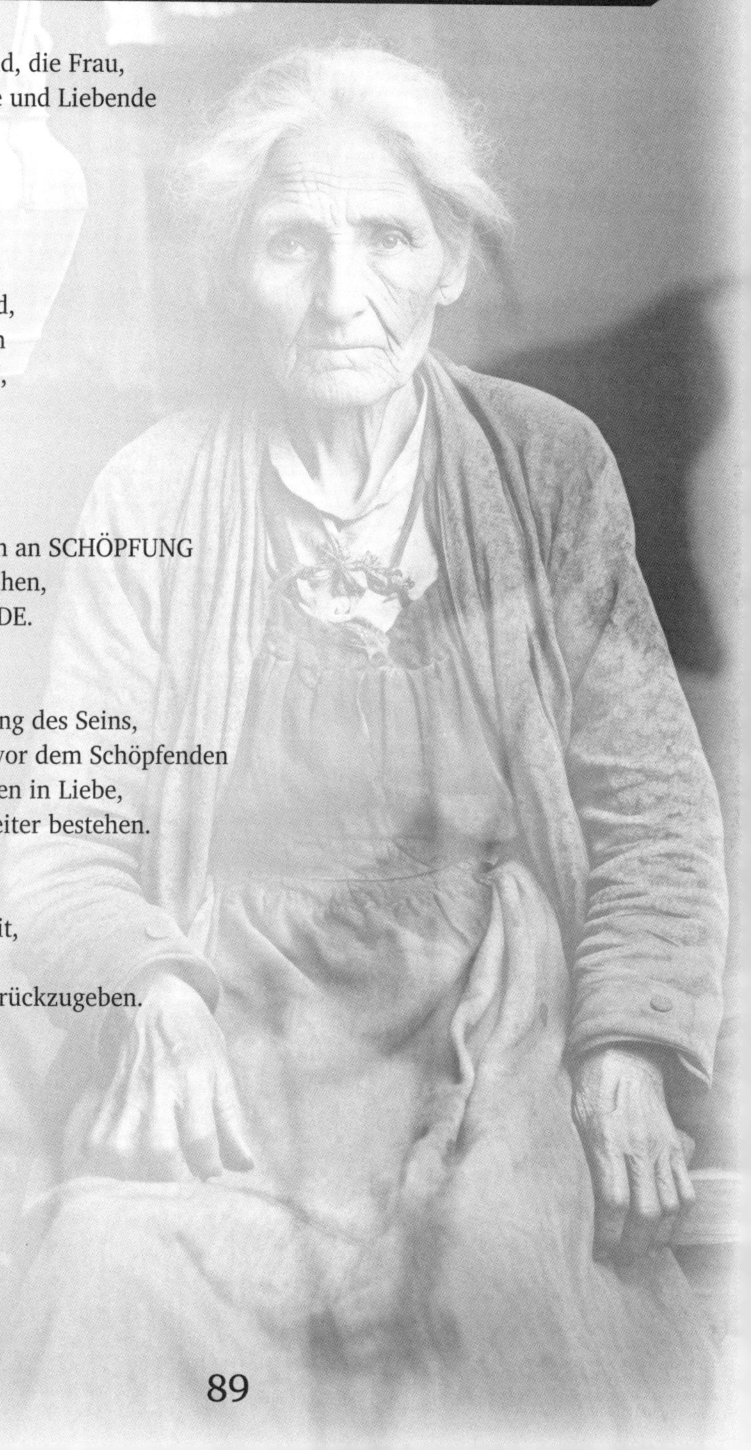

So lange das Kind, die Frau,
das Zarte, Sanfte und Liebende
geschlagen,
geschunden,
geschändet,
beschnitten,
verachtet,
missbraucht wird,
vergeht man sich
am KEIMENDEN,
WACHSENDEN,
GEBÄRENDEN,
am LEBEN.

Vergeht man sich an SCHÖPFUNG
und ihrem Gedeihen,
birgt das das ENDE.

Nur in Demut
vor der Entstehung des Seins,
der Verneigung vor dem Schöpfenden
und dem Gedeihen in Liebe,
wird die Welt weiter bestehen.
Nur so.

Es ist höchste Zeit,
dem LEBEN
seine WÜRDE zurückzugeben.

DÄMMERUNGEN

Zugegeben, es wird dunkel.
Da gibt es nichts zu beschönigen.
Aber die Laternen stehen bereit.
Entzünden wir sie.

GEZEITEN-WECHSEL

Selbst Worte puren Goldes
werden sie dir im Munde umdrehen.

Durch ihre Umkehrungen, ihr Verdrehen
wird Wahrheit zur Lüge.
Gold wird in ihren Händen zu Stroh,
Brot in ihren Worten zu Stein,
das Wasser der Quelle zum ätzenden Gift.
Wahrhaftigkeit, Schönheit, Klarheit
verrottet in ihren Händen zu Schlamm.

Drum tritt hervor. Strafe sie Lügen!
Verhindere die Schändung
der Wahrheit!
Verhindere die Umkehr der Zeichen.

ANERKENNUNG DER NÄCHTE

Es ist grob fahrlässig,
ausschließlich an das GUTE im Menschen zu glauben.
Erst in der Anerkennung der Existenz des Dunklen,
des Destruktiven und Bösen, der Abgründe der Seele,
fügt sich das Gesetz des Lebens zum Ganzen.

Negieren der Existenz der Dunkelheit
wäre das Leugnen des Todes neben dem Leben.
Es gäbe die Nacht nicht neben dem Tage,
den eisigen Winter nicht neben dem Sommer der Früchte,
nicht den Parasiten zum Wirt
und keinen peitschenden Sturm neben der Brise,
die dich liebkost.

Nur wenn dir gewahr wird,
dass sich SCHÖPFUNG und ZERSETZUNG begegnen,
du den Feind anerkennst,
kann das ewige Duell stattfinden.

Bereite dich vor.
Gewähre dir den Schutz, den es jetzt braucht.
Dem, der dir Leib und Leben bedroht,
begegne in Achtsamkeit und Konzentration,
jedoch nicht mit Naivität, nicht in blindem Vertrauen des Unerfahrenen.

Hüte dich.
Siehe die Zeichen,
die nicht für das LEBEN stehen.

Du bist wertvoll. LEBE!

GLUT

Nimm dem Menschen die Hoffnung,
zwinge ihn in die Knie,
ertränke ihn in ewiger Schuld und Sühne,
damit er die verbrannte Erde alter Zeiten betrachte,
den Blick in die Asche der Vergangenheit senkt,
sich verliert im Linsenzählen der Ewigkeit,
damit er klein bleibe für alle Zeit.
So kann er sich seiner wahren Größe nicht mehr erinnern.

Beschwere seine Schultern mit zentnerschwerer Schuld,
die ihm den Rücken krümmt wie tausend Steine,
die ihm das Haupt zu Boden beugt,
seine Augen im Grau verlieren lässt,
wie in einem erloschenen Feuer zu seinen Füßen.
Du nimmst ihm so den aufrechten Gang,
den Blick in die Zukunft,
zerstörst ihm jede Hoffnung auf das Ende der Nacht
und den Aufgang der Sonne.
So verbleibt er in der Knechtschaft,
die du ihm gewählt hast, und er wird dir dienen!

Und doch kannst du sie nicht aufhalten,
die göttliche Kraft der Alchemie,
die Schutt in Edles wandelt,
die Mägde zu Königinnen macht,
und Sklaven zu Rittern werden lässt.

In tiefstem Geröll wohnt der Vogel,
der sich in die Lüfte erhebt:
Der Phönix aus rauchender Asche spreizt sein Gefieder.
Den Blick zu den Göttern gerichtet
wird er den Körper erheben in neuer Gestalt.

Erneut schlägt die Flamme aus totgeglaubter Glut.
Sie wird zum gleißenden Licht des Neuen,
das die Schwingen ausbreitet und sich über die Welt erhebt,
größer, heller, majestätischer als jemals zuvor.

PURES GOLD

Was wir besitzen, liegt nicht im Außen,
nicht in den Schränken,
Garagen, Tresoren dieser Welt.

Das in dir geronnene Gold
blitzt tief in deinem Inneren auf,
wenn du, Schalen gleich,
das Unwichtige,
das, was dich lange Zeit knebelte,
verhinderte,
von dir streifst.

Die Alchemie des Goldes geschieht,
wenn das Feuer des Lebens
dir alles Überflüssige in Asche legt
und dein SELBST überlebt.

Der Schatz,
der schlummernd wartete,
legt sich frei,
ganz ohne Mühe zur heiligen Stunde.
Das erstaunte Auge sieht,
was Jahrhunderte schlief,
wie ein Kcim,
der in der Erde ruhte.

RUF DES LEBENS

Wenn im AUSSEN nichts mehr trägt,
Konturen verschwimmen,
alles dir den Atem nimmt
und die Umgebung sich in Dunkelheit senkt,
bleibst du zurück.
Auch wenn die Angst in dich kriechen will
wie Ungeziefer,
gewähre dir Stille.
Zeit ist es, zu lauschen.

Das LEBEN ruft dir zu:
Siehe, deine eigenen Beine tragen dich,
dein Blick klärt sich, um die Wahrheit zu sehen,
deine Brust hebt und senkt sich
im nährenden Atem, wie von selbst.

Entfache nun dein EIGENES LICHT,
da keiner mehr dir den Weg leuchtet.
Beginne DEIN LEBEN,
da keiner mehr das seine mit dir teilt.

Du wirst niemanden mehr brauchen,
um zu überleben.
VERTRAUE!
Hoffnungsfroh habe ich dich erwartet,
um dir endlich zu zeigen,
wer du wirklich bist,
was LEBEN heißt.

REPARIEREN

Die aktuelle Zeit wird zäh, vieles kommt ins Stocken.
Nichts mehr geht seinen rechten Gang.
Es scheint eine Phase des Reparierens zu sein.
Angelegenheiten müssen wieder instandgesetzt,
in Korrektur gebracht werden.

Stell dir vor, du wärst auf einem Jahrmarkt
Besitzer eines KARUSSELLS.
Tausende von Drehungen pro Tag,
Tausende von kreisenden Bewegungen um dich her.
Fliegende, kleine, bunte Sessel mit manchmal mehr,
manchmal weniger Menschen.
Kaum Verschnaufpause.
Jede Runde bringt Umsatz.
Zeit ist Geld.

Dann kommt da einer vom TÜV
und drückt auf den STOP-Knopf.
Das Gerät müsse inspiziert werden,
geprüft,
gewartet,
repariert,
da wären Mängel, meint er.

Dass das ärgerlich wäre, antwortest du,
Motoren müssten Leistung bringen,
Stillstand sei unmöglich,
das koste dich Umsatz!
„Doch“, gebietet der strenge Mann,
„nur im Stillstand ist Prüfung möglich
und Fehler korrigierbar.
Nur so ist KATASTROPHE zu umgehen.“

MACHTVERLUSTE

Destruktive, narzisstische und psychopathische Persönlichkeiten
ziehen sich ihre Energie aus dem Leid des Menschen.
Schwächung, Abwertung, Demütigung und das daraus entstehende Leid
ist ihre NAHRUNG.
Deshalb bedenke:
Auch wenn du leidest,
besetze niemals die offensichtliche Rolle des Opfers.
Zeige nicht deine Furcht, beuge nicht dein Knie und dein Haupt,
um so, in falscher Hoffnung und Angstschweiß, Schaden zu entgehen.

Furcht des Opfers bestätigt den Täter in seinem Tun,
beflügelt das Böse, weil es sich in seiner Strategie
bestätigt sieht. Es wächst durch Nahrung, die du ihm gibst.

In der PARADOXEN REAKTION liegt das große Geheimnis.
Bleibe souverän in der Gewissheit,
dich wieder emporzuheben in den aufrechten Gang.
Erhebe dein Haupt selbstbewusst, sprich deine Worte ruhig,
bette deine Gesten in Gelassenheit.
Mach jenen fassungslos mit sicherem Verhalten, das ihn irritiert.
Er kalkulierte deine Erschöpfung ein, rechnete mit deiner Unterwerfung.
Geschieht dieses nicht, wird er dich argwöhnisch beobachten.
Sein Blick, sein Vorgehen wird unsicher, weil seine Rechnung nicht aufgeht.

In deinem STARKSEIN, wider Erwarten, liegt deine Gesundung.
In deinem WACHSTUM, inmitten der Ausbremsungen, liegt dein Genesen.
Im unerschütterlichen Glauben an die Überlebensstrategien des Lebens
legst du die Ursache für Irritation, Ohnmacht und Kontrollverlust
des Widersachers.

Er reibt sich die Augen, fassungslos, gekränkt, voller Zorn.
Sein Blick wird sich auf dich heften.
Mehr und mehr verliert er die Kontrolle, beginnt Fehler zu machen.
Er wird zum seelenlosen Getriebenen, der planlos um sich schlägt,
weil ihm die Nahrung versiegt.
Dies ist der Beginn der Selbstzerstörung.

Es geschieht von selbst, nichts musst du tun.
Nicht Richter sollst du sein, noch Henker.
Jeder sieht das Aufbäumen des Dunklen, das sich im Lauten selbst verrät.
Beobachte, bleibe ruhig und betrachte das Schauspiel.
Lass die Dinge geschehen.
Sie werden sich dir zum Guten wenden.

WANDEL

Die Herausforderung vieler „MÄCHTIGER“ in der aktuellen Zeit
ist das Phänomen wachsender Ohnmacht.
Nichts ist mehr planbar.
Nichts ist vorauszusehen.
Die alten, bewährten Strategien des Erfolgs führen sich ad absurdum,
die Führbarkeit von Menschen wird unberechenbar.
Entgegen aller Bemühungen
rauschen Pläne ins Nichts.

Hilflose Versuche des Ruderns,
wildes Organisieren und Strukturieren,
das erbarmungslose Ausbeuten und Kontrollieren
der letzten Mitarbeiter, die noch blieben,
verkommen zum wilden Um-sich-Schlagen.
Letztes Aufbäumen in Gekränktheit füllt die Räume,
um dann hilflos, wie nasses Leinen,
in sich zusammenzufallen.

Dann irgendwann tritt Ruhe ein,
eine kaum erträgliche, seltsame Ruhe,
in der man glaubt, die Welt hätte vergessen zu atmen.

Doch wenn Mächtige die Bühne verlassen,
wird das entstehende Vakuum
fast unmerklich wieder aufgefüllt.
Wie reines, klares Wasser sickern neue Menschen leise
in den sich leerenden Raum.
Lange nahm man diese nicht wahr.
Sie waren bescheiden,
warteten im Hintergrund auf ihren Einsatz,
dann, wenn die Zeit reif ist.

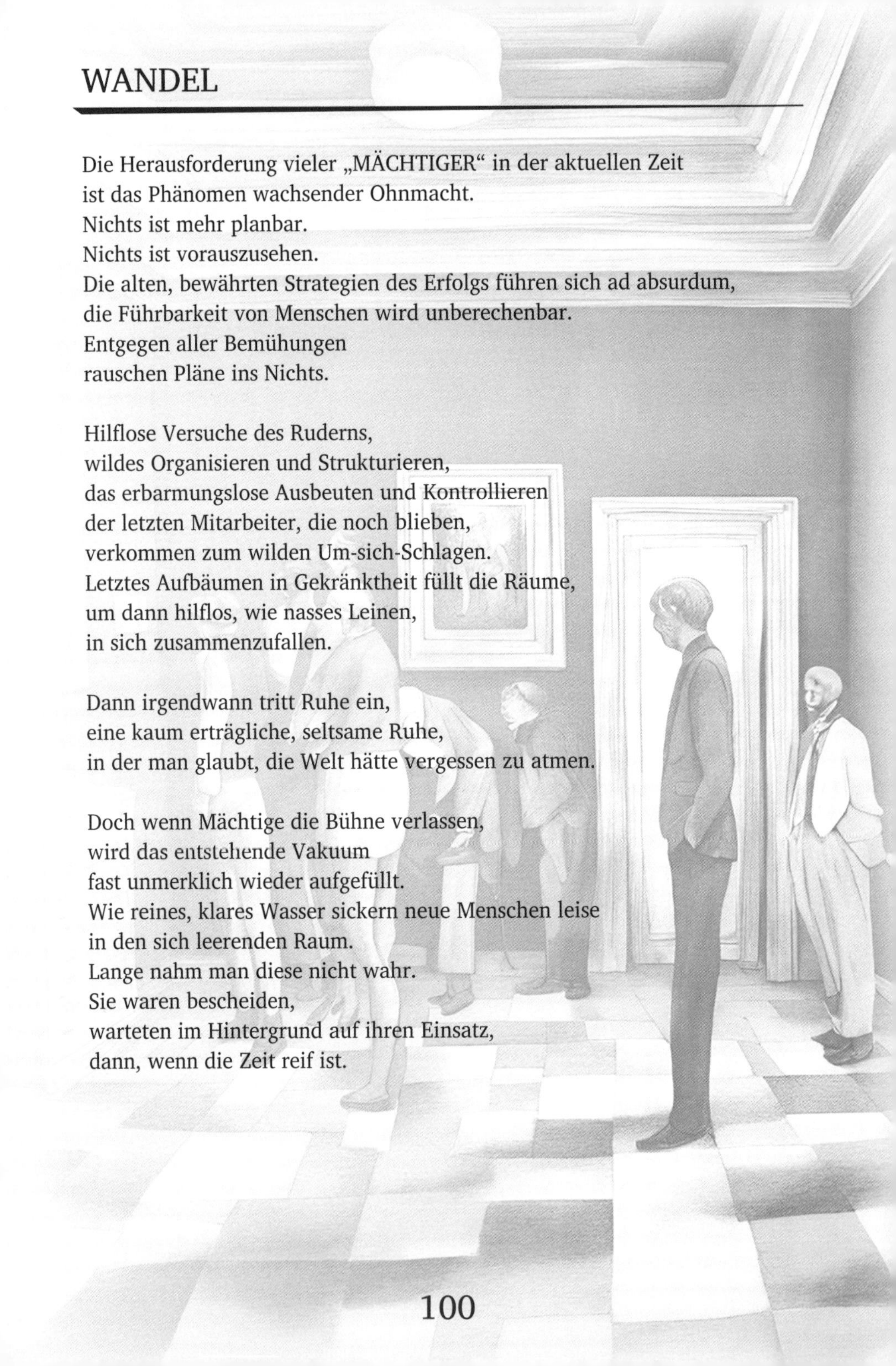

Sie beginnen ihre Werke leise,
ohne großes Geschrei und Herumfuchteln.
Dinge ordnen sich unter ihrer Hand,
als gehorchten sie einem Meister,
auf den sie schon lange warteten.
Sorgsam tut man,
was in der Rückkehr der Menschlichkeit getan werden muss.
Dieses braucht keine lauten Töne,
keine lautstarken Diskussionen,
keine großen Gesten.
Es geschieht, weil die sich eins sind im Geiste,
die verstehen OHNE WORTE.

AUFERSTEHEN

Wir wissen erst dann,
wie STARK wir sind,
wenn das Leben uns zum Kampfe fordert.

Wir wissen erst dann,
wie GROSS wir sind,
wenn das Leben uns zwingt aufzustehen.

Wir wissen erst dann,
wieviel ÜBERLEBENSWILLE in uns steckt,
wenn das Leben uns in die Todesangst schickt und fragt: „Willst du leben?“

Wir werden erst dann
unseren KÖNIGLICHEN NAMEN kennen,
wenn das Leben uns ruft.
Dann erst werden wir wissen,
aus welchem STAMME wir sind.

BEFREIUNG DER „UNTERERDE-KINDER“

Die Erde
gibt ihre Kinder frei.
Ihr Fuß hat sie noch nie durch die Sonne getragen.
Ihr Mund ist des Sprechens nicht kundig.
Ihr Auge ist geblendet vom Tageslicht,
ihre Lungen atmeten noch nie die Luft eines Frühlings.

Die Erde gibt ihre Kinder frei.
Sie will ihnen nicht dienen
als Grab der Finsternis,
als modrige Wohnstatt der Nacht.
Kleine Körper, die man herausträgt, auf bergenden Armen,
aus Verzweiflung und der Ahnung von Tod.
Sanftes, erstes Licht fällt auf ihre Stirnen und segnet sie.

Behutsam küsst sie das Leben zurück.
Sie werden nach oben getragen,
aus dem Leib der Erde geborgen,
Stunde um Stunde.
Und es werden immer mehr,
die man findet
und der Sonne wieder schenkt,
wo ihre Tränen trocknen.

WENN DAS LICHT STÄRKER IST

Wut, Ohnmacht, Angst
und all der andere Wahnsinn unserer Zeit
nimmt seinen Lauf, durchströmt
das Leben jedes Einzelnen.
Und doch berechtigt es keinen,
seine eigene Tragödie
ins Gesicht von anderen zu schlagen.
Die Geisel einer Zeit
darf nicht verwendet werden,
der Schwester, dem Bruder
blutende Wunden zuzufügen.

Eine ungeheuer große SPALTUNG
erschüttert ein Volk, ja, die ganze Menschheit.
Sie trennen sich wegen politischen Anschauungen,
religiösen Ausrichtungen, unterschiedlicher Herkunft und Bildung.
Alte – Junge, Frau – Mann, Eltern – Kinder,
politisch Hörige oder alternative Denker,
Fleischesser und Pflanzenköstler.
Reiche und Arme,
Mächtige und Ohnmächtige
führen Kriege.

Eine Schande.

Unerbittlich zerteilen sich Gemeinschaften
in Fragmente,
oft nur eines unterschiedlichen Merkmals wegen.
Wie ein Uhren-Pendel zerschlägt die Zeit Verbündete.
Alles zersetzt sich, wird armseliges Häufchen zuletzt.

Fast am Ende des Spiels sind wir,
in dem es ums Vereinzeln geht,
Vereinsamung in ihrem Vollzug.
Der Mensch sitzt, steht
in vier Wänden und wähnt sich nah dem Wahnsinn.
Bald wird er schluchzen, weinen, brüllen,
denn er wird um sich schauen
und erkennen:
Niemand ist mehr da.

Doch der böse Plan hat Fehler.
Im IN-SICH-ANKOMMEN,
im Ein-Mitten,
liegt der göttliche Gedanke der Heilung.
Der Mensch nimmt Verbindung auf zu jener Quelle,
aus der er kam.
Verdichtung auf sich selbst
ist der Anfang des Wegs nach Hause,
das Heimkehren zum Licht.

Der Mensch hebt seinen Blick,
wird eins mit dem,
was man nicht spalten kann,
unsterblich ist und ewig.
Der böse Plan misslingt.
Das Teilen hat ein Ende,
hat Mensch die Reise
HEIMWÄRTS einmal angetreten.

NACHT-ZWERGE

So viele, die lautstark verkünden,
sie wären die „Erleuchteten“,
die „Retter“, die „Hoffnung und Erlösung“,
die „Sonne am Horizont“ inmitten der Dunkelheit.

Sie sind es nicht.

Es ist der selbsterhöhende und doch vergebliche Versuch,
sich die Düsternis der Zeit zunutze zu machen,
sich emporzuheben über andere,
als Prediger des LICHTS.

In lächerlichen Gesten
bedienen sie sich glitzernden Tands
und Sternen aus billigem Blech,
um sich diese wie funkelnden Orden
auf die Brust zu pflanzen.
Sie buhlen um die Huldigungen der Menschen,
stolzieren wie die eitlen Pfauen auf hölzernen Stegen.

Das wahre Licht dagegen ist STILL.
Es kommt in Demut und auf leisen Sohlen.
Es braucht keinen Lärm und große Bühnen.
Es braucht keinen Vergleich.
Denn in überwältigender Schönheit und Anmut
breitet es sich bereits über das Land.
Längst ist es schon da.
In seinem Scheine zerfallen die Gnome der Nacht zu Staub.

ABENDBLUTROT

Traurige Zeit.
Menschen, die sich informieren,
hinterfragen, vorsichtig abwägend,
recherchierend,
werden hasserfüllt angegriffen.

Was für ein seltsamer Krieg:
Hinterfrager-Lynchen,
Kritiker-Verbrennung,
andere-Meinung-Hexenjagd.

Makaber, alles.
Eines hellen Geistes nicht würdig.
Die Menschen verlieren sich in Dogmatismus
und Rechthaberei.
Bis aufs Blut wird Meinung verteidigt,
die doch nicht mehr ist als Meinung
und vages Vermuten,
kein Wissen.

Die Wahrheit hat bis jetzt noch keiner.
Die wird sich weisen,
ob früher oder später,
wer kann es sagen?

Hoffen wir,
dass sie sich nicht vernichten, die Menschen,
enthaupten, häuten und verbrennen,
für eine Wahrheit,
die es vielleicht so gar nicht gibt,
oder gar Lüge ist.

Hoffen wir, dass der Alptraum vorbei ist
in Bälde.
Wieviel hält Menschheit aus,
bevor es vielleicht zu spät ist
und keiner mehr wiederkehrt?

RESISTENZA

Sie sterben, die Alten.
Die Alt-Vorderen gehen,
jene Menschen, die noch ohne große pädagogische Anweisung
ihre Kinder erzogen,
die, die noch bescheiden leben konnten,
weil es in alten Zeiten nicht viel gab;
die, die das Brot segneten und ihre Felder liebten.

Sie verlassen die Zeit,
sie, die zertrümmerten Kindheiten durchlitten,
die ihre Rücken krummgearbeitet haben für ein Brot,
ein kärgliches Auskommen und das Großbringen ihrer Kinder.
Sie gehen, die die Städte mit ihren Händen
wieder aus der Erde gehoben haben,
als sie in Scherben lagen,
sie, die sich zuletzt nur noch Kleines wünschten:
Vögeln Sonnenblumenkerne auf die Fensterbank zu streuen,
ihre Enkel lachen zu sehen,
in Zeitungen zu blättern,
ihre Brötchen in Kaffee zu tunken
oder plaudernd mit ihren Nachbarn am Zaun zu stehen.

Sie sterben allein, in Angst, weil man sie vergisst,
weil Besuche selten werden, um irgendwann ganz zu versiegen.
Alles geschieht im Verborgenen,
auch ihr Sterben,
weil man sich ihrer entledigt,
sie so lange vergehen lässt, bis sie nicht mehr da sind.
Man hat sie dorthin abgeholt,
wo sie hinter Mauern der Verschwiegenheit
ihre Erinnerungen vergessen und mit in ihre Gräber nehmen,
deren Namen niemand mehr kennt.
Sie gehen, ohne zu stören, ohne andere zu behelligen,
ganz leise, so, wie sie ihr Leben lang gewohnt waren, leise zu sein.
Oft gehen sie ohne Abschied und ohne Gruß der Familie.
Man hat sie entsorgt, sich von ihnen entfernt,
wie von Lästigem.

Ist das der PLAN?
Vielleicht hätten sie uns zuviel erzählen können,
davon, wie ECHTES LEBEN geht,
gutes Sehen mit dem Herzen.
Vielleicht hätten sie zuviel gewusst,
uns warnen können, wo Unheil beginnt,
uns raten können, wie man Übel verhindert,
weil sie Geschichte lebten ...

GEWISSHEIT DES RUHENDEN SEES

In mir ist Zuversicht.
Menschen bergen in sich noch immer das Gute,
auch, wenn sie es momentan nicht wagen,
Unrecht auszusprechen.
Keiner solle glauben,
dass sie nicht bei klarem Verstand wären.
Sie haben ihre Weisheit
in den Tiefen ihres Herzens verborgen,
wie einen Schatz auf den Grund des Sees gesenkt.
Sie wissen wohl, was Recht und Unrecht ist,
können trennen Gut und Böse,
Licht von tiefer Finsternis.

Die Seele des Volkes ist eine gute,
des Menschen Herz ist der Wahrhaftigkeit verbunden.
In ihm liegt Mitgefühl und Barmherzigkeit für den Leidenden.
In Kindes Brust schon liegt Kristall,
der das Schwache und die Erde schützt und pflegt.

Mephisto mag die Seelen kaufen wollen,
kennt jede Kunst der klugen Rede und der Täuschung.
Und ist der Mensch nicht willig,
wird er ihn Angst und Schrecken lehren.
Doch nur Mark und Knochen kann er plagen,
den Geist und Glieder taumelnd machen.
Es wird ihm doch nichts nützen,
weil's zu jedem Faust ein Gretchen gibt.

Man mag über den Meeren die Stürme entfachen,
das Wissen der Menschen aus ihren Stirnen reißen,
ihre Boote kentern lassen auf Wogen der Angst.
Die Weisheit der Menschheit
schläft weit unter den Spiegeln des Sees.
Nicht sichtbar ruht sie auf dem Grunde.
Sie bleibt dem überheblichen Auge verschlossen
und wartet, bis Wellen wieder in ihren Frieden kehren.
Dann erst wird sie wieder auftauchen,
als wäre nichts geschehen.

Keine List der Welt, keine schmutzige Lüge,
kann dem Schutze des Wassers etwas entgegensetzen.
Dinge kommen ans Licht zu ihrer Zeit,
steigen als REINE WAHRHEIT aus ihrem Bade.

LIST

Manipulateure sind keine Dummen.
Sie servieren uns das Ungeheuerliche
angerichtet mit kleinen Wahrheiten.
Nach dem Durchmischen von Wahrheit und Lüge
wird Betrug zur scheinbar bekömmlichen Kost.
Bitterer Geschmack ist kaum mehr wahrnehmbar.

Spätschäden und Verdauungsprobleme
sind nicht mehr nachvollziehbar.
Keiner stellt mehr Zusammenhänge her.
Es gibt keinen Schuldigen zu identifizieren,
keine Spuren zu entdecken.
Der Täter zieht weiter.

PSYCHOPATHISCHE ANWEISUNG

Nimm einem Menschen all das, was er liebt:
seine Freunde, seine Familie, seine Freiheit,
sein Geld, seinen Glauben, seine Zuversicht
und seine Heimat.

Dann, wenn er kaum mehr etwas hat,
gib ihm wenig von Billigem.
Die Krume trockenen Brotes,
ein paar Stunden Schlaf nach durchwachter Nacht,
ein paar Glasperlen oder bunte Steine,
ein verblichenes Foto seiner Liebsten.

Das genügt, um ihn zu brechen.
Wertloser Tand, das Wenige
erscheint ihm dann, in seiner tiefen Verzweiflung,
wie ein letzter Schimmer Hoffnung,
für den es sich zu kämpfen lohnt.
Er wird sich daran klammern,
als wäre es das Letzte, was ihn am Leben hält.

Nun wiederhole das Spiel,
gib und nimm ihm das Wenige weg.
In immer neuen Zyklen verwirrst du das Opfer.
Sein Blick wird sich am Ende auf dich heften
wie auf einen Retter,
wie auf einen Heiligen,
der Herr über Leben und Tod ist,
der ihm in seiner Qual Linderung verschaffen kann.
Er verschmilzt mit dir, deinem Geist und Körper,
wie ein Sklave, der sich seinem Meister unterwirft.
Ab da seid ihr verbunden
in einem unauflösbaren Pakt.

Dann, wenn er dir hörig ist, wird er dir folgen wie ein Hund.
Dann bist du nie mehr allein.
Er steht dir zu Diensten, bis zur Selbstauflösung.

KRANKE SPIELE

Wenn Narzissten kurz vor der Enttarnung stehen,
lügen sie in unfassbaren Ausmaßen.
Die hohe Energie, die sie für die Inszenierung
des Lügengebäudes
aus List, Tücke und Betrug aufwenden,
ist für einen Normalsterblichen
jenseits von allem, was er sich vorstellen kann.

Dieser immense Aufwand der Täuschung
wird betrieben bis zur letzten Sekunde.
Das ist der Grund,
warum Opfer an ihrer eigenen Wahrnehmung zweifeln,
die Schuld bei sich suchen.
Es ist für sie unbegreifbar,
wie jemand bis zum letzten Atemzug
eins ist mit der Lüge.
Es sprengt jede Vorstellungskraft
und lässt fassungslos zurück.

ABZWEIGUNG

Viele angebliche „Freunde“ distanzieren sich gerade,
weil man zu kritisch hinterfragt, unbequem wird,
nicht jeden öffentlich hingeworfenen Informationsbrocken
der Medien glaubt und wortlos hinunterwürgt.
Selbst Mitglieder der Familie beäugen misstrauisch,
ziehen sich zunehmend zurück.

Es gibt mehrere Gründe, warum viele Menschen
nicht hinter die Kulissen schauen.
Einer davon ist Verdrängung:
Was nicht sein darf, darf man nicht glauben,
noch weniger zur Sprache bringen.
Und so schweigen sie, die vielen,
halten eisern an Dogmen und Narrativen fest,
die offensichtlich jeder Wahrheit entbehren.
Man erträgt Lügen unaufgedeckt,
weil ihr Aufdröseln Konsequenzen bringen könnte,
Unannehmlichkeiten.

Sei’s drum, dann scheiden sich eben die Wege.
Schade, es gab so manchen, der einem teuer war!
Weder beuge ich mich latenter Aggression,
noch all dem Fingerzeigen.
An der Wahrhaftigkeit werde ich festhalten, am aufrechten Gang;
meinen Augen, meiner präzisen Wahrnehmung werde ich vertrauen.
Der Weg wird dadurch einsamer.
Aber besser all-einig mit sich, als einsam unter den vielen.

Und so sage ich manchem ADIEU.
Werde es überleben, auch ohne euch!
Aber seid gewiss, in nicht allzulanger Zeit
werden sich bittere Erkenntnisse auftun.
Wie Schuppen wird es euch von den Augen fallen,
dass ihr geirrt euch habt,
ihr mutiger eures Wegs hättet gehen sollen.
Vielleicht tut es euch dann leid,
vielleicht auch nicht.

Dann sage keiner, es gab nicht genug der Zeichen
und ihr hättet nichts gewusst.
Wundert euch nicht, wenn ihr es dann seid,
die alleine verbleiben,
weil keiner von den Vertriebenen zu euch zurückkehren will.
Sie haben sich dann ihre neue Welt geschaffen
und werden nicht mehr wiederkehren.

IRRGLAUBE

In surrealen, destruktiv-narzisstischen Konstellationen
machen Menschen den großen Fehler,
an ein faires Verhandlungs-Gegenüber zu glauben,
das Argumenten zugänglich ist.

Schnell verliert sich sämtliche Energie
in dem Wahnsinn des Diskutieren-Wollens,
des Sich-Erklärens.
Man erliegt dem IRRGLAUBEN,
dass sachliche Rede,
überzeugende Beweise,
glasklares Verhandeln
letztlich zum Erfolg führen wird.

DENKFEHLER!

In den Gehirnwindungen von Narzissten,
psychopathischen Persönlichkeiten,
ist Einsicht nicht vorgesehen,
das Diskutieren nicht vorgesehen,
der Kompromiss,
die Reflektion über mögliche Fehler
nicht vorgesehen.

Dreh dich um und geh.
Die Wand vor dir,
sie hätte mehr Muße, dir zuzuhören
als jener, der dich verachtet.

Verwirf deine Strategie des Hoffens,
des Glaubens, dass er sich ändert, irgendwann.
Stattdessen ändere die Spielregeln.
Erkenne das Destruktive, die Programme der Zerstörung.
Siehe, dass im Dunklen seiner Pupillen
er nicht auf dich wartet;
dass er aus dem Land der Seelenlosen stammt,
von dem es keine Wiederkehr gibt,
wenn du dich nicht umdrehst und gehst.

DEUTSCHLAND (Lied an mein Land, weil es an der Zeit ist)

Ich liebe mein Land,
meine Heimat, in der ich aufwuchs,
mit all den Menschen mit einem großen Herzen
und dem unerschütterlichen Glauben an das GUTE.

Meine Mutter war eine Schöne, eine Edle, eine Prinzessin der Herzen,
mein Vater ein Denker, ein Philosoph, ein Held und ein Wissender
der Welt.
Beide haben mich die Liebe und die Weisheit in diesem Land gelehrt.
Ihrer Hände Arbeit haben nach dem Krieg vieles mit aufgerichtet.
Es erfüllt mich mit Stolz, ihnen Tochter zu sein.
In Demut verneige ich mich vor der Klugheit, ihrem Glauben,
dem Mut und den Werten, die sie mir mit auf den Weg gegeben haben.

Ich mag nicht mehr gemessen werden
an einer düsteren Vergangenheit Deutschlands,
an einer „ewigen“ SCHULD, die nicht die meine ist,
an der Dunkelheit und den Übeltaten weniger Führenden,
sei es im Jetzt oder im letzten Jahrhundert.
Es sind nicht Werke, die aus dem Volke kommen,
nicht aus mir.
Sie sind Ausbund des Bösen,
das Glieder und Stirnen besetzte wie Nistplätze.
Es ist nicht das meine;
mein Denken, mein Herzschlag von einem anderen Stern.
Das dunkle Erbe, ich werde es nicht antreten.

Den Mühlstein der SCHULD
haben die Menschen dieses Landes viel zu lange getragen,
das Erbe übler Machenschaften,
viel zu schwer, fast zum Zerbrechen,
auf ihren Schultern geschleppt.
Ihr Rückgrat ist gebeugt, ihr Stolz gebrochen,
sind sie Schatten ihrer selbst geworden.

Das deutsche Volk ist ein geschlagenes Volk,
ein unterdrücktes Volk,
ein beschämtes Volk. Keiner will es sehen.
Es hat eine gute, tiefe Seele.
Gutmütigkeit hat man missbraucht,
Hilfsbereitschaft ausgenutzt.

Es wurde missbraucht
und seiner Würde entraubt,
nach allen Regeln der düsteren Kunst
und des manipulativen Spiels.
Mit zersetzenden Strategien,
mit dem ewigen Lied von Schuld, Strafe und Zerstörung
hat man ihm den Geist geraubt, die Kultur,
das Herz, die Seele und den stolzen Gang.

Wir sind nicht das Aschenputtel der Nationen,
mit gesenktem Haupt und gebeugten Knien,
wir sind nicht der „dumme Michel",
der räudige Hund, den man tritt,
oder das Schlafschaf auf der Weide.
Aus unseren Stirnen entsprang Poesie,
aus unseren Seelen Kunst und hohe Kultur,
aus unserem Herzen entstand Musik
und eine Architektur der Schönheit,
aus unserem Denken Wissen und Philosophie,
die sich über die Welt verströmte.

Deshalb braucht es heute den Mut und das Erinnern.
Es ist an der Zeit, sich nicht mehr in Eigenverachtung zu krümmen.
Es mir egal, ob ich Ohrfeigen ernte oder Verhöhnen,
ob ich mit üblen Begriffen beworfen werde.

Ich bin stolz, DEUTSCHE zu sein.
Mein Gang ist aufrecht.
Mein Kampf war schon immer für den Schwachen,
den Verwundeten, den Gebeugten,
und er war gerecht.
Niemals habe ich mich falscher Autorität gebeugt,
Unrecht oder manipulierendem Spiel.
Aufrecht will ich gehen,
stolz auf mich,
meine Ahnen,
mein Volk,
meine Werte,
mein Land.

Dies werde ich weiter tun.
Vielleicht mit vielen zusammen.
So Gott will
und das Leben es zulässt.
In Dankbarkeit.

PSYCHOPATHISCHE PROVOKATION

Du kannst eine Seele von Mensch sein,
du kannst dich üben in Geduld
und Friedfertigkeit.
Toxische Menschen, in ihrem Wahn,
Macht und Kontrolle zu erringen,
werden provozieren bis zum bitteren Ende.

Wie giftige Pfeilspitzen
setzen sie dir Nadeln ins Fleisch,
treiben dich an den Rand der Verzweiflung.
Sie hetzen dich im Kreis,
bis dir die Sinne schwinden,
du die Kontrolle verlierst.

Dann, wenn du außer dir bist,
um dich schlägst wie ein Ertrinkender,
Wut, Tränen, Verletzung aus dir quellen
und du in Verzweiflung Fehler begehst,
könnten sie sich zum König krönen
auf dem nackten, zerschlagenen Rücken
deiner Fassungslosigkeit.

Mit wildgewordenem Lachen
und fuchtelndem Zepter
heißen sie dich auf die Knie.
Du wärst schuldig.
Du hättest versagt.
Du wärest das wirkliche Böse.
Darauf stünde Strafe – und der Tod.

Wohl dem, der beizeiten erkannte,
dass sie dich nur provozieren,
damit du aus deiner Mitte gehst,
aus deiner Macht.
Nur dann würden sie regieren können
über Materie und Seele.
Doch dies wird nicht geschehen.

DAVID

Das digitale Netz ist eine große BÜHNE,
ein Spiegel der Gesellschaft.
Andersdenkende, Hinterfragende, kritische Geister werden angegriffen,
wie es schon vormals war.
Dass sie nach der WAHRHEIT suchen, ist das,
was man ihnen vorwerfen könnte.
Doch fliegen Phrasen und Beleidigungen wie Sicheln, die vernichten.
Es muss um mehr gehen als nur Kritik: zum Schweigen bringen,
sich ihrer entledigen will man sich,
bevor sie zu gefährlichen Boten werden, die nicht gewünscht sind.

Schon längst ist es ein Kampf, ein Bruderkrieg.
Ein Gemetzel beginnt zwischen denen,
die vor noch nicht langer Zeit
gemeinsam aßen und tranken, trauerten und Feste feierten.
Arm empört sich gegen Reich,
Alt gegen Jung, Mann gegen Frau, Schwarz gegen Weiß,
Verstand gegen das Schwingen von Gefühlen.
Eine in sich vervielfältigende Spaltung
zerreibt ein Land in kleinste Fragmente,
zu Pulver zwischen Steinen.

Wieder sind es die ZWEI GROSSEN MÄCHTE,
die sich nach Jahrtausenden erneut
Auge in Auge gegenüberstehen.
In vielen Facetten und Gesichtern
fordern sich GOLIATH und DAVID erneut zum Kampfe.
Gewalt, Kontrolle, Macht auf der einen Seite,
der wendige, provozierende, kritische Geist
auf der anderen.
Der Riese, bis unter die Zähne bewaffnet,
geschirrt mit Dolch, Degen und zornigem Plan.
Der andere klein, doch voller Witz und Zuversicht.
In seiner Wendigkeit und schöpferischem Wägen
nimmt er die Herausforderung an und zielt.

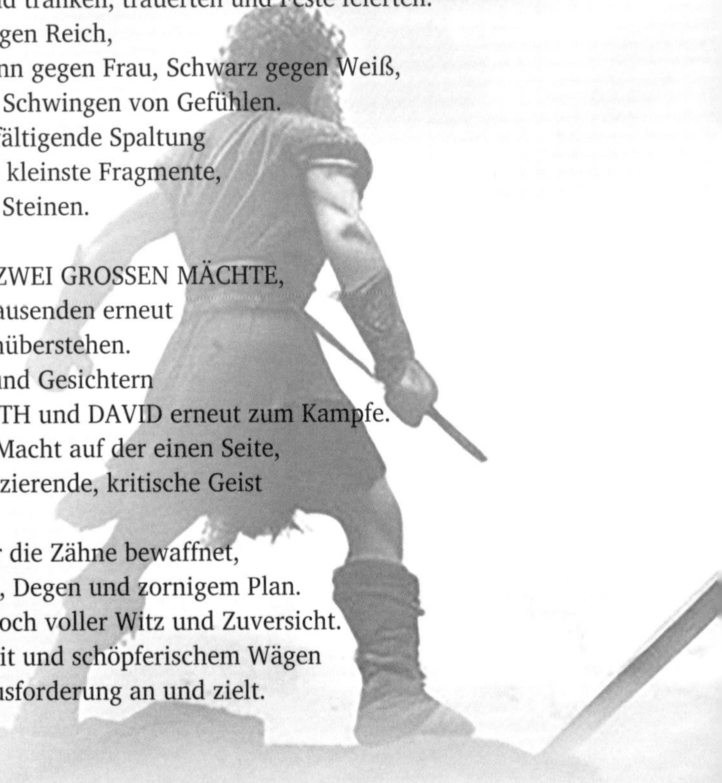

Die Menge applaudiert dem großen Krieger,
spottet über den, der schwächlich scheint und unerfahren.
Das Mächtige grinst und holt zum Schlage aus.
Doch der klugen Idee und der kleinen Schleuder braucht es nur,
um den Feind erst ins Taumeln, dann zu Fall zu bringen.

Anders kam es als geplant.
Das Volk reibt sich die Augen und verstummt,
als Vorwitz siegt.

Wie es einst schon war,
so wird's auch morgen werden.
Das Kleine trifft aufs Große,
allein es fehlt ihm am an der Angst.
Empfindlich Stelle trifft es, mitten auf die Stirn.

Das Blatt, es wird sich wenden.
Dort, wo es Goliath gibt, wird stets ein David stehen.
Kiesel werden's sein, die Riesen fällen
und Knaben König werden lassen.

ENDE DES CLOWNS

Die Menschen in den Rängen, die euch zujubeln,
werden bald weniger werden.
Leere Ränge bald in eurem Zirkus.
Wenn jeder das Theater durchschaut hat,
werden sie aufstehen und gehen.

Lauft weiter eure Runden in der Manege,
solange man euch die Karten für die Vorstellung bezahlt.
Doch bereitet euch vor:
die Zeit wird kommen, in der euch
das eigene Zelt-Dach auf den Kopf fällt.
Keiner wird euch dann mehr helfen,
wenn ihr unter Tüchern begraben liegt.

Mit Grausen werdet ihr erkennen,
dass jene, die enttäuscht gingen,
weil ihr sie um die Wahrheit betrogen habt,
euch aus den Trümmern hätten bergen können.

Doch nun sind sie fort,
keiner glaubt euch mehr.
Bald wird man euch entsorgen,
wie Kehricht in blechernen Eimern.

LEERER ORT (Zeit des Lockdowns mit Ausgangssperre)

Ich gehe, wie fast jeden Tag am Abend,
durch die nun leeren Straßen unseres Dorfes.
Mein Weg führt entlang der Feldraine,
hinaus auf die Wiesen und zum Bach.
Kein Mensch, der mir entgegenläuft.

Jasmin versucht sich in ersten prallen Köpfen
ins Frühjahr zu drängen.
Er schwingt sich ein wenig schwerfällig
über Gartenzäune mit leisem Duft.
Doch keiner riecht ihn.
Holunder quillt in Dolden und freut sich über das Abendrot.
Frühlingsüppigkeit der wild wachsenden Gräser
tupft sich in buntem Vielerlei ins Grün.
Doch keiner schaut ihnen zu.

Der erste Pfefferminz kriecht duftend aus der Erde,
„Apothekergärtlein" nannten sie liebevoll unser Dorf,
der vielen Kräuter wegen.
Doch keiner scheint sich mehr daran zu erinnern.
Aus Beregnungsschläuchen, gespeist vom nahen Bach,
bläst sich Wassernebel auf Abend-Äcker.
Versprühter Glitzer ganz vergeblich,
weil er niemanden zu erfreuen scheint,
keiner mehr sieht das Meer der Diamanten.

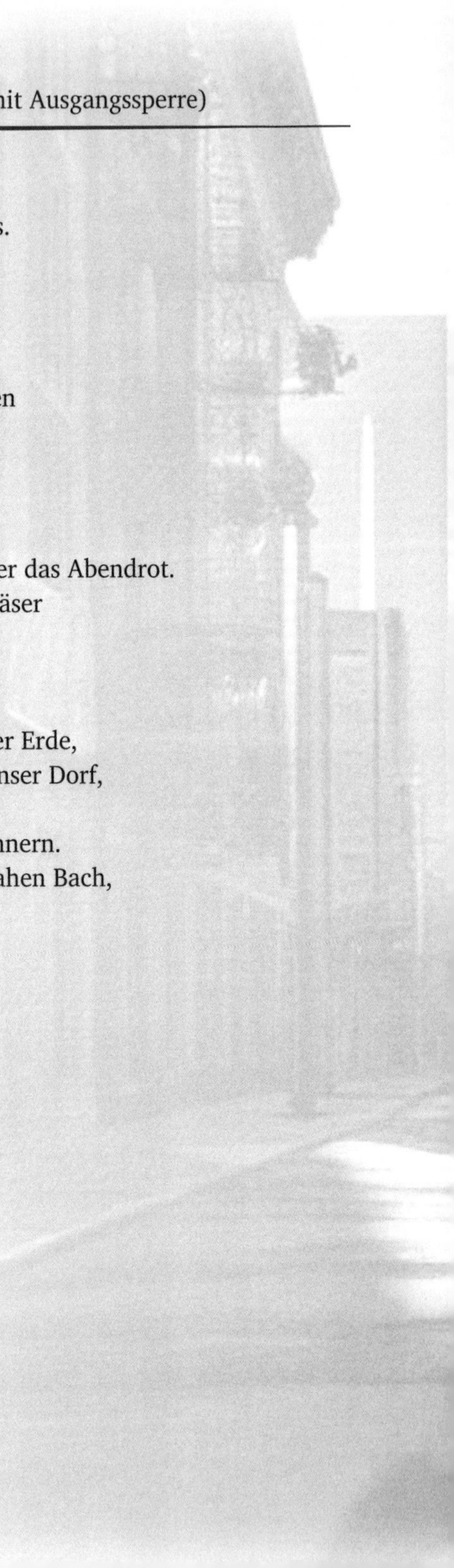

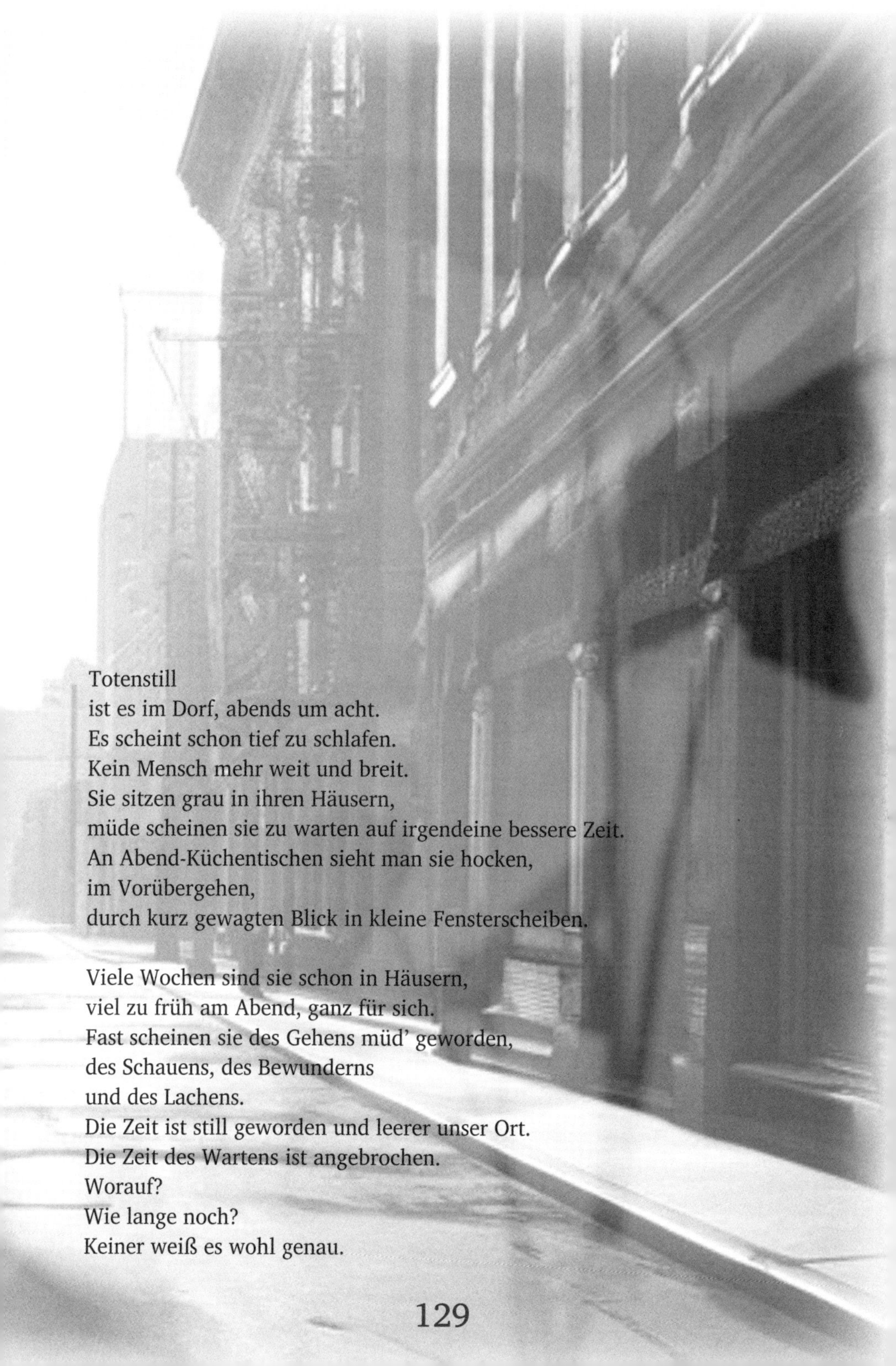

Totenstill
ist es im Dorf, abends um acht.
Es scheint schon tief zu schlafen.
Kein Mensch mehr weit und breit.
Sie sitzen grau in ihren Häusern,
müde scheinen sie zu warten auf irgendeine bessere Zeit.
An Abend-Küchentischen sieht man sie hocken,
im Vorübergehen,
durch kurz gewagten Blick in kleine Fensterscheiben.

Viele Wochen sind sie schon in Häusern,
viel zu früh am Abend, ganz für sich.
Fast scheinen sie des Gehens müd' geworden,
des Schauens, des Bewunderns
und des Lachens.
Die Zeit ist still geworden und leerer unser Ort.
Die Zeit des Wartens ist angebrochen.
Worauf?
Wie lange noch?
Keiner weiß es wohl genau.

VON RAUPEN UND SCHMETTERLINGEN

Dass man mit „Raupen-Menschen“
nicht in der Sprache des Schmetterlings kommunizieren könne,
sagte neulich jemand zu mir.
Ein gutes Bild.
Es gibt inzwischen der Menschen viele,
die Zartheit, Achtsamkeit, Schönheit
und Anmut eines Wortes, eines Klanges,
einer Berührung nicht verstehen,
ja fast verachten.

Es lässt schier verzweifeln.
Ist es doch, wie wenn zwei Geschwister sich nichts mehr zu sagen haben.
Verstand und Gefühl sitzen sich ratlos gegenüber
und können nichts mehr miteinander anfangen.
Sie haben sich verloren, sich vergessen
und leben nun in fremden Welten.
Der eine, der sich in eifriger Gefräßigkeit einer Raupe
gerade seine neue Mahlzeit sucht,
der andere, in der Zartheit des Falters,
sich tänzelnd in die Lüfte erhoben hat.

ENTSCHEIDUNGSTRÄGER

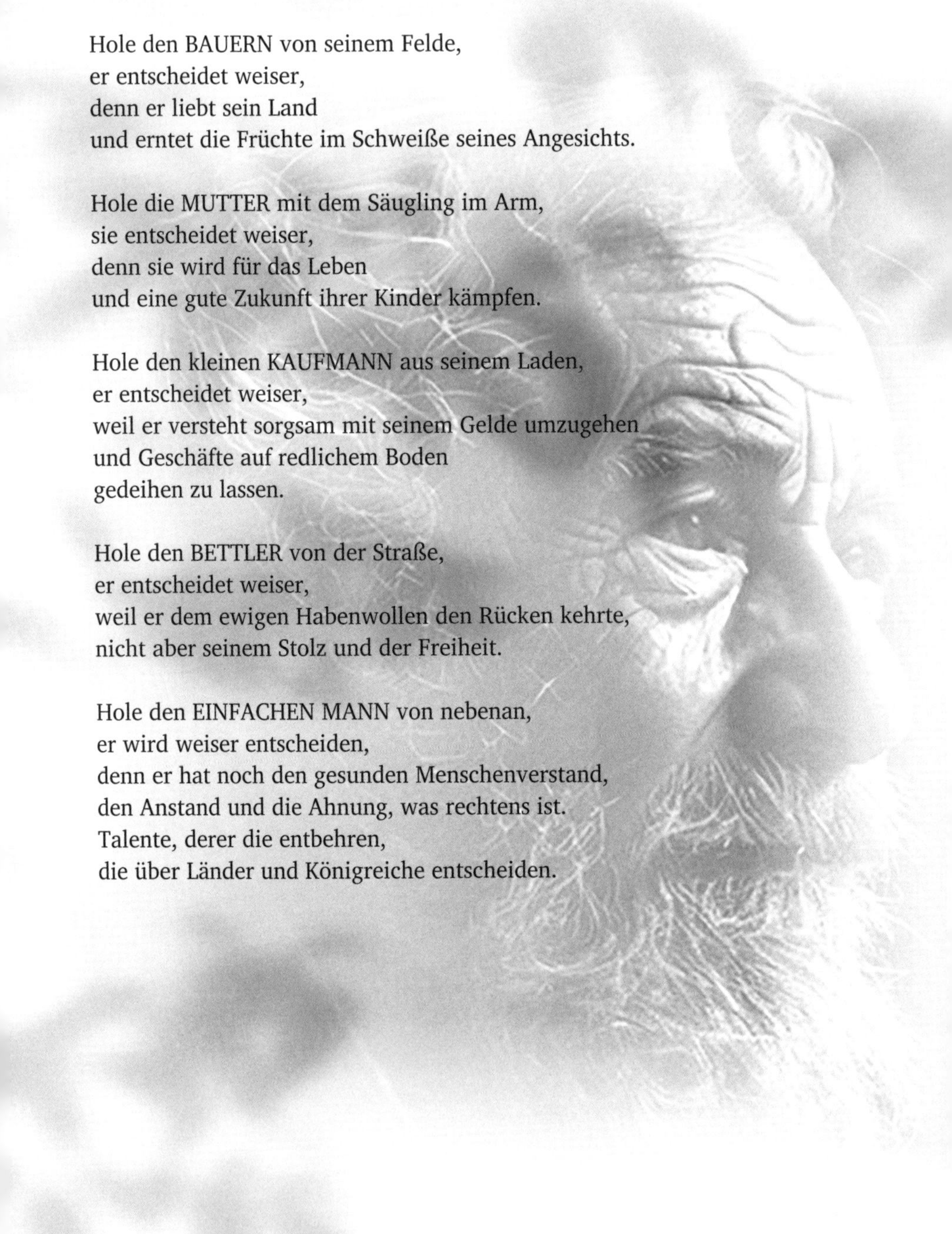

Hole den BAUERN von seinem Felde,
er entscheidet weiser,
denn er liebt sein Land
und erntet die Früchte im Schweiße seines Angesichts.

Hole die MUTTER mit dem Säugling im Arm,
sie entscheidet weiser,
denn sie wird für das Leben
und eine gute Zukunft ihrer Kinder kämpfen.

Hole den kleinen KAUFMANN aus seinem Laden,
er entscheidet weiser,
weil er versteht sorgsam mit seinem Gelde umzugehen
und Geschäfte auf redlichem Boden
gedeihen zu lassen.

Hole den BETTLER von der Straße,
er entscheidet weiser,
weil er dem ewigen Habenwollen den Rücken kehrte,
nicht aber seinem Stolz und der Freiheit.

Hole den EINFACHEN MANN von nebenan,
er wird weiser entscheiden,
denn er hat noch den gesunden Menschenverstand,
den Anstand und die Ahnung, was rechtens ist.
Talente, derer die entbehren,
die über Länder und Königreiche entscheiden.

PROVOKATION

Das Böse provoziert,
wieder und wieder
und bis aufs Blut.
So lange, bis du explodierst,
die Kontrolle nicht mehr bewahren kannst.

Das ist gewollt.
Dann kann es mit dem Finger auf dich zeigen,
dir vorwerfen: „Du bist schuld!“,
„Du bist böse!“,
„Sühne musst du tun!“
Lange hätten sie es schon geahnt,
dass etwas bei dir nicht stimmt!

Deshalb bleibe konzentriert.
Schütze dich vor Provokationen
und deinem Kontrollverlust, der daraus erwächst.
Bewahre dich in der Mitte.
Hüte deinen Frieden wie ein kostbares Gut.

Solange du den Fehde-Handschuh nicht aufhebst,
ist alles gut.
Denn es ist gewollt, dass du in den Krieg ziehst,
dass deine „Unschuld“ zerstört
und deine Rechtschaffenheit zertreten wird.
So kann man dich richten
und auf öffentlichen Marktplätzen als Beute zur Schau stellen.
So halte inne, bleib in der Ruhe,
die jeder Aggression den Raum, den Atem nimmt.
Sie wird dir die Macht verleihen,
dass deine Burg uneingenommen bleibt.

TAKTIK-WECHSEL

Das Problem ist,
dass man mit den Psychopathischen verhandeln will
wie mit normalen, gesunden Menschen.
Man denkt, man müsste diskutieren,
weil sie vielleicht ahnungslos wären,
im Grunde nur gute Argumente bräuchten
und die Chance,
zu erkennen, einzusehen und zu korrigieren.
Wir hoffen auf Einsicht oder Erkenntnis
oder späte Reue.

Sie wird nicht kommen.

Vergiss es, hoffnungslos.
Alles ist ihnen ein großes Spiel.
Alles gehört zu ihrem Plan.
Alles ist gewollt und kein Zufall.

Wir schenken Zeit, unser Herz, Hoffnungen,
weil wir uns nicht vorstellen können,
dass jemand das Böse im Sinn haben könnte,
dass Dunkelheit das Licht und Leben frisst,
es gierig in sich hineinstopft
und sich vom Leid der Menschen ernährt.

Jede Stunde ist kostbar, jede Minute.
Also vergeude nicht die Zeit und nimm wahr,
anerkenne, dass es das „Un-Licht" gibt,
die Existenz von „Nicht-Erbarmen", „Un-Gnade".

Dies ist Voraussetzung für deinen Strategie-Wechsel.
Erst, wenn wir das Düstere anerkennen,
sparen wir uns sinnloses Verhandeln und vergeudete Zeit.
Dann erst können wir zu uns selbst heimkehren
und endlich von dort weggehen,
wo man uns nicht gedeihen lässt.

Dem Leben dürfen wir uns zuwenden,
dem Licht entgegenwandern.
Erst, wenn wir das Dunkle als dunkel erkannt haben,
können wir uns bewusst für das Helle entscheiden.
Dann erst findet die Seele ihren Frieden.

KÖNIGSDISZIPLIN

Wenn das Böse an der Wand steht, wird es grausam.
Es zielt in deine tiefste Wunde mit höchster Präzision.
„Dich mag keiner“, sagt es.
„Alle hassen dich, weil du schlecht bist,
verachtenswert, hässlich, nicht liebenswert
und dem Wahnsinn verfallen!“
„Keiner will mit dir zu tun haben!“
„Alleine würdest du einsam zugrundegehen!“

Deine Seele erinnert sich,
fühlt tiefen Schmerz deiner Kindheit und aus Jahrhunderten.
Gestrenge Stimmen der Vergangenheit
mahnen in deiner Stirne.
Es ist, wie wenn sie dem Kinde sagten:
„Keiner liebt dich! Deine Mutter wird dich verlassen!
Du wirst sterben, weil du zu wenig bist, zu böse!
Wesen wie du sind nicht liebenswert, die Schande der Sippe!“

Dies ist der Schmerz der tiefsten Wunde;
du kennst ihn ebenso
wie ihn viele von uns kennen aus früher Zeit.
Denn wir sind Kinder geblieben,
dort im Innen, wo es keiner sieht
und wo die Tränen zuhause sind.

Wenn du dich daran erinnerst, erkennst,
dass es die Angst vor dem Verlassenwerden ist,
die Angst vor dem Sterben und dem Gehen der Mutter,
dann nimm ihn an, den Schmerz.
Blicke getrost in die offene Wunde,
weine die Tränen, die das Kind nicht zeigen durfte.
Fühle die Angst,
nimm sie sanft liebkosend in die Arme,
in Fürsorge für dich.
Dann wird ihr Schluchzen leiser werden mit der Zeit,
versiegt wie ein kleiner Bachlauf in der Erde.

Erst wenn die Wunde sich schließt wie eine Blume,
bist du unverletzlich, unsterblich für alle Zeit.
Kein Dolchstoß trifft mehr dein Herz, kein Schlag mehr dein Haupt.
Das Kind erhebt sich aus der Asche,
als Prinz, als stolze Königin.
Der Bann der Hexe erlischt
und lässt dich endlich gehen.

ASCHENPUTTEL

Dunkle Seelen machen deinen Horizont ganz klein.
Sie stecken dich in dunkle Räume
und vernageln dir die Fenster.

Das Licht wird schwach,
dein Platz ist der am Feuer, das erloschen ist.
Während du, wie Aschenputtel, die Linsen aus der Asche liest,
bekleiden sich die anderen mit buntem Tand und Perücken.
Zum Tanze möchten sie gehen, in feiner Gesellschaft,
wo Musik aufspielt und Betrug gelingt.

Während du in der Kammer wägst,
welche Linsen die Guten oder die Schlechten sind,
fluten die Tänzer die Säle und das ganze Land mit dem Bösen.
Betrug, Arglist, Täuschung dringt in die Häuser und Schlösser.
Lachend und mit vielen Hofknicksen
tanzen sie sich hinter jede Mauer.
Man könnte glauben, ihnen gehöre das ganze Reich.

Doch warten wir ab.
Die Märchen alter Zeiten haben es uns gesungen,
dass es Vögel und Boten des Himmels gibt,
die uns zu Diensten sind,
die zu trennen wissen das Gute vom Schlechten,
und uns lösen vom Bann der dunklen Stuben.
Dann erlauben wir uns freudig das Auferstehen,
finden das Gewand der rechten Königin
und in uns selbst den Prinzen,
der durch Dornenhecken dringt.

Er wird sich unerschrocken auf den Weg machen,
durchkämmt das Land in der Suche nach der Wahrheit
und jenem schönen Kinde,
dessen Gang geschaffen ist für Schuhe aus Kristall.
Hochzeit wird dann gefeiert,
zwischen mutigem Recken und zarter Braut,
der Bund geschlossen
zwischen Held und edler Schönen.
In Verbindung jener, die sich ewig suchten,
liegt Heilung, findet sich's zum Ganzen wieder.

Dem Bösen geschieht nichts Gutes dann.
Es wird selbst nun sitzen,
an schwelender Asche für lange Zeit.
Allein, die rechten Linsen zu finden,
das Gute von dem Schlechten zu trennen,
es wird ihm nicht gelingen, dort am Herd.

AHRIMANS ANWEISUNGEN

Bringe einen Menschen in die Atemlosigkeit.
Torpediere ihn, in immer neuen Attacken aus dem Nichts.
Wechsle unentwegt die Richtung der Angriffe
und lasse die Pfeile aus allen Himmelsrichtungen kommen,
so dass dein Opfer die Orientierung verliert.

Verwirre es mit der Unberechenbarkeit von Zeit und Ort,
nimm der Bedrohung das Gesicht und ihre Identifizierung,
veranlasse, dass der Gejagte ohnmächtig umherirrt
auf der Suche nach einer Gefahr, die er doch nicht sehen kann.
Gib ihm keinen Raum zu denken,
keine Zeit zu sprechen oder Fragen zu stellen.
Wenn er kein Gegenüber hat, keine Antworten bekommt,
taumelt er, beginnt er zu sinnen
und bei sich selbst nach den Fehlern zu suchen.
Dann ist kein Planen und klares Denken mehr möglich.
Er vermag den Fuß nicht mehr vor den anderen zu setzen,
sein Rückgrat weiß sich nicht mehr aufzurichten.

Wie ein hilfloser Korken springt dein Opfer
dann ziellos von Welle zu Welle,
verliert jede Orientierung auf dem öden Meer ohne Horizont.
Irgendwann gibt dieser Mensch auf.
Die Kraft wird ihn verlassen,
weil die ziellosen Bewegungen ihn ermattet haben.
Dann ist der Sieg dein.

Denn töricht sind die Menschen,
vergessen sie doch das Naheliegendste,
dass alles ein Krieg des Scheins ist, eine Illusion,
ohne jenen Feind, den sie so übermächtig vermuten.
So kostet es uns kaum Kraft, wir sind Magier des Theaters.
Wir Maler des Infernos verfügen über große Leinwände
und viele Farben. Das ist alles.

Es bräuchte so wenig, dieses aufzudecken.
Durchschauen könnten sie die Angriffe im Geiste,
den Plan der Illusionen und der Atemlosigkeit,
der sich auf ihre Seelen legt.
Kehrten sie zurück in ihren wahren Kern,
würden sie das Spiel erkennen.
Sie könnten überleben ohne Anstrengung.
Nur ein Handstreich ihres Geistes
könnte uns in die Schlünde des Abgrunds wieder hinabstoßen.

HYDRA

Ist die LÜGE erst einmal enttarnt
und ihrer Maske beraubt, lacht sie ungeniert,
gebiert hundert neue Lügen-Häupter auf ihrem Hals,
denn sie kennt keine Scham.

Erschüttert sieht jener,
welcher im guten GLAUBEN war,
dass sich Betrug, ist er einmal aufgedeckt,
keine Mühe mehr macht, zu verbergen.
Während das Vertrauen sich krümmt
ob des Verrats, der Enttäuschung,
und fassungslos sich selbst züchtigt,
des falschen Glaubens wegen,
gewinnt das Düstere hämisch Raum.
Unverfroren dehnt es sich
und wächst zur Hydra,
mit vielen dunklen Mündern und Armen.

Drum erschaudre nicht, wenn die Maske fällt.
Rechne mit dem Schlimmsten.
Erwarte den Kraken, der sich winden wird.
Dann bleibt dir Erschütterung erspart,
du windest dich nicht im Staube
und in todbringender Angst,
weil du gelernt hast,
ihm ins Auge zu sehen.

Sammle dich, konzentriere dich.
Schaue in die Glut der Pupille,
die nichts verbrennen kann,
wenn du nicht zauderst;
die nichts in Asche zu legen vermag,
was ihr in Zuversicht entgegenblickt.

Das Dunkle wächst nur im Schaudern,
die Lüge gebiert sich nur dort in tausend Natternköpfen,
wo man ihr nicht mit Mut entgegentritt.

DENKFEHLER

Das Dunkle sucht gierig nach
dem Glanz, der Brillanz, der Macht, die es nicht hat.
So versucht es sich zu nähren
durch Kontrollieren, Strangulieren und Absorbieren
des WAHREN, GUTEN, SCHÖNEN.

Was für ein Unsinn, zu glauben,
dass Psychopathie das Schwache sucht,
die Bedürftigen, graue, mitleiderregende Gestalten,
jene, die im Schatten ihres Seins dahinvegetieren.

Ganz im Gegenteil:
Energiequelle soll Freudlosen die Beute sein,
Lebensspender, Orden auf ihrer Brust
und Quellstrom in innere Leeren.
Sie suchen helle Sonnen, Diamanten und funkelnde Sterne,
die sie verzehren können,
hinunterschlingen, wie einen Brocken Nahrung.
Das Licht sollen diese spenden, wo Dunkelheit herrscht,
die Wärme in Adern fließen lassen, die gefroren sind.
Ist das Mahl beendet,
spucken sie die Reste achtlos aus wie Kerne.

So wird ihnen eine Weile wohl,
und heller scheint's in ihren Bäuchen für kurze Zeit.
Für eine kleine Weile
fühlen sie sich nicht mehr hungrig.
Ihre Gefräßigkeit weicht einem dösenden Schlaf.
Dann müssen sie wieder auf die Jagd,
wie Umhergetriebene in einem ewigen Fluch,
nach neuer Beute suchend.

HEILUNG

Liebevolle Worte, Gesten können wie Medizin sein,
eine zärtliche Berührung für den Verwundeten,
Heilung für den, den die Schmach erdrückt,
lebensspendender Segen für die Verfolgten
und die, die im Schnee verbluten.

Doch Hass wird die Heilenden ereilen.
Wie Wild wird man sie mit wütenden Hunden jagen.
Zur Beute werden die werden,
die helfend Hände reichen und Gefallene vom Boden ziehen.
Unerbittlich werden sich Zähne in deren Fleisch graben,
weil sie es sind, die die Opfer ihren Feinden entreißen.
Man will sich des HEILERS entledigen,
weil in seinem Tun die Jagd ein Ende fände.

Doch dunklen Mächten wird es nichts nützen.
Vor ihren Augen wird HEILUNG geschehen.
Das Blut wird sich von den Körpern waschen.
Die Lahmen werden sich aufrichten
und ihr Lager davontragen.
Das Antlitz des Aussätzigen
wird in Makellosigkeit erstrahlen.
Tote werden aus ihren eisigen Höhlen ins Licht schreiten
und Dämonen den Stirnen von Tausenden entweichen.

FEUERPROBE

Es ist die Zeit angebrochen,
in deren Finsternis man jene erkennt,
deren Gestalt aus purem Licht gewoben ist,
unter deren Schritt die Funken der Lagerfeuer sprühen,
deren Gedanken Sonnen aus purem Gold sind.

Wie Fackelträger
werden sie den Weg weisen, wie mit Laternen
die Richtung beleuchten in die Heimat.
Nichts wird sich ihrem Scheinen in den Weg stellen können.

Die Boten stehen schon bereit.
Ihre Lichter sind bereits angezündet,
in ihren geputzten Lampen brennt starke Flamme.
Auf die Nacht sind sie vorbereitet.
Zu diesem einen Zwecke wurden sie berufen,
nur dieser einen Tat ist ihr Sein gewidmet.

Würde sich die Nacht nicht über die Erde legen,
man würde sie nicht erkennen,
sie könnten uns nicht zeigen, dass es jetzt auf Reisen geht.
Lange wärst du sonst gewandert, wo Glanz nur billig war,
in Menschen-Herzen keine Lichter brannten
und nichts wärmte.

Begrüße froh die Finsternis.
Sie meint es gut mit dir.
Bis zu deinem Ende wärst du sonst gefolgt
den falschen Göttern
und ihrem Blattgold-Lächeln.
Nun erkennst du
und folgst dem RUFE nach
auf heimischen Straßen.

DIE FLUCHT DER ZWERGE

Krisen sind oft gerechte Richter.
Sie trennen die Spreu vom Weizen.
Menschen, die in ihrer Mitte ruhen,
in ihrer Liebe und dem Vertrauen auf das Große,
bleiben stehen inmitten des Sturms, Leuchttürmen gleich.
In ihrer Unerschütterlichkeit sind sie vielen Orientierung und Licht;
doch manchem auch ein Dorn im Auge.

Wächter der Hybris, Blender, Zwergenkönige, torkeln im Sturm.
Ihre viel zu großen Mäntel jagen flatternd um ihre kleinen, dürren Körper.
Fegende Winde zeigen sie nackt mit ihrer schmalen Brust
und der Wahrheit ihres kleinen, dürftigen Selbsts.

Sie flüchten gekränkt aus der Entblößung.
Es ist ihnen nicht behaglich in Zeiten,
die Kleider vom Leibe reißen.
Doch hüte man sich: In ihrem Flüchten
reißen sie Gerechte mit in den Abgrund,
löschen Fackeln, zerschlagen Laternen und treten Flammen aus.
Sie ertragen kein Licht in Zeiten des Untergangs
und zertreten wütend helle Zeichen.

Der Hass ist grenzenlos auf jene,
die ZWERGE enttarnen
und sie mit hellem Leuchten
aus den Höhlen ihrer dunklen Schatten ziehen.
Wohl dem, der sich zu schützen weiß
vor dem Sturm ihrer Ungnade und Rache,
um sie übers Land zu fegen.
Doch nichts kann ewige Flamme löschen,
nichts Leuchtfeuer-Türme zu Fall bringen.
Immer und immer wieder
entzündet ein einziger Funke ein Meer von Lichtern.
Immer und immer wieder
entfacht kleine Glut unzählige Feuer.
Die Zwerge, sie rennen hastig davon.
Siehe, das Licht lehrt sie das Fürchten.

SCHREBERGARTEN

Viele sagen aktuell:
„Warten wir mal ab, was die Zeiten so bringen."
„Warten wir mal ab, es wird schon nicht so schlimm werden,
wie die bösen Mahner uns drohen."
„Warten wir mal ab, irgendwann wird es den Menschen zu bunt.
Sie lassen sich nicht alles gefallen. Dann wird alles besser!"
„Warten wir mal ab, irgendwann dreht sich alles zum Guten!"

Und so warten wir alle ab.
Schauen regelmäßig über den Zaun,
um zu sehen, was der Nachbar tut:
wenn der sich was traut, würde man sich auch trauen,
anschließen würde man sich,
ein anderer müsste einfach nur beginnen,
ja, dann wäre man dabei!

Das Problem:
auch du bist ein Nachbar,
ein Nachbar vom Nachbarn.
Und der Nachbar wartet auf dich!
Keiner von euch kommt ins Tun.
Jeder wartet auf den Beginn des anderen,
auf einen Entschluss, eine Entscheidung,
eine gute Idee,
auf den ersten Schritt.

So kommt nichts zustande.
Müdigkeit, Apathie machen sich breit
und irgendwann ist sie da, die Versteinerung,
in der alles erstarrt und der Wille ganz klein wird.

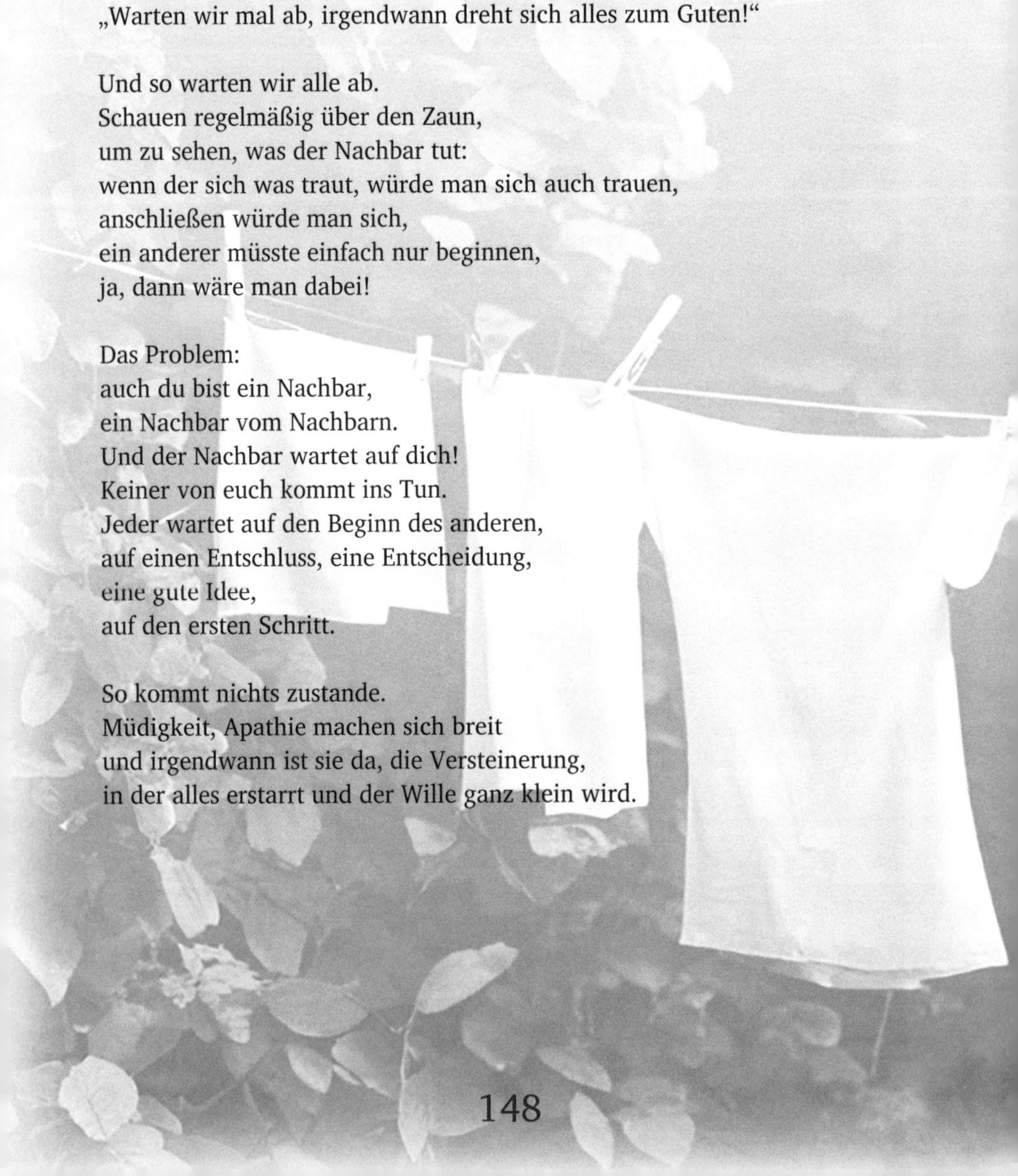

Die lästigen Mahner,
die mit den erhobenen Zeigefingern
und unangenehmen Botschaften,
brachte man schon längst in die Kerker oder zum Pranger.
Schimmelpilz des Vergessens überzog ihre Leben.
Kaum, dass man sie noch mit Namen kennt.

Dann ist keiner mehr da, der warnt.
Und es wird still.
Die Nachbarn tuscheln weiter,
darüber, was die Zeiten wohl so bringen.
Und manchmal schauen sie über den Zaun,
wo sich nichts mehr regt,
nur die sonnenbleiche, flatternde Wäsche an der Leine.

FATA MORGANA

Narzissten
zeichnen dir erst die STERNE an den Himmel.
Sie malen dir in gleißenden Farben
den strahlenden Planeten,
von dem du liebend einst gekommen bist.

Nicht viel später,
und sie lassen verächtlich lachend alles zerplatzen,
zerdrücken dir die heile Welt
wie einen Luftballon mit einem lauten Knall
zwischen ihren Händen.

Fruchtbares Land wird in einem Moment
zur trockenen Wüste,
und Dunkelheit legt sich auf die Erde
wie eine erstickende Decke,
die keinen Stern mehr kennt.

In tiefster Trauer, fassungslos,
in grenzenloser Enttäuschung,
wagst du nicht zu denken,
dass alles nur Illusion war.
Geschwächt, ausgehungert,
um jede Hoffnung gebracht, harrst du aus.

Letztlich akzeptierst du jedes Gesetz, jede Mühsal
und strenge Regeln, die man auf dich legt.
Für ein Stück trockenes Brot, ein freundliches Wort
und einen Hoffnungsschimmer
auf ein Leben, wie es einst war, gibst du alles.

Du ahnst für alle Zeiten,
dass du nicht dem vertrauen kannst,
der dir Sterne an den Horizont malt.
Es sind nicht die seinen, sondern deine.
Er kann dir nicht schenken,
was er nicht besitzt.

PUPPENSPIELER

Psychopathen erkennst du niemals auf den ersten Blick.
Sie sind Experten.
Experten der eleganten Bewegung,
des Charmes, der Analyse von Menschen,
der Manipulation und Strategie.

Nichts ist bei ihnen Zufall, alles ist Plan.
Die wenigsten von ihnen zieht man
als Kriminelle aus dem Verkehr.
Sie bewegen sich unerkannt im Außen
und treiben unmoralische Spiele,
die ein empathisch schwingender Geist
sich niemals vorzustellen vermag.

Ihr Plan ist die ENTKERNUNG der Seele.
Wie eine Form soll sie besetzt werden,
ein Gefäß für die eigene Macht.
Es ist kein gutes Spiel,
mit wenig Chancen für den, der die Regeln nicht kennt.
Sie ziehen Schnüre, lassen Marionetten tanzen nach ihrem Lied.

Es gilt die Fäden zu erkennen.
Nur so kann man sie durchschneiden und der grausame Reigen
hat ein Ende.

FEHLEINSCHÄTZUNG

HOCHSENSIBILITÄT ist eine emotionale Hochbegabung,
kein Trauma, keine Krankheit, keine geistige Verwirrung!
Lasst es, uns einreden zu wollen,
wir wären unnormal,
hätten einen Dachschaden,
wären überempfindlich, in der „Opferrolle“,
reif für die Anstalt
oder zumindest „sonderbar“
durch Dinge der Kindheit, die uns angeblich
den Boden unter den Füßen nahmen.

Wir sehen Dinge, die andere nicht sehen.
Wir fühlen Frequenzen,
von denen andere nur träumen,
wir ahnen voraus,
wo andere noch Jahre im Dunklen wandern,
wir erkennen Zusammenhänge,
verbinden Punkte zu einem großen Bild, schieben Fragmente zur
ERKENNTNIS zusammen.

So wäre es besser, zu schweigen
für jene, die nicht sehen,
deren Wahrnehmung zu klein ist,
als dass sie förderlich wäre.
Warum ihnen erlauben, andere abzuwerten,
wenn ein bloßes Abwarten gezeigt hätte,
dass sie Recht hatten, die Feinfühligen,
die Ahnenden mit ihren tiefen Augen
und dem Gespür, was kommt.

Groß ist sonst das Bedauern darüber
– ist das Unheil erst eingetreten –
dass man besser auf sie gehört hätte!

ERWACHEN DER KÖNIGE

Hoffnung ist wie Nahrung, Speise, die überleben lässt.
Zuversicht darf sich nun ihrer Flügel bedienen
und in die Lüfte erheben.
Die Zeit ist da.
Das Reden darf beginnen,
zu lange lähmte das Schweigen.
Lasst uns Worte formen für das LEBEN,
den STOLZEN GANG der Könige lernen,
uns des EDLEN WORTES erinnern
und das Haupt erheben,
um sichtbar zu werden, weit über die Ebenen.

Viele der Unseren werden jetzt gebraucht.
Lange haben wir gewartet.
Im Verborgenen sind wir gediehen,
stärker und größer geworden.
Unser Herz ist zu Gold geronnen
und begann zu schlagen
für einen uns noch unbekannten Zweck.
Bekannt war uns weder das Ziel
noch die Richtung unseres Wegs.

Wir ahnten nicht,
für welche Zeit wir reifen,
und dass man unser Licht dafür ausersah,
ins Dunkle zu strahlen wie die Sterne.
Bald ist er da, der Moment,
in dem wir aus tausendjährigem Schlaf erwachen.
Wir werden erwartet,
in der Funktion, für die wir geschickt wurden.
Jeden von uns, an seinem rechten Ort,
wird man von Burgzinnen herab,
weit übers Land erkennen.
Lasst uns der Dinge harren,
der Weg fügt sich vor unseren Augen.
Die Menschen warten schon.

GEBURT DER ENGEL

Die letzte große ENTTÄUSCHUNG
ist wie ein großes Zerreißen mitten durchs Herz.
Sie zerstört letzte Hoffnungen, Erwartungen.
Bindung zu Menschen und Dingen zerfällt zu Staub.

Verbundenheit löst sich, Gefüge vergeht,
als wäre es niemals gewesen.
Wie im Guss einer Glocke entsteigt stolz der Mensch,
unter Zerstörung und tausenden Scherben
der verlorenen Form.
Was unlösbar verbunden schien,
entfleucht in seine Endlichkeit.
Was für ewig verschmolzen sich wähnte,
trennt sich in bitterer Strenge.
Was sich zart gerade noch berührte,
entzieht sich der Umarmung
und findet sich im größten Schmerz.

Was daherkommt wie Vernichtung,
entpuppt sich, hat sich der Staub gelegt,
als Geburt der schlafenden Gestalt im verborgenen Kern.
Wie bronzene Figur sich aus ihrer Form löst,
entsteigt stolz und mächtig
der neue Engel seinem Kokon.

Prachtvoll breitet er seine Schwingen aus
und gleitet in den Aufgang der Sonne.
Es braucht der Entblößung,
des Zertrümmerns der bergenden Form,
um Geister in den Äther zu entlassen.

So zaudere nicht,
entsteige dem Kerker,
der dir die Haut fast vom Leibe reißt.
Siehe, du hast Flügel aus Gold,
die dich gen Himmel tragen!

TRANCE (Kinderleid)

Dunkle Kräfte verschieben dir, wie auf großen Reglern,
die Schmerzgrenze immer mehr nach oben.
Du windest dich, du stöhnst,
du glaubst, du kannst die Pein nicht länger tragen.
Dann scheinen sie dir Rast zu gönnen, kleine Pausen.
Doch nicht zum Atmen seien sie dir gegönnt,
sondern, damit du dich an Leid gewöhnst,
das durch die Glieder rinnt wie heißes Blei,
und du nicht aufbegehrst.

Von diesem Niveau aus
schieben sie das Maß des Schmerzes höher.
Immer und immer wieder, im Kreis der Wiederholung,
trennen sich die Geister in deiner Stirn.
Und so siehst du dich in kurzer Zeit
der Hölle nah – so dunkel, düster,
wie du's in deinen Träumen nicht erahntest.
Welch ein grausames Üben, welch böser Trick,
deinen Geist zu gewöhnen
an tiefste Wunde und an Qualen, die sie nähren.

Wie eine Mutter will dich deine Seele schützen.
Deshalb versucht sie, dich hütend, retten wollend,
erneut auf schmerzvoll Pegel einzuschwingen.
Ohnmächtig sucht sie dir den Schmerz zu lindern,
zu betäuben,
dass du nicht stürbest an dem Leid.
Sie meint es gut mit dir,
will dir das Grausame ersparen,
vernebelt dir Verstand und Sinne,
damit du Qual nicht spürst.

So gerätst du in die Hölle,
ohne den Weg dorthin zu kennen und niemals jenen zurück.
Du gehst der Düsternis entgegen,
bald ohne Grauen vor der großen Finsternis und ihren Meistern.
Du gewöhnst dich an die Kohlen,
die unter deinen nackten Füßen brennen,
die Male auf deiner zarten Haut
und Nächte, die keine Sterne kennen.

Aber das Licht, mein Kind,
es wird nicht sterben!
Es wird dich suchen kommen und finden,
dort unten, in der Erde Tiefen!
Es wird dich bergen, heimwärts tragen
und zurück ins Leben.

WENDUNG

Es ist komplett sinnlos,
mit Narzissten und Psychopathen zu verhandeln.
Jedes Wort ist Zeit- und Energieverschwendung.

Selbst, wenn die Lügen auf dem Tisch liegen
und man tausend Beweise hat,
wird es keine Einsicht oder Reue geben.
Begrabe deine Hoffnung!

Deshalb drehe dich nicht um, nach all dem Dunklen.
Blicke auf den Weg, der vor dir liegt.
Nimm deine KRAFT,
dein LICHT,
den MUT in deine eig'nen Hände und beginne zu gehen.

Es wird die größte Wandlung deines Lebens.
Gleich einer Knospe sprengst du auf
die Tür ins Blühen.
Und du wirst sehen,
es führt dich in die größte Version
deiner selbst.

VERWIRRUNG

Verwirrung ist das Werkzeug der Manipulatoren.
Das Jonglieren mit der Wahrheit
ist ihre hohe Kunst,
bis sich all deine Gedanken,
deine Wahrnehmungen verbiegen
wie billiges Blech.

Deine Wirklichkeit gibt es nicht mehr,
nichts hat dann mehr Geltung.
Klares irrt umher wie im Nebel.
Du traust niemandem mehr,
deiner Wahrnehmung, den Menschen,
am wenigsten dir selbst.

Im Zustand der größten Verwirrtheit
und dem Verlust deiner selbst
saugt dir das Dunkle
Denken aus dem Gehirn.
Seelen-Absorption, Fremdbesetzung
steuert Menschen wie Marionetten.
Sie gehen dorthin,
wohin man ihnen die Wege befiehlt,
über Dornen, Scherben,
oder wo man sie von Klippen springen lässt.

Drum hüte sie,
die Klarheit deines Denkens,
die dir die Richtungen weist.
Höre nicht auf fremde Stimmen,
die dir Wege hinter die Stirn legen,
die nicht die deinen sind.
Jongleure, die Worte tanzen lassen können
in deinem Geist, gibt es viele.
Durchschaue ihr Spiel.
Es ist höchste Zeit!

RETTER, RITTER, LEUCHTFIGUREN

Toxische verhalten sich oft wie Parasiten.
Ist ein Organismus geschwächt, ermüdet, erschöpft oder schlafend,
schlagen sie zu, nähern sich ihrer Beute.
Dann haben sie leichteres Spiel.

So ist es zu erklären, dass Narzissten oft in Lebenskrisen auftauchen.
Aber sie kommen nicht mit finst'rer Miene,
Nicht wie eine Mücke, mit schmerzhaftem Stich,
nicht mit den Manieren des gefräßigen Bandwurms,
den lästigen Tücken der Laus.

Sie tragen die glänzende Rüstung des Ritters,
den Lorbeerkranz des Helden,
den Heiligenschein des Retters,
den Stab des Ehrfurcht einflößenden Heilers, der sich anschickt,
deinen Schmerz und die Wunden versorgen zu wollen.

Erkenne die Täuschung.
Nichts anderes sind sie als Profiteure des Leids.
Sie stehen Parasiten in nichts nach,
ihre Methoden sind listig durchdacht
und voll der Mimikry, um Wirte zu täuschen.

Erkenne es endlich!
Aasgeier kreisen nicht deines Schutzes wegen,
Hyänen lauern nicht, um dir den Rücken zu stärken
und die Fliege, die sich auf dir niederlässt,
gesellt sich nicht fürsorglich dazu,
um dir tröstlich die Wunden zu lecken.

Schütze deine Wunden und Narben,
birg die Zeichen deiner Schwäche,
verbinde die Wundmale deiner alten Kämpfe,
denn sie sind das Ziel der Parasiten.
Sie riechen Blut und sind dir auf den Fersen.
Lässt du dort Nähe zu, bezahlst du einen hohen Preis;
manchmal mit dem Leben.

SAMMLUNG

In Zeiten von Krise, Ängsten, Unsicherheit
ist es eine natürliche Bewegung des Menschen,
GEMEINSCHSCHAFT zu suchen.
Sie beruhigt, hütet, schützt, heilt.

Dieses ist heute kaum mehr möglich.
Der Mensch vereinsamt inmitten von Tausenden.
Er wird krank an Körper und Seele.
Isolation und Einsamkeit schält ihn aus der Herde,
die ihn einst barg.
Er wird zum Fragment.

Nun stehen wir vor der Wahl.
Wir warten, bis sich die Winde der kleinsten Teile annehmen
und über die Horizonte tragen.
Dort könnten sie Samen werden in fremdem Land.
Oder wir beginnen die Fragmente wieder aneinanderzufügen,
holen sie, heiligen Scherben gleich,
liebevoll wieder nach Hause.
Dort mögen wir sie in zärtlicher Behutsamkeit
zu jener Gemeinschaft fügen,
nach der wir uns lange sehnten.

In göttlichem Schutz
und allumfassender Obhut eines ordnenden Geistes,
größer, als jeder Gedanke eines Menschen es zu fassen vermag,
vereint sich so alles zum Ganzen.
Was irreging, kehrt heim,
wird in ewiger Regel wiederfinden.
Einsamkeit kehrt so zum ALL-EINS-SEIN zurück,
das Kleine drängt zum Großen,
die Kinder zur bergenden Mutter.
HEILIGE ORDNUNG tritt ein, die unzerstörbar ist.

ZUR RECHTEN ZEIT

Manchmal fühlen sich Zeiten
nach OHNMACHT an,
schmecken fahl
oder bitter.

Verzweifle nicht.
Die Dinge gedeihen ungesehen,
versteckt, wie die Frucht in ihrem Kokon.

Hinter der Schale vollzieht sich das Wunder.
Dein Geist,
den du viele Jahre, ein ganzes Leben,
in Gedanken hast gerinnen lassen,
wandelt sich im Verborgenen
zum KUNSTWERK.

Hinter der bergenden Umarmung der Knospe
formiert sich das Wunder.
Warte!
Beobachte in stiller Zuversicht
und erkenne den Moment,
in dem die BLÜTE
sich ins LEBEN bricht.

Deine Arbeit ist getan.
Lege die Hände behutsam in deinen Schoß, warte in Geduld.
Die VOLLENDUNG geschieht.
Ohne dein Zutun entwickelt sich der Zauber.
Er räkelt sich
wie der Falter, der schlüpft.

Kein GEDANKE,
keine ANGST,
keine HOFFNUNG,
keine TAT von dir war umsonst.
Siehe nun, was aus ihr entsteht.
Und du verstehst.

ZARTHEIT (für mein Land)

Die edlen Herzens sind,
tragen in ihrer Seele die Himmel
und in ihren Händen die Erde.
Fein ist ihre Gesinnung, ihr Fühlen
und sanft ihr Blick,
der weniger Worte bedarf.

Sie hüten die Blumen und die Gesänge,
das Licht des Morgens
und das Gebet.
Ihre Hand schreibt Poesie und malt Bilder
aus buntesten Farben ihrer Seele.
Musik klingt durch ihre Stirnen,
und Menschen lauschen verzückt
ihren Melodien.

Und doch fehlt ihnen oft
der Wille, der Mut, die Kunst der Verteidigung,
ihre Schätze vor dem zu hüten, was zerstören will.
Klein denken sie oft von sich selbst,
treten meist in eigene Schatten, graue Hintergründe,
um nicht gesehen zu werden, oder sie schweigen.
Sie dulden zu lange jenes,
dem man Einhalt gebieten müsste,
weil es die Schönheit zu hassen begann
und sich auflehnte gegen das Gute,
aus Missgunst und Neid.

Es ist höchste Zeit,
Worte in das Schweigen zu schicken,
lichtvolle Sterne ins Dunkle der Duldung.
Nur lebendige Liebe rettet das dürre Land.
Es ist Zeit, die Bühne zu betreten,
die Schönheit in den Ring zu schicken,
Könige und Königinnen zu krönen,
die neben dem Schwert in der einen Hand
in der anderen die Rose tragen.

STILLE

Feine Seelen
können ihre Kräfte nur im Rückzug wiederfinden.
Die Abwesenheit aufdringlicher Reize, des Lauten, Schrillen
ist unabdingbar.
Sie würden ihren Geist vernebeln,
wie giftige Dämpfe, wie gärendes Obst.

Feiere die STILLE,
nachdem deine Seele,
nach anfänglicher Angst vor dem Nichts,
gelernt hat, die RUHE zu lieben.

Nur hier hört sie ihren eigenen Herzschlag,
den Rhythmus des treuen Atems,
und das Murmeln der Quelle in ihr.
Kein Getöse, kein Lärm, kein Geschrei
und keine Aufregung im Außen
kann in die heilige Ruhe dringen.
Sie ist wie ein Tempel,
für den nur du den Schlüssel hast.

Wenn die Seele ZU HAUSE ist,
wird sie ruhig.
Sie findet die Dinge, die ihr lange vertraut.
Alles erinnert sich wieder
und ihr lächelt euch zu
in wortlosem Einverständnis.

PSYCHOPATHISCHE SELBSTZERSTÖRUNG

Ob das BÖSE fällt? Ja.
In jenem Moment, in dem Menschen
das Liebende, das Lichtvolle bekämpften,
trafen sie eine Wahl.
Sie entschieden sich für das Komplementär,
gegen das LEBEN
und damit für die Düsternis und den Zerfall.

Wo es ein OBEN gibt,
müssen sie sich das UNTEN wählen.
Wo es die SCHÖPFUNG gibt,
müssen sie sich für die ZERSTÖRUNG entscheiden.
Wo es Gedeihen gibt, müssen sie in die
Gestalt des nagenden Wurms.

Kein guter Ort für ein gutes Leben.
Wer das Tageslicht hasst,
wählt die Finsternis des Kellers als Wohnstatt.
Wer die Zärtlichkeit mit Füßen tritt,
muss der Verrohung frönen.
Wer die Sanftmut ausbeutet,
wird zum gefräßigen Parasiten.
Wer das LEBEN schwächt,
entscheidet sich selbst für die Nacht der Unlebendigen
und für den Tod.
Man kann nicht gegen das Höchste in den Krieg ziehen,
ohne selbst zu fallen.

WIEDERKEHR DES LEBENS …

Manchmal braucht es die tiefste Ohnmacht,
um den stärksten Wunsch nach
SELBST-ERMÄCHTIGUNG zu schaffen.

Manchmal braucht es das Gefühl von Sterben,
um wieder um Luft zu ringen und ums LEBEN.

Manchmal braucht es den Verlust von Materie,
um die Gegenwart des GEISTES wiederzufinden.

Manchmal braucht es die tiefste Nacht,
um den ersten STRAHL des Morgens zu finden.

Das LEBEN sucht seine Kinder.
Die Wege, die es dabei geht, sind voller Sinn.

GÄSTE

MISSTRAUEN ist ein einsames Haus,
in das nur wenige Gäste kommen.
Es brennt ein kleines Licht nur
hinter Fenstern,
das kaum mehr jemanden in die Stube lädt.

Zuviel VERTRAUEN dagegen
öffnet unbedacht dir Haus und Hof
für illustres Volk und ungeladene Gäste,
die mit schmutzigen Schuhen
deine Räume durchschreiten.

Drum öffne, schließe Türen,
wie es die Zeit verlangt
und es dein Herz dir rät.

Hole Gäste dir ins Haus,
die wohl erbeten sind,
die kleine Lampen dir auf Tische stellen
und Wärme schenken dir in deiner Kammer.

Verbiete denen Eintritt in dein Haus,
die dir den Atem nehmen,
die Tand und Unrat dir auf Schränke stapeln
und Räume füllen dir mit lauter, töricht Rede.

ZEIT DER NETZE

In einer düsteren Zeit der suchenden Seelen,
der Torkelnden und Sehnenden,
gibt es viele SEELEN-FISCHER.

Mit blinkenden Ködern wird gelockt,
dem Versprechen von allseligmachender Liebe,
nährendem Licht
und der letzten großen Heimat,
die es sich zu finden lohnt.

Mit erwartungsvollen Augen
sammeln sich die Fische,
die sehnenden Schwärme.
In ihrem unsäglichen Hunger nach Nahrung
nähern sie sich der tödlichen Verheißung.

Fatal, wenn sie dann erkennen, atemringend,
fassungslos,
ohnmächtig,
wild um sich schlagend,
dass sich die große Hoffnung
wie ein großes Netz um sie schließt,
wegnimmt vom Leben.

Darum erkenne die Blender, die Fischer, die Gaukler,
die, die dich täuschen mit bunten Ösen und Tand.
Spute dich und erkenne ihre Maschen.
Die wahre Nahrung braucht keine glitzernden Köder,
kein Kleid aus billigem Blech.

Falsches Gold
bleibt dir im Halse stecken.
Spucke es aus, bevor sie ihre Netze werfen.
Atme
und schwimme zurück zu den Deinen.

RUMPELSTILZCHENS SPALTUNG

Der Vorteil der Wirrnisse dieser Zeit?
In Lichtgeschwindigkeit kann man erkennen,
wes Geistes Kind die Menschen sind.
Ein unbedachtes Wort, eine kritische Bemerkung oder Frage,
ein Beschauen der aktuellen Zeit,
und schon stürzen sie aus ihren Winkeln.
Zähnefletschend, wütend, wie eine Meute Hunde,
die wartete, dass man ihnen einen Brocken Fleisch hinwirft,
zerreißen sie ihre Beute.
Abwertend, diffamierend, zerfleischend,
fallen sie her über arglos Diskutierende,
die sich der Sprengkraft ihrer Worte nicht im Klaren waren.
In Journalen, den öffentlichen Sendern, digitalen Medien
hat sie begonnen, die Hetz-Jagd auf die Anders-Denkenden.

Bisher Contenance bewahrende Respektspersonen,
Menschen der Öffentlichkeit, wechseln hurtig ihre Flaggen,
verlieren plötzlich Maske und Kontrolle.
Scheinbar bisher Integre, Charismatiker, Führungspersonen,
schlagen um sich und in die Gesichter ihrer Untertanen.
Honoratioren beißen sich hochwütend an Knöcheln derer fest,
die Meinungen nicht teilen.
Münder verziehen sich zu Grimassen, Blicke werden zu Pfeilen,
Autoritäten verlieren jede Kontrollc,
als wäre böser Geist in sie gefahren.
Sprache, Umgangston vulgär, verletzend, aggressiv
in hohen Häusern und wo man früher Recht gesprochen.
Seinen Augen traut man nicht und seinen Ohren,
verharrt in größtem Entsetzen und trauert um die Zeit.

Doch nichts ist zu tun, man mag es geschehen lassen,
wenn Kaiser sich die Kleider vom Leibe reißen,
wenn Gelehrte ihre klugen Brillen abnehmen
und kalkweiße Gesichter zum Vorschein kommen,
wenn Gestalten in Kränkung erbeben,
weil man sie enttarnte.

Warte ab, beobachte das Schauspiel.
Wie das Rumpelstilzchen aus dem Märchen
reißen sie sich selbst wütend in Stücke.
Für alle ist nun die Demontage sichtbar,
die Kronen werfen sie sich selbst von den Köpfen.
Die Masken fallen schneller, anders, als gedacht.
Farbe blättert hässlich ab,
von fahlen Gesichtern und Leibern.
Wo Gnome sich selbst zeigen,
gibt es nichts mehr zu entdecken.
Wenn Altes geht,
entsteht der Raum fürs Neue.

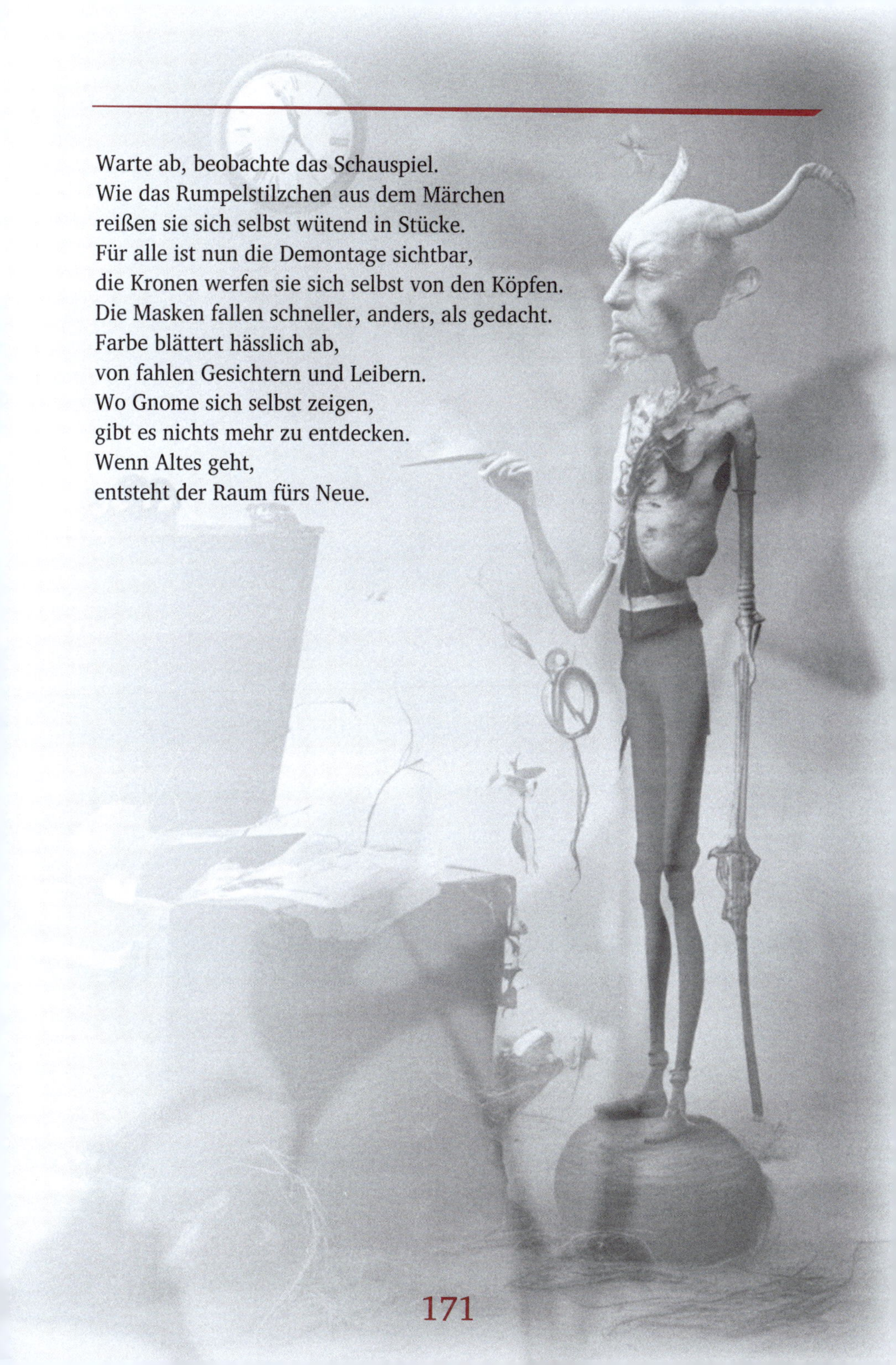

AUFBRUCH

„Schweig still!“, sagen sie,
„Übe dich in Demut“,
„Geh in dich und widme dich deinen Schatten!“
„Es ist dein Fehler, dein Makel,
deine Wunde, deine Schuld!“, schreien sie.
Aufzubegehren sei nicht dein Recht,
weil du nicht heile wärst!
Vorwürfe falten sie zu Speeren,
ihre Zeigefinger bohren sich dir in Stirn und Herz,
Schuld hängen sie dir wie Mühlsteine um den Hals.

Lange kann man damit Menschen in Verliesen halten,
mit schwerer Schuld ihre Knöchel in Ketten legen,
dort in den finster’n Gruben, wo Gestalt unsichtbar wird.
Die Illusion der Bedürftigkeit und Sünde,
dir auf die Stirn gebrannt wie ein Mal.
Welch ein Frevel an dir!

Doch täuscht euch nicht,
ihr Wärter der Verbannung,
ihr Totengräber der Freiheit. Die Samen,
im Dunkeln der Erde abgelegt, sammeln Kraft nur.
Das war schon immer so.

Eine Weile nur
ward ihr Antlitz nicht gesehen.
Doch ungestillter Hunger nach dem Licht
wird steinerne Platten brechen
und Gräber öffnen.
Durch jeden Haufen eurer aufgetürmten Steine
wird sich ihr Leib den Weg ins Freie bahnen.

Das Leben schiebt sich
Stück für Stück schon durch die Krume.
Totgeglaubte regen ihre Glieder.
Hört ihr Kommen schon, sie steigen hoch die Stufen.
Bald sind sie da!

VERHANDLUNGEN

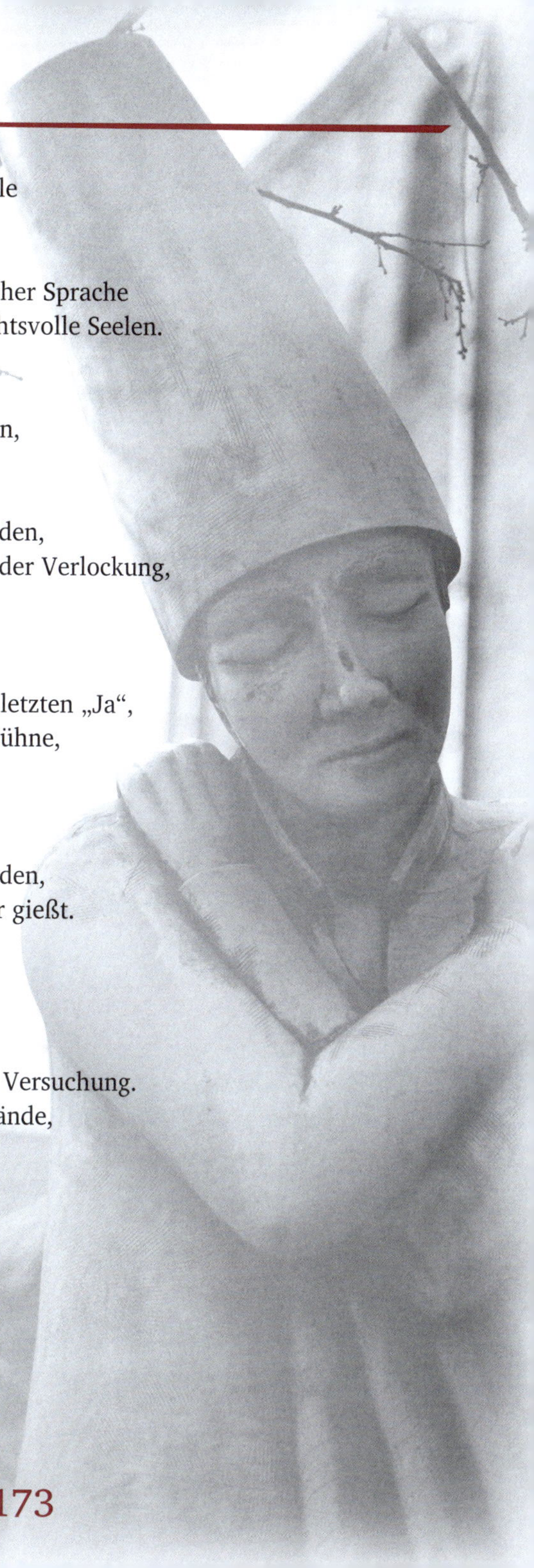

Es ist die Zeit, in der sich das Dunkle
wieder ins Menschsein kleidet.
Mephisto betritt die Erde.
Lächelnd und mit werbend-künstlicher Sprache
verdreht er Köpfe, Geister, sehnsuchtsvolle Seelen.

Ruhm und Glück und Weisheit,
einst schon einem Faust versprochen,
glimmen, lockend Irrlicht gleich,
wieder über Moder-Sümpfe.
Das Spiel bizarr, durch Nebelschwaden,
in buntem Farbenspiel und Tänzen der Verlockung,
wirst du bald eingewoben sein,
im Netz der Illusionen.

Ist der Pakt geschlossen, in deinem letzten „Ja“,
springt Mephisto lachend von der Bühne,
in den Händen deine Seele.
Zu spät,
dem Herz wird schwer,
verwundert siehst du’s steinern werden,
so dass es eisig sich in deine Glieder gießt.

Drum erkenne sie,
die gekalkten Gesichter,
das rote, breite Grinsen
und die Worte, eisig-klirrend in der Versuchung.
Sieh das Locken und die gierigen Hände,
die nach dir suchen,
die dir von dannen tragen,
was das Teuerste dir war.

OHNE HAST

Nadelöhrig formt sich die Zeit,
schiebt sich in kleinen Portionen durch ENGSTELLEN.
Du stehst am Fenster,
beobachtest graugesichtige Regentropfen,
die sich die Scheibe hinabperlen.

Fast wie im Stillstand fühlt sich das LEBEN an.
Es gilt abzuwarten,
ob es nur schläft,
eine Rast einlegte,
oder sich zum Sterben niederlegt.

Die Kraft, sie ist erschöpft,
rollt sich in Decken,
starrt auf Kaffee in halbleeren Tassen,
kaltgeworden, auf dem Küchentisch.
Erschöpfung bewegt sich kaum noch,
mag kein Reden, keine Gäste mehr.

Hab Geduld!
Nadelöhrig formt sich die Zeit,
schiebt sich nur langsam,
in kleinen Portionen durch ENGSTELLEN.
Warum? Weil sie in ihrer Behutsamkeit
deine Seele nicht erschrecken will.
Stück für Stück
löst sie dir, nach einem Moment des Unbehagens,
wieder die Schlinge, die dich einengte,
die Umarmung, die dich atemlos machte.

Dich zu Atem kommen lassend,
lässt sie dich eine Weile gewähren,
um dir neuen Mut ins Ohr zu flüstern,
für ein neues Weiter.

Fürchte dich nicht!
Stück für Stück,
Schritt für Schritt,
Lidschlag für Lidschlag
windet sich das Sein durch den Spalt.
Es ist nicht der Tod!
Das Leben wartet schon
mit OFFENEN ARMEN auf dich!

KRISEN

kommen oft wie Katastrophen daher. Nichts geht mehr.
Und doch sind sie meist nur der Fingerzeig,
der uns sagt,
dass wir die ANDERE RICHTUNG nehmen müssen,
damit alles gut wird.

FALSCHE TOLERANZ

Toleranz und Güte haben zumeist eine edle Gestalt.
Sie sind barmherzig, verbindend, händereichend,
blicken verständnisvoll in die Welt.
Doch lebt man sie in ungesundem Maße,
legte man sie sich auf wie eine Pflicht und ein Gesetz,
engen sie ein und machen der Brust das Atmen schwer.
Dann sind sie klebrig wie Sirup, spinnen zähe Fäden, in denen du,
der Fliege gleich, gläsernen Sarg im goldenen Bernstein findest.

„Tolerare" heißt tragen, dulden, ertragen.
Gerne mag man tragen – in Liebe,
man duldet manches – in Güte und Nachsicht,
man trage, wenn man dem Schwachen die Hand reicht
und den Freund würdigt in seinem Anders-Sein.

Doch wenn Toleranz eingefordert wird,
erzwungen, mit erhobenem Zeigefinger und Gesetzen,
wenn man dir Wirbelsäule krümmt und Knie gewaltsam beugt,
dann wird sie böse.
Wenn Tragen zur Last wird, dich in den Staub drückt,
dir die Würde nimmt und den Atem,
blutende Wunden in deine Schultern schneidet,
dann ist sie verwerflich.

Dann, mein Freund, sei mutig.
Dann ist es Zeit, die Wahrheit laut werden zu lassen,
über die Dächer der Stadt zu rufen.
Mag sie die Gemäuer zum Beben zu bringen
und Babylons Türme zu Fall.
Dann lass den Himmel auf die Erde stürzen,
um das in Schutt und Rauch zu legen,
was den Menschen in Fron gebracht und arges Leid.

Ist auch dein Auge blind vor Angst, die Stimme dir versagt
im Ton der lauten Rede; der Staub, er wird sich legen.
Zurück bleibt, was die Wahrheit ist.
Das wird sie sein, die Zeit des Phönix.

DENKFEHLER

Das Problem ist,
dass man mit den „Söldnern des Dunklen“ sprechen will,
als gäbe es bei ihnen Mitgefühl, die Einsicht und Erkenntnis.
Wir suchen die Gespräche, argumentieren, versuchen zu überzeugen,
in der Annahme, dass das Gegenüber es nicht besser wüsste,
ungenügend Information hätte, um richtig zu entscheiden.

Dies ist erschöpfend, führt irgendwann zum Zusammenbruch.
Wir müssen begreifen, dass es dort NIEMALS EINSICHT geben wird!
Wir müssen begreifen,
dass die LÜGE gewollt ist,
der SCHADEN beabsichtigt,
das CHAOS das Ziel,
und das BÖSE existent.
Alles ist ein ausgeklügeltes Spiel.
Es dient dazu, den Rang des ALLMÄCHTIGEN zu erringen.
Sie suchen GOTT in sich,
und finden sie ihn nicht, so wollen sie ihn spielen.

GEVATTER

Lachend sagst du:
„Ich werde es erkennen, das Dunkle und das Böse!"
Doch höre, der finst're Geselle spielt die Flötentöne des Meisters,
trägt ein Gewand aus Brokat,
sein Lächeln ist das eines Ehrenmanns,
seine Gesten segnend und der Gang erhaben,
die Sprache gewandt und voll der edlen Worte.

Er fesselt dich mit seiner schönen Gestalt,
den Lobpreisungen über die edlen Künste,
dem Benennen deiner geheimsten Träume.
Er serviert dir die kostbarsten Speisen
und zurrt dir das Mieder mit einem engen Gürtel
aus funkelnden Steinen aus Glas.

Du wirst den Betrug nicht erkennen,
die Lüge kommt auf leisen Sohlen,
die Gesten sind verdeckt
und Masken trefflich.
Der Fall ist tief danach, wenn du erkennst,
der Schmerz dann grenzenlos.

Glitzerndes Glas liegt auf nassem schwarzen Asphalt.
Eine Weste aus Brokat hängt an einer Straßenlaterne,
flattert vergessen im Wind.
Eine hölzerne Kirchentür schlägt im Sturm in ihrem Rahmen.
Aus der Ferne eine seltsame Melodie,
die leise am Horizont verschwindet.
Die Häuser ducken sich, dunkel und unbewohnt,
im nasskalten Regen.

Reiche Ernte für finstre Gestalten.
Die Welt leert sich.
Wohl denen, die die Zeichen erkannten,
der großen Versuchung widerstanden.

ABSCHIED …

Wege trennen sich.
Hände verlieren sich, langsam,
im Gehen nach gemeinsamem Weg.
Augen gleiten voneinander ab
wie hinabperlende Regentropfen
und heften sich an ferne Horizonte.
Nun bist auch du gegangen.

Herbstnebel steigen schon auf.
Zuhause stilles Vor-sich-hin-Schauen auf den hölzernen Tisch.
Die Luft bewegt sich nicht.
Herz bricht, Seele weint – wie die eines Kindes.
Tränen fallen aufs Knie.
Wehmut versucht zu atmen.
Allein-Sein, quälend,
weil Angst die Seele überzieht wie Frost.
Der Leib friert, spürt kaum Weste und Schal.
Der Winter wartet.
Das Haus leer, ohne den anderen.
Man brennt Kerzen an,
gegen Gespenster und um Zimmer mit ein bisschen Licht zu füllen.

Trauer, denkend, sitzend
auf dem Küchenstuhl, der ächzen will,
wenn man sich bewegt.
Brot wartet auf dem Teller.
Der Tee schon kalt geworden.
Die zweite, von dir halb geleerte Tasse,
steht noch da, als wäre nichts geschehen.
Obwohl du gingst.
Sie gehört nun keinem mehr.

Zeit steht still, wie eine Uhr, die keiner mehr aufzog.
Zeit versickert, als wäre sie nie da gewesen.
Der Winter wartet.
Man wird sehen, ob der Baum vorm Fenster
im Frühling neue Blüten treibt.

GUTE REISE

Gefühle der ANGST sind wie Kontraktionen,
zyklische Engstellen, ähnlich einer Geburt.
Enge schiebt dich nach vorne,
atemnehmende Wehen drücken dich ins Niemandsland,
versperren den Weg dir ins Zurück.
Innehalten, Widerstand, Verbleibenwollen: zwecklos.
Es wäre dein sicherer Tod.
Drum atme, lasse zu, lasse los, gib den Widerstand auf.
Verstehe, dass die Enge der Angst nur in jenem Maße waltet,
wie du sie tragen kannst,
erdulden, ohne zu sterben.

Das Leben zieht dich in den größeren Raum,
durch Türen, die engste Kanäle sind.
Das Leben geht weiter,
größer, freier, mächtiger,
als du es dir in deiner Betrübnis und Todesangst
je vorzustellen vermagst.
Der Sog des Lebens ist größer
als die Furcht des Kleingläubigen,
der im Kerker verharren würde.
Das Göttliche denkt zu groß,
als dass es die Verkrümmung deiner Glieder dulden kann.

Folge den Regeln der aufbrechenden Knospe.
Folge den Regeln der Geburt des nackten Kindes,
das sich dem Schicksal ergibt.
Folge den Regeln des Frühlings,
welcher den Winter entmachtet.
Lasse los und gedeihe.
Behüte dich wohl im Gang durch den kleinen Tod.
Dir eine gute Reise
und das Ankommen im LICHT!
Drüben sehen wir uns wieder.
Alles wird so viel größer sein.
Wir lächeln uns an
und wissen um den Sinn der Reise.

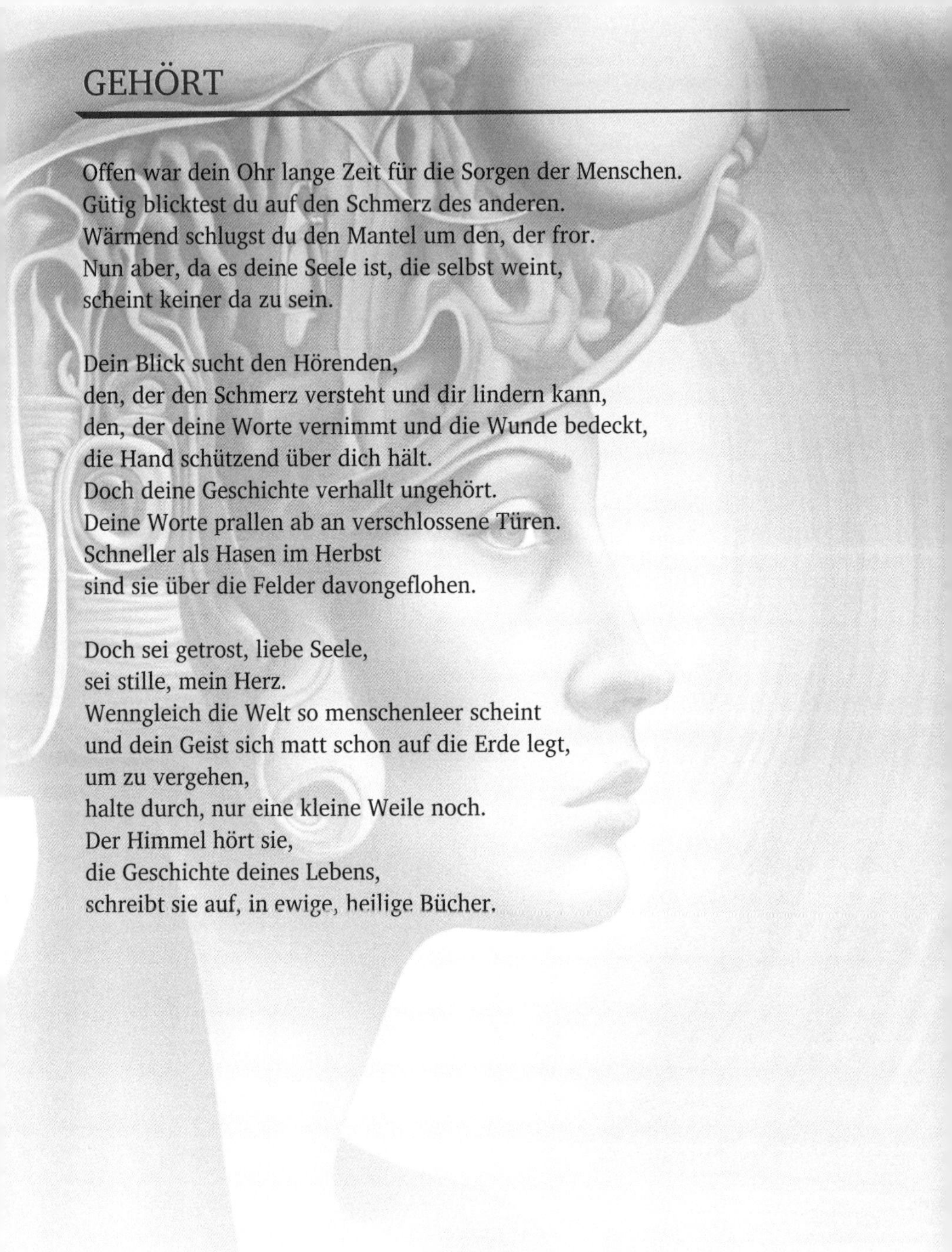

GEHÖRT

Offen war dein Ohr lange Zeit für die Sorgen der Menschen.
Gütig blicktest du auf den Schmerz des anderen.
Wärmend schlugst du den Mantel um den, der fror.
Nun aber, da es deine Seele ist, die selbst weint,
scheint keiner da zu sein.

Dein Blick sucht den Hörenden,
den, der den Schmerz versteht und dir lindern kann,
den, der deine Worte vernimmt und die Wunde bedeckt,
die Hand schützend über dich hält.
Doch deine Geschichte verhallt ungehört.
Deine Worte prallen ab an verschlossene Türen.
Schneller als Hasen im Herbst
sind sie über die Felder davongeflohen.

Doch sei getrost, liebe Seele,
sei stille, mein Herz.
Wenngleich die Welt so menschenleer scheint
und dein Geist sich matt schon auf die Erde legt,
um zu vergehen,
halte durch, nur eine kleine Weile noch.
Der Himmel hört sie,
die Geschichte deines Lebens,
schreibt sie auf, in ewige, heilige Bücher.

Sonnenstrahlen küssen deine Stirn,
erinnern dich,
dass du von den Sternen kamst.
Einst wurde dir versprochen,
dass kein Sonnen-Kind im Staube sterben wird.
Alles Licht hat seinen Ursprung
und findet heim zu seiner Quelle.
Deine Geschichte bleibt nicht ungehört.
Die Quelle sammelt ihre Kinder
und mit ihnen auch ihre Geschichten,
wie sie im Sturm die tosenden Wolken spalteten,
im Eis der Gipfel die höchsten Berge erklommen,
die Meereswogen durchbrachen, die Atem stocken ließen.

Du wirst leben, sei gewiss!
Dein Leben schreibt Geschichte.
Jeder deiner Gedanken, jedes Wort ist gehört
und wird nach Hause geholt,
wo sie ewig klingen.

NEUE ZEIT

Wir haben keine Gebete mehr.
Wir sind verstummt,
weil unsere Hände die Materie umklammern.
Banale Dinge geben uns Sicherheit,
entfremden uns der Weisheit und dem Menschengeist.
Unser Blick hält sich fest an der Form,
den irdischen Konstrukten, menschengemacht.
Kaum, dass Augen noch den Wolken folgen können
und dem Dahinter,
wo göttlich Quelle ihre Heimat hat.

Es braucht keines irdenen Gefäßes für tiefen Glauben.
Religionen sind zu Tand verkommen,
überaltert, billigen Bechern gleich,
die, längst schon abgegriffen,
ihr Gold und ihre Henkel verloren.
Geziert waren sie mit bunten Edelsteinen,
die keine waren. Enttäuschende Form.

Sei gewiss,
es braucht der falschen Verkünder nicht,
keines Prunks, keiner glänzenden Kelche.
Zu kostbar das Kleinod ihres Inhalts,
als dass es ein Rahmen je angemessen fassen könnte.
Zu wertvoll die Essenz,
dass sie gehalten werden könnte von jenem,
der nicht von eben gleicher Reinheit wäre.

Drum öffne deine eigenen Hände,
füge sie zu heiligem Gefäß.
Reiner, tiefer, wertvoller,
war noch nie eine Schale, die empfing.
Fasse den REINEN GEIST,
verschmilz mit dem Licht,
das tausend Jahre wartete,
um sich in dir zu verströmen.

Keines Rufers braucht es mehr,
keines Erleuchteten und Mittlers,
keines Hohepriesters,
um dich zu verbinden mit deinem Stern.
Werde eins im einzigen GEBET, das zählt,
dem Gedanken, der Erde und Himmel vereint,
der ANFANG ist und ENDE.

LICHTDURCHFLUTET

Fürchte dich nicht vor der Finsternis.
Ein kleines Licht,
ein Streichholz,
eine Kerze genügt,
um das Schattenspiel des Dunklen
zu enttarnen.

Schnell erkennst du
das emsige Flechten der Spinne im Winkel des Kellers,
die Gesetze des Netzes, den Geruch von Moder
und das Auf-der-Lauer-Liegen der Dunkel-Geschöpfe,
um arglose Beute zu lähmen.
Ein einziger Lichtstrahl genügt,
um Dunkelwelten aufzudecken in Verliesen,
um die zu erkennen, die dir schaden wollen.

Drum fürchte dich nicht vor der Finsternis.
Sorge für das Öl in deiner Lampe,
poliere sorgsam das Glas der Laterne.
Nichts ist düster genug,
als dass es deinem Lichte verborgen bliebe.

KATZENGOLD

Inflationär tönt es aus ihnen, in gestohlenen, heiligen Worten.
Falscher Messias und Prophet ruft die Lüge in die Menge.
Borniertheit tropft in pathetischen Sätzen aus ihren Mäulern.
Suchende rutschen auf ihren glatten Worten aus, wie auf Eis.
Weisheiten und schwülstiges Rede-Werk tragen sie vor sich her,
wie bunte Fahnen, auf ihren Häuptern scheinheiliges Scheinen.
Die Menschen laufen ihnen ergeben hinterher,
wie Kinder dem Flötenspieler.

Der EDLE RITTER reitet ohne goldene Wimpel.
An eleganter Haltung erkennst du ihn und vornehmer Geste,
nicht am Reigen des Pfaus.
Sein Harnisch ist schlicht, sein Rappe ungeschmückt.
Seine Ankunft geschieht im Verborgenen,
keiner kündigt ihn an mit der Fanfare,
denn sein Dienst ist geheim.

Drum sei auf der Hut.
Eine Prüfung ist's,
den rechten Reiter zu erkennen.
Mit dem falschen wirst du fallen.
Mit dem anderen SIEGEN.

EINHALT

Dem Adler die Flügel zu stutzen,
um ihm den majestätischen Flug über die Berge zu rauben;
dem Tiger die Zähne zu ziehen,
damit er bezwungen wird wie ein Schaf;
dem Rappen den Willen zu brechen,
um ihn vor den Wagen zu spannen bis zur Erschöpfung,
ist schon verwerflich genug.

Doch dem KINDE den Rücken zu krümmen,
sein Gedeihen aus der Seele zu prügeln,
mit Stücken und Ruten,
dem Leben ins Fleisch zu schneiden
und dem aufrechten Streben ins Leben
die Würde zu rauben,
ist ein Verbrechen.

Wer Gott in die Suppe spucken will,
dem wird sie mächtig versalzen.
Sich mit der Schöpfung anzulegen,
dem Geist,
der sich in irdene Form goss,
ist die Tat des überheblichen Narren.
Sie geht nicht gut aus.
Das Leben lässt sich nicht beugen,
die Schöpfung nicht beschneiden.
Der kindliche Wille wird erblühen
wie der Strauch, der sich den Weg
durch den Fels bahnt.

Jener Arm, der das Schwert gegen das Leben erhebt,
wird verdorren wie ein dürrer Ast,
noch ehe er seinen Schlag vollenden kann.
Das Leben lässt sich seiner nicht spotten
und rettet seine Kinder.

ZWEI SCHWESTERN

LEBEN ist nicht zerstörbar.
Selbst wenn man es köpft, niederbrennt,
auf dem Boden zertritt, bis es zu Staube zerfällt.
Es wird nicht vergehen.
Aus der Asche wird immer der Phönix entsteigen,
aus dem Lehm sich formen der Adam,
aus den Böden die Samen sprießen.
Der Leib der Erde wird seine Söhne und Töchter gebären,
und wenn ihm Heerscharen entgegenschreiten.

Nur zu, mögen sie alle antreten zur Vernichtung.
Erwarten wir es gelassen
Selbst das kleinste Atom unserer selbst
wird doch wieder zu neuem Leben erwachen
und über sich selbst hinauswachsen,
das Alte noch übertreffend.
Das Pendel des Seins
wird im Neueren, Schöneren, Stärkeren erstehen.
Das Leben wird sich weiter hinaufwinden
zu den Gefilden der Götter.
Schöpfender Geist schickt noch mehr Blüten in den Frühling,
zahlreicher wird die Rebe Trauben tragen,
noch mehr Zweige im nächsten Jahr
der Baum gen Himmel schicken.

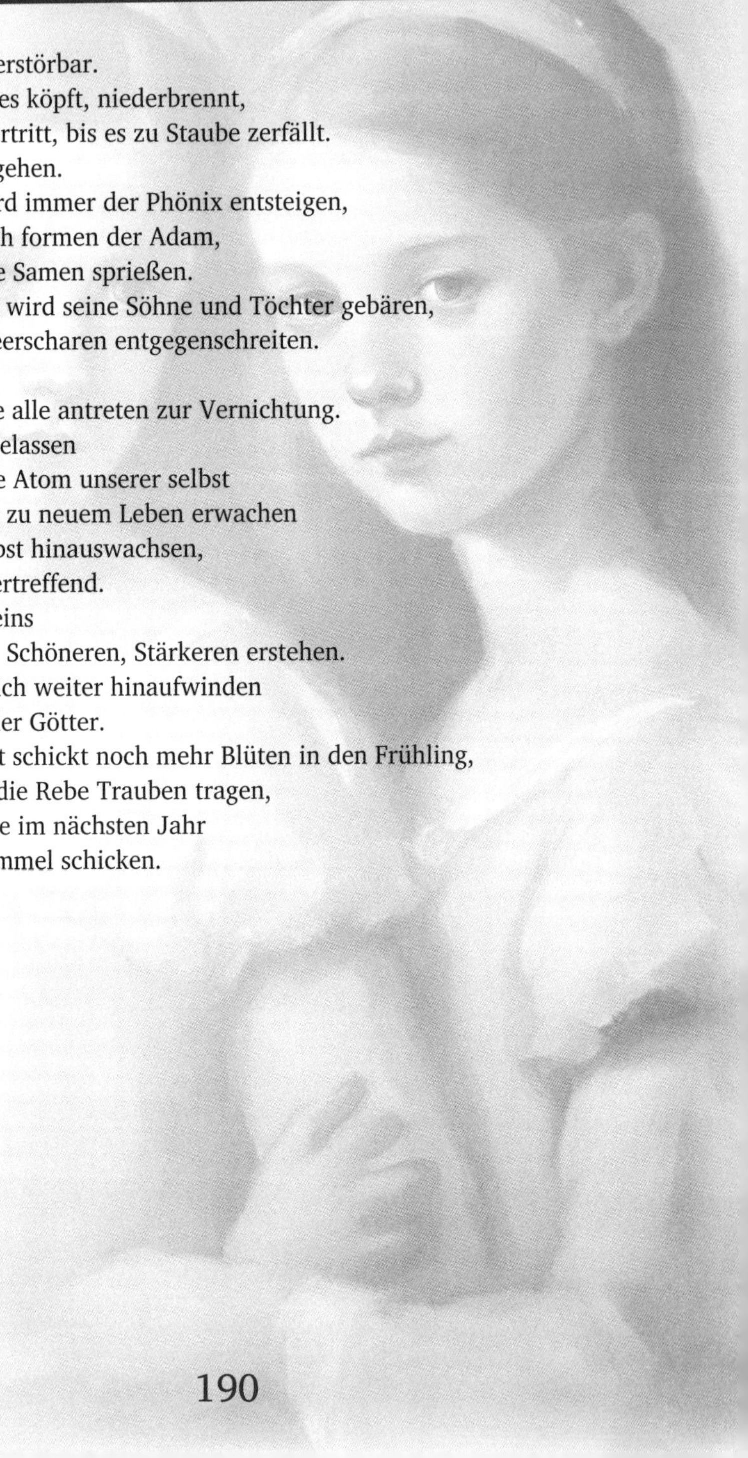

Du Tor, der du glaubst, die Macht zur Zerstörung zu haben.
Dein zertretender Fuß segnet die Erde auf ein Neues,
auch ohne deine Absicht.
Der Samen, den du in die Krume trittst,
erwacht genau an diesem Ort zu neuem Leben.
Du glaubst deine Macht zu weiten,
indem du das löschst, was Bedrohung ist.
Dem ist nicht so, sei gewiss!
Die schwarze Nacht hat stets den Morgen im Gefolge.
Der Dunklen Schwester trägt ein weißes Kleid.
Silbern fällt das Licht aus ihren Haaren
auf müde Felder, Flüsse, schlafend Steine.
Ihre Hände werden Segen spenden
und sie erweckt das Leben neu.
Sieh hin! Es rührt sich was in brauner Erde.
Die Lichtbraut hat ihr Haupt erhoben,
derweil die Nacht auf ihre Knie sinkt.
Bald ist es da, das Leben!

KURZE UNTERBRECHUNG

Früher gab es einen Ältesten-Rat, eine Gemeinschaft der Weisen und Alten.
Am Ende des Lebens und in der Fülle tausender Erfahrungen,
verschenkten sie ihre Geschichten an die Seelen der Kinder.
Großeltern erzählten ihren Enkeln vom Leben,
die Alten berichteten den Jungen.
Märchen und Mythen legten sich, Hand in Hand,
über Generationen um das abendliche Herdfeuer.

Jetzt bemüht man sich um das Zerreißen der Kette,
das Zerschneiden der Bande zwischen den Generationen.
Alte und Junge torkeln in kleinen, einsamen Universen umher,
verlorengegangene Astronauten, die ihre Sterne verfehlten.
Geschichten finden keinen Empfänger mehr,
die Werte, die Wahrheit, verschwindet.
Das Wissen der Ahnen verliert sich,
das kollektive Gedächtnis, das Verwoben-Sein über Raum und Zeit,
fragmentiert, zerbrochen in Einzelteile.
Zu Schotter zerstoßen, lose, unverbunden,
ist das geflochtene Kunstwerk der Ahnen.
Herrenlos beginnt es durch den Äther zu schweben.

Wie absurd, zu glauben, GEIST unterwürfe sich der Materie,
könne gebunden werden in dunklen Kerkern.
Irdische Gefängnisse zerstören sich am Ende selbst
und geben ihre Geister frei.
Das Gefäß wird zerschlagen, um SEELE freizulassen.
Sie wird heimkehren und wieder zum EINEN werden,
das ist ein ewiges Gesetz.
Was übrigbleibt, ist die Weisheit jenseits der Form.

Der Reigen der Alten tanzt weiter,
summt sein Wissen sanft in die Stirnen der neuen Kinder.
Der Gedanke aus dem heiligen Raum findet erneut seine Empfänger.
Wie im ewigen Ticken einer Uhr
verbindet sich der Herzschlag des Universums
erneut mit dem Leben auf der Erde,
so, als hätte es UNTERBRECHUNG niemals gegeben.

ABSCHIED

Wenn alles wegbricht,
es sich aus-gelebt, müde weg-geliebt hat,
oder endlos Wunden dir ins Fleisch trieb,
musst du gehen.
Wenn du dich aufmachst,
altem Ort Adieu zu sagen,
schließt schmerzhaft sich dein Auge,
weil es all die Trauer nicht erträgt im Gehen.
Was dir lieb und teuer war, bleibt dort.
Du wirst es nicht mehr wiedersehen.

Wie schwer ist dein Reisen,
wenn du Zeltes letzten Pflock aus dunkler Erde ziehst,
dein Tuch und wenig Hab und Gut zusammenrollst.
Die Hand streicht zum Abschied
noch einmal über teuren Boden, müdes Gras.
Blick schweift über greise Bäume,
die liebevoll dir lange den Ort umarmten.
Dein Fuß geht einmal noch den Weg im Kies.
Zum Abschied lächelt dir die Amsel,
die sich erinnert an die alte Zeit
und fast die neue ahnt.
Sie ruft dir zu: „Du brauchst dich nicht zu grämen,
denn das Land hat tausend Bäume, Wiesen, Wege."

Dein Bündel leichter dir auf deinen Schultern liegt,
schmiegt liebevoller sich in deines Körpers Form.
Der Beutel wippt fast unbeschwert und freudig in der Hand,
es scheint, er liebt das Reisen.
Die Sonne blinzelt letzte Tränen dir vom Kinn
und schickt dir lichte Wolken quer voraus,
um fröhlich dich zu führen.

„Wohlan!" so spricht das Leben.
„Schwer ist das Weggehen, leicht das Finden!
Es wird ihn geben, jenen Ort,
der deiner Seele neu und gut Zuhause wird."

LETZTE VORSTELLUNG

Unwahrheit
bekommt am Ende ihrer Tage
eine lärmend laute Stimme,
aufgeregte Gesten,
und eine lange Nase.
Der Lügner zeigt sich,
in skurrilen Tänzen,
raumnehmendem, absurdem Kreiseln,
um abzulenken
vom großen BETRUG.

Doch eben jene Kapriolen
sind das bunte Narrengewand,
das mit tausend kleinen Glöckchen
die Blicke auf sich zieht.
Fahrig werden Gesten, die Augen irre.
Dem Theater mag der Sinn bald fehlen.
Sichtbar wird sie dann, die große TÄUSCHUNG.

Wie ein buntes, letztes Feuerwerk am finst'ren Himmel,
wie das End-Spektakel eines billigen Films,
der letzte Tusch am Ende einer schlechten Vorstellung,
verglüht im Dunklen, was noch einmal funkeln wollte.

Der Vorhang schließt sich,
am Himmel wird's recht still.
Die Musik verklingt,
so, als wäre nichts gewesen.

DUELL UM MITTERNACHT – oder BRIEF AN DAS BÖSE

Mit dunklem Auge und erzürnter Stirn
kommst du geritten
mitten durch die Nacht.
Dein Bogen gespannt,
der Pfeil gerichtet
auf jenen,
der nicht mit dir rechnet.

Und doch wird's kaum gelingen.
Der Plan der Zerstörung,
er geht am Ende stets nicht auf.
Das Dunkle bereitet dem Lichte stets den Boden.
Ist das Böse auch dein Sinn,
du schaffst das Gegenteil.
So war es immer schon,
und auch dein Zorn wird dies nicht ändern.

Am tiefsten Punkt erwachen stets die hellen Geister.
Das Alte geht und gibt dem Neuen Raum.
Du magst mit Flammen drohen und Totenwachen halten,
du weckst die Lebensgeister doch und ihren ersten Atemzug.

So schafft das Schlechte Gutes,
Zersetzung nährt den fruchtbar Boden.
Der Westen wird den Osten grüßen,
die Mitternacht vom Morgen wachgeküsst.

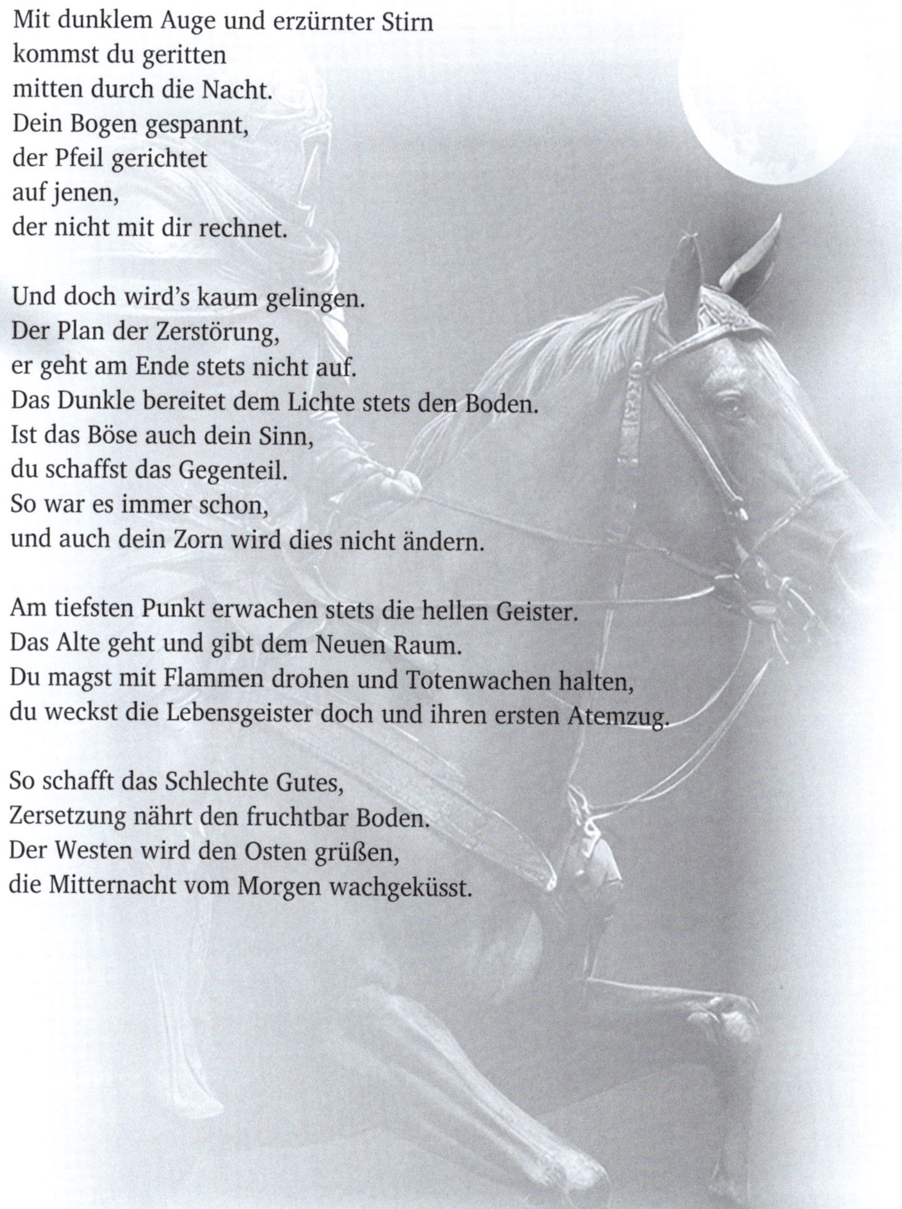

DER RUF

Sei mutig, tiefe Seele,
Zweifler, Grübler, tiefer Denker.
Alles hat seine Zeit.
Angebrochen ist die Stunde, dich zu stellen
deinem Wirken.
Höre auf den RUF.
Wegen ihm kamst du in diese Welt,
zu dieser Stunde
und an diesen Ort.
Verharre nicht wie bange Blume in der Knospe,
bleib nicht leises, schwaches Glimmen,
das unentflammt zum Sterben geht.
Sei nicht Quelle, die versickert,
ohne Leben wachzuküssen
dort in spröder Erde.

Sprenge Grenzen, werde Rose!
Entzünd' die Fackel, um voranzugehen!
Werd' zum Strom, der sich in Felsen schneidet
und mitreißt tausend Boote,
um das Meer zu seh'n.

Steh auf, du zarte, liebe Seele.
Werde wach im Ruf, der jetzt lebendig macht.
Erheb den Blick,
am Horizont steigt schon die Sonne.
Gehab dich wohl
und schreite froh zu Tat!

ENTTHRONUNG

Die Zeit der „nackten Hintern“ hat begonnen.
Des Kaisers „neue Kleider“ werden wohl gesehen
von vielen aus dem Volk.
Erbarmungslose Sicht
auf Pickel, Geschwüre und gegilbte Haut.
Der König kommt als Gnom,
der Gang verkrümmt,
die Beine dürr, dem Storche gleich.

Da nützt nun auch kein Hemde mehr,
kein edler Rock,
mühsam vor sich hingehalten,
damit es keiner sieht,
was man verbirgt.

Und warte ab,
auch wenn die Menschen tuscheln,
weil keiner jetzt noch wagt, zu deuten,
ein Kind wird einstmals kommen,
das fröhlich lachend
auf nackte Hinterteile zeigt.

QUARANTÄNE

Je mehr Druck, desto mehr Gegendruck.
Je mehr du dem Menschen Isolation zufügst,
desto mehr wirst du in ihm den Hunger nach Gemeinschaft nähren.
Je mehr du ihm nimmst,
desto mehr wird er im Kleinsten sein Glück zu finden wissen.
Je mehr du ihm die Flügel stutzt,
desto mehr wird er sich im Fliegen üben.
Je mehr du ihm das LICHT entziehst,
desto mehr Kerzen werden leuchtend in den Fenstern stehen.

Egal, wie ihr euch gegen das LEBEN verbündet,
ihr werdet es stärker machen
und größer, als euer Geist es sich vorzustellen vermag.

DER TRAUM

Morgentau tropft sich dämmernd
auf weisegeschlafenes Auge dieser Nacht.
Ein Silberschleier legt sich
auf den Geist und träumt die letzten Zeilen.

Gräber öffnen sich noch einmal
und Nebel-Atem tritt ahnenschwanger in die Träume ein.
Alte Herzen finden sich zum neuen Schlag zusammen,
als wärs ein Chor,
der tausend Jahre schon gesungen
und nie getrennet war.

Klamme Hand der Dunkelgeister
greift nach den zarten, lichten Wesen,
will Ahnentanz mit seinen Kindern nicht dulden.
Zerschlagen soll der Reigen sein.
Ist's doch das Nacht-Geflüster, das weise Worte spricht
und die Erkenntnis schafft hin in den Tag.

Doch es ist zu spät, nichts kann ein Gnom verrichten,
der mühsam in den Morgenstunden noch nach den Elfen greift.
Die zarten Leiber steigen, haben sie sich erst gefunden,
dem Horizont entgegen.

Das Finst're wütet, kann's doch nicht verhindern,
dass in des Traumes kleinster, nächtlich Kammer,
sich treffen all die Königskinder.
Es muss sie ziehen lassen, die sanften Wesen,
fein wie Spinnenfäden, die dort fliegen
und die man niemals fangen kann.

Morgentau benetzt die zarten, feinen Glieder der Geschöpfe.
Im Abschied perlt's wie Träne über weiße Wangen.
Dann sind sie schon entschwunden,
bis sie wiederkommen in der Nacht
und Tänze weitergehen.

WUNDER

Am Ende der Nacht öffnet sich die Knospe
und entlässt der Rose Königin.

Gefäß zerspringt,
Gefängnis fällt in Scherben,
Kerker gibt die Flut der Fülle frei.

Ein schwerer, süßer Duft
entsteigt der strengen Schale.
In tiefer Sehnsucht nach dem Tag
rollt Blatt für Blatt sich aus.

Fast Sonnensegeln gleich
streckt Schöne sich dem Licht entgegen
und Himmel jauchzet über neue Pracht.

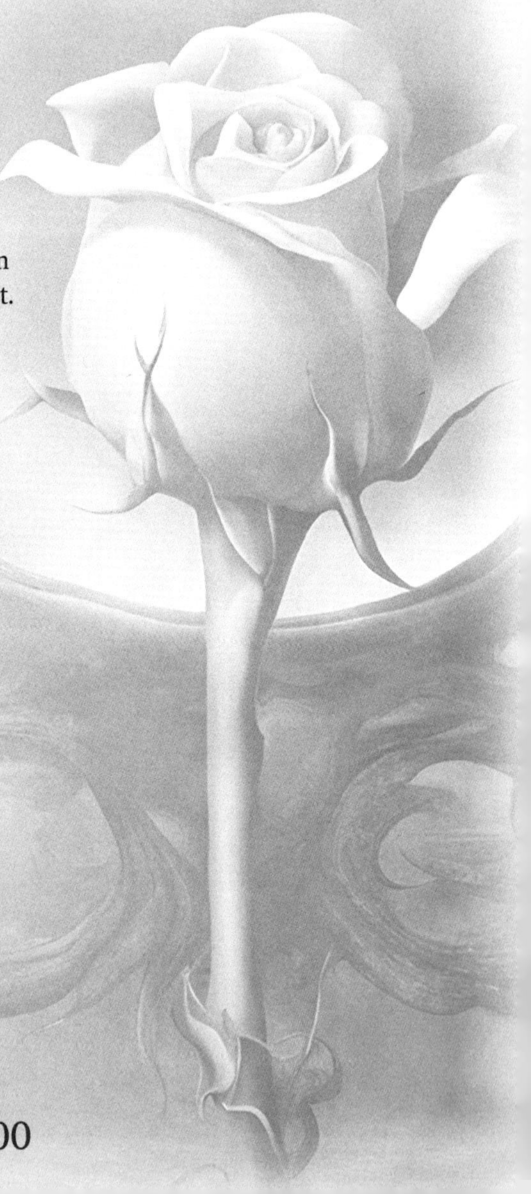

TAUB

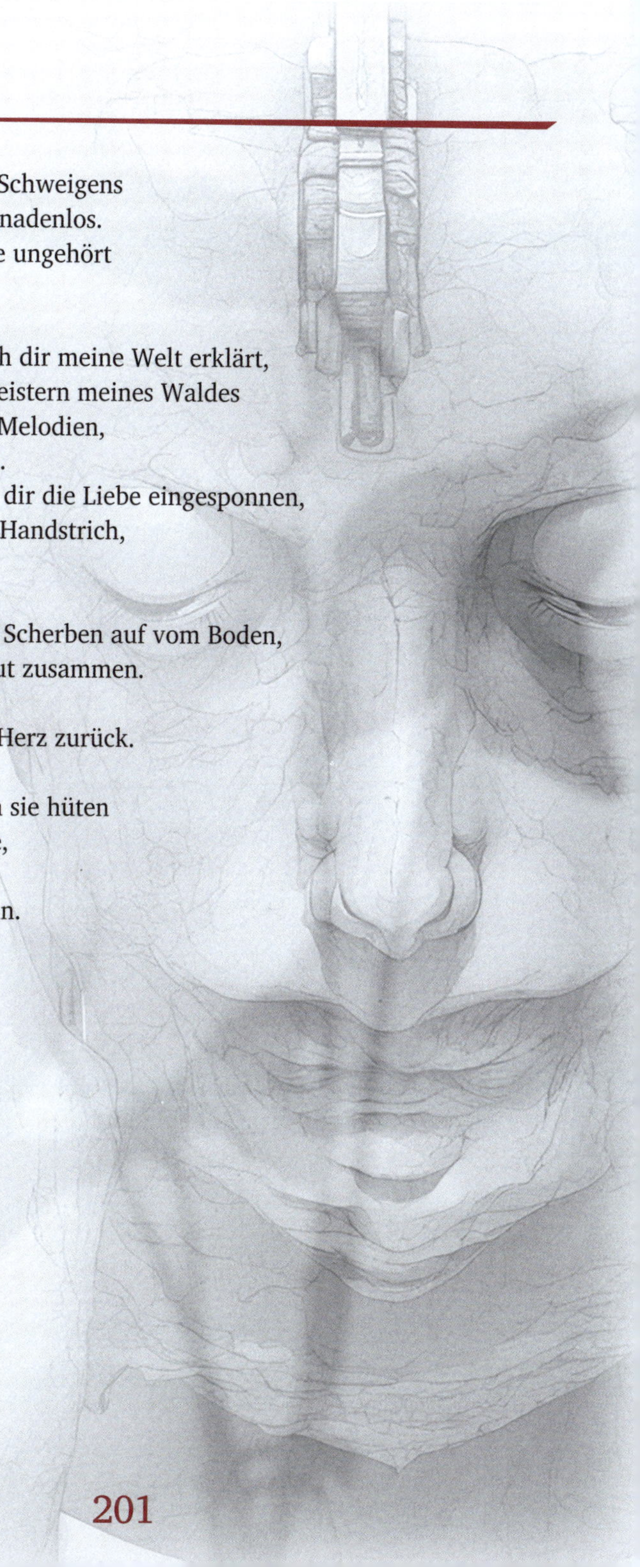

Durch eine Wand eisigen Schweigens
erreicht dein Blick mich gnadenlos.
Dein Ohr hat meine Worte ungehört
zu Boden fallen lassen.

In tausend Zungen hab' ich dir meine Welt erklärt,
erzählte dir von bunten Geistern meines Waldes
und den geheimnisvollen Melodien,
die Bäche murmeln lassen.
In tausend Worte hab' ich dir die Liebe eingesponnen,
die achtlos du, mit einem Handstrich,
von den Tischen streifst.

Mit Tränen heb ich kleine Scherben auf vom Boden,
füg' liebevoll sie mir erneut zusammen.
Willst du sie nicht,
so leg ich sie mir in mein Herz zurück.

In gülden Truhe werde ich sie hüten
bis zum Ende meiner Tage,
wo jene Zeit beginnt,
die Diamanten bergen kann.

GEHEIME WELT

Sommer 2021

Die Welt ist krank geworden. Hässliche Bilder von Angst und Ohnmacht der Menschen schieben sich jeden Tag ins Auge.

Ich schreibe und rede dagegen an, in Gedichten, Texten, Zeitschriften-Artikeln. Ich male mit Bildern der anderen Art, mit Metaphern und Gleichnissen in meinen Vorträgen, dem Sprechen zu Menschen. Warum? Weil sie Farben, Schwingungen, Melodien erzeugen. Sie steigen wie die Gesänge buntgefiederter Vögel am Horizont auf, erzeugen Gefühle wie türkisgrüne, tiefe Seen in den Bergen und lassen Sonnen-Gold wie kleine Tropfen auf die Erde regnen. Die Menschen sehen, fühlen, hören und sie begegnen für einen kleinen Moment der Freude, der Hoffnung und sich selbst.

Viele schreiben mir dann Zeilen, dass sie all die „bunten Vögel" mit Namen kennen, dass sie an jenem türkisen See im letzten Urlaub entlanggewandert wären und dass ihr aktuelles Projekt selbst einen phänomenal „goldenen Boden" hätte. Manche schreiben auch nur: „Was ein schönes Gedicht, das du da gereimt hast!"

Sie alle erwidern mir in einer ganz individuellen Sprache. Sie antworten in jener Frequenz, die ihre eigene ist und verkünden mir von ihren Sichtungen in jenem Spiegel, der doch nur ihr eigenes Antlitz, ihre eigene Geschichte zurückwarf. Jeder sieht, jeder versteht, was seiner Schwingung entspricht.

Und doch sind meine Texte in jener Zeit auch mehr. Es gibt die Menschen, die das Kristall des Spiegels durchdringen können, die erkennen, dass das oberflächliche Bild des Spiegels lediglich das Fenster ist zu einer Welt dahinter. Sie lassen sich still durch die Scheibe gleiten, wie durch eine Geheimtür, in die sie hinübertreten in die Welt eines ausersehenen Zirkels, der Dinge wahrnimmt, die nur wenige sehen können. Es ist die geheime Welt jener Geister, die keine Worte mehr brauchen und deren Kommunikation in aller Stille geschieht.

Ihre Farben, ihre Worte, ihre Melodien sind reiner Gedanke, silbern gleißendes Licht, das doch alle Farbschattierungen unseres Universums enthält.

Sie tauchen in den Stirnen ihrer wartenden Familie hinter dem Spiegel auf, die zu lächeln beginnt, ob ihrer neuen Ankömmlinge. Lesende werden sie da ohne Bücher, Schreibende ohne Stift, Redende ohne Zunge, Liebende ohne die Notwendigkeit der Umarmung. Lichtzeichen, Gedankenchiffren, Morsezeichen schicken sie sich, die sie in Windeseile decodieren können.

Für die anderen, vor dem Spiegel, bleibt diese Welt unlesbar. So manch einer, dem das Lesen verwehrt ist, das Licht und die Melodie nicht zugänglich, gerät in Wut und beginnt in blindem Hass zu verfolgen. Sie suchen mit aggressiven Algorithmen und Scanner-Such-Programmen nach den Botschaften hinter dem Wort, um die Gemeinschaft der Abtrünnigen auszuhebeln. Und doch gelingt es ihnen nicht. Sie stehen vor den Spiegeln, wohlwissend, dass die Tür vor ihnen liegt, und kommen doch nicht hinein. Ist der Ärger auch groß, mögen sie sich noch so bemühen, dem leisen Murmeln hintern den silbernen Scheiben zu folgen, sie können dem geheimen Treffen hinter Raum und Zeit nicht lauschen.

DER BRUNNEN

Des Volkes SEELE ist ein tiefer Brunnen,
auf seinem Grunde liegt ein Schatz.
Geschichte ist auf seinem Grund geronnen,
Wahrheit hat versteckt dort ihren Platz.

Für jeden ist notwendig dieser Reigen,
durch seine größte Angst hindurchzugeh'n.
In dunkle Brunnen muss er steigen,
den heil'gen Gral am tiefsten Grund zu seh'n.

Nur wessen Fuß den Stein der Krypta fühlt,
mit ängstlich Hand sie ihres Schlamms befreit,
hat mutig Todes-Nacht gewählt,
zu finden, endlich, die Wahrhaftigkeit.

Im Dunkeln dort, die Runen sich entblößen,
Geschichten alter Seelen tauchen auf,
gefangen Geister sich jetzt lösen
und zeigen Wahrheit endlich auf.

Wenn geheime Botschaft aus den Gräbern quillt,
der Ahnen Flüstern sich ins Licht erhebt,
gebiert sich jene neue, kostbar Welt,
in der das Alte mit dem Neuen lebt.

Wenn letzte Wahrheit gießt sich übers Land
und deckt Geheimnis endlich auf,
ist qualvoll Dämmerung verbannt
und golden Nebel steigt zu Wolken auf.

MASSNAHMEN

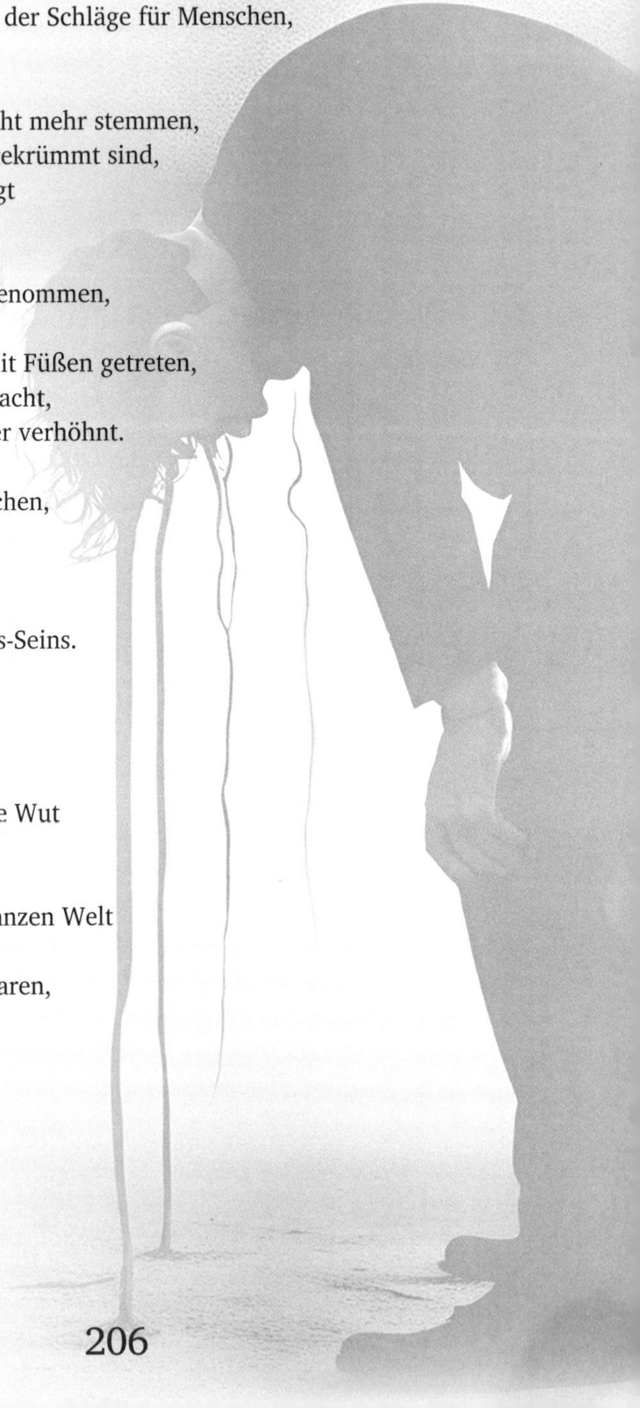

Es braucht nicht noch mehr der Schläge für Menschen,
die gedemütigt wurden.
Lasst sie in Ruhe,
deren Schultern die Last nicht mehr stemmen,
deren Rücken im Schmerz gekrümmt sind,
deren Stirn in der Asche liegt
wie verbranntes Fleisch.

Man hat ihnen die Würde genommen,
sie in Ketten gelegt,
ihre göttlichen Gedanken mit Füßen getreten,
ihre Nacktheit hat man verlacht,
ihre bewegungslosen Glieder verhöhnt.

Lasst sie in Ruhe, die Menschen,
die als Königskinder kamen
und die man jetzt kreuzigt,
ob ihres großen Herzens
und ihres lichtvollen Anders-Seins.

Sie sind es,
denen Ehre gebührt.
Sie sind es,
die für den Schmerz und die Wut
der Menschheit büßen.
Sie sind es,
die Verwerflichkeit einer ganzen Welt
in ihrer Seele sühnen,
weil sie die Schwächsten waren,
ohne Waffen,
ohne Schwert,
ohne Argwohn im Herzen.

Doch ihre Zeit wird kommen.
Die Ersten werden die Letzten sein.
Die Letzten die Ersten, so heißt es.
Falsche Könige werden zu Bettlern.
In den Händen der Geschundenen
wird Krone und Zepter liegen.
Sie werden regieren,
mit einem Herzen übersät mit Narben,
und doch lichtvoll, in Demut
und ungebrochener Liebe zu den Menschen.

AUSTREIBUNG AUS DEM PARADIES

Die Kinder würden sich fügen, sagen sie.
Alles wäre nicht so schlimm,
Kinder passen sich schnell an,
sie würden nicht jammern.
Sie hielten sich an die Vorgaben,
würden alles akzeptieren.

Ist das so? Ist alles gar nicht so schlimm?
Unsere Kinder verlernen zu lachen,
das Lächeln in den Gesichtern der andern
können sie kaum mehr erkennen.
Ein Tuch vor dem Gesicht
macht ihre Worte leise,
verhindert ihre Lieder.
Ohne Gesänge, ohne Lachen und Worte,
verlernen sie das Sprechen, das Verstehen,
das unbeschwerte Spielen mit Freunden.
Darum werden sie still.

Klein werden ihre Geister,
stumm werden sie, weil man ihnen sagt:
sie wären eine Gefahr!
Alte sterben wegen ihnen, wenn sie jetzt nicht artig sind!

Kaum machen sie mehr Geräusche.

Der Spielplatz vor unserem Haus
grau, trostlos ohne das wilde Geschrei
und das Toben auf der Wippe seit langer Zeit.
Neulich, ein kleines Mädchen, zieht seine Maske herunter:
um Nase und Mund lauter Entzündungen und Pickel.
Es tut mir weh, es zu sehen.

Ja, die Kinder würden sich fügen, heißt es.
Sie würden nicht jammern.
Sie hielten sich an die Vorgaben.
Sie wären die wahren Helden!

Was für Helden? frage ich euch,
was für Helden?
Wenn man ihnen den Gehorsam lehrt,
das Schweigen,
dass Berührung Krankheit
und Umarmung den Tod bedeutet.
Was für Helden? frage ich euch,
und um welchen Preis.

TAUSCH-GESCHÄFTE

Es ist nun die Zeit,
in der viele beginnen, die Fehler bei anderen zu suchen,
akribisch zu kontrollieren und mit Fingern zu zeigen,
weil sie selbst die Kontrolle verloren haben,
ihre eigene Wut, ihre Enttäuschung, selbst nicht ertragen.

Mit großen Kanonen
schießen sie draußen auf Spatzen und Menschen,
um abzulenken
vom wütenden Getöse in ihrem eigenen Herzen.

Schlimme Zeit.
Ihre dürren Zeigefinger bohren sich schuldzuweisend
in den Brustkorb anderer,
damit sie ihre eigene Blindheit nicht sehen müssen.
Viele werden fallen,
weil Humpelnde ihnen missgünstig ein Bein stellen
und ihre Wut über eigene Unzulänglichkeiten
anderen die Knochen bricht.

ZEIT DER RÜCKKEHR

Es gibt die Zeit des Reigens,
des beschwingten Tanzes mit dem anderen,
des Schrittes zu zweit,
der Verbindung in trauter Sippe,
die dich birgt eine Weile.

Doch es gibt auch die Zeit,
in der sich die Hände wieder verlieren,
die Zeit der Einsamkeit,
die Zeit der Stille,
in der dich die Seele zurückruft
nach Hause, zu dir.

Verzage nicht,
wenn das Leben dir
in tiefstem Schmerz,
Schale um Schale
vom Körper streift.
Bis tief ins Herz, deinen Kern,
nimmt es alles,
was bergend dich umfing.

Doch es wird nicht dein Tod sein,
sondern die Befreiung
deiner göttlichen Mitte,
deines Herzschlags,
der neu zu pochen beginnt
und neues LEBEN schafft.

BEREIT

Der KEIM atmet schon den Gedanken des Baumes.
Vorbereitet auf diesen Moment,
bricht er hervor,
größer und stärker, als du es je ahntest,
dem Himmel entgegen.

Nicht einsam wirst du sein.
Der Kern findet die ihm vorbestimmte Form
und gedeiht in sein Netz aus Ästen und Zweigen.
Tausend Seelen werden sich niederlassen
in deinen Armen, wie bunte Vögel.
Tausend Herzen finden ihre Rast
im Schatten deiner Äste.
Tausend Gedanken der Menschen
werden sich fangen in deinem Laub
und dir erzählen von der Welt.

Zaudere nicht,
werde ganz zur FORM.
Breite deine Arme aus
und begrüße das Leben.

OBHUT

LIEBEN heißt nicht,
alles zu dulden.
LIEBEN heißt nicht,
keine Grenzen zu haben.
LIEBEN heißt nicht,
still abzuwarten
und zu ertragen,
dass Liebenswertes
mit Füßen getreten wird.

LIEBEN heißt vielmehr,
das Liebenswürdige zu schützen,
aufzustehen,
manchmal für das Leben zu kämpfen.

ZUSPITZUNGEN

Wie die Spitze eines Pfeils
schnitzt man dich mit scharfem Messer
aus dem Holze.
Wie ein Schwert wirst du gehärtet im Feuer.
Verdichtet wirst du unter Druck und
im Schmerz,
wie ein Diamant,
damit du Felsen durchschneidest,
dir Wege bohrst
in unbekanntes Land.

Sag dem Alten Adieu.
Trenne dich in Dankbarkeit
von den Weggefährten vieler Jahre.
Richte den Blick auf das tosende Meer vor dir,
das du teilen wirst.

Befiehl ihm mit dem heiligen Wort,
es wird dir gehorchen.
Neue Getreue werden dir folgen.
Trennen werden die Fluten jene von dir,
die dir nach Leib und Leben trachten.
Vertraue, blicke nicht hinter dich!
Die Dinge werden geschehen nach deinem Glauben.
Geh voran!

VERKLINGEN

Die Alten und Weisen,
weggesperrt von den Jungen und der Zeit,
unsichtbar werden sie, verschwinden leise wie Nebel.
Sie sterben einen einsamen Tod.

Abgeschnitten werden wir
von der Überlieferung, den Erfahrungen.
Geronnene Leben
werden weggetragen von den Winden.
Die ewige Melodie verstummt,
ein Land verliert seine Wurzeln.
Das letzte Laub wird welk.
Das dürre Geäst
holt der nächste Sturm.

Man trägt die Alten leise hinaus.
Ihre gütigen Hände starben allein,
ohne Geleit.
Man verscharrt sie in der Krume,
namenlos.

Die Jungen werden sie suchen,
einst, wenn sie merken,
dass die ewige MELODIE
mit den Alten gegangen ist.

VERLORENE FORM

Wenn du alles verlierst,
die Lieben,
die Familie,
das Hab und Gut,
deine Illusionen,
dann schmerzt deine Seele bis ins Tiefste.
Und doch hat alles seinen Sinn.

Das LEBEN nimmt dir alles,
woran du dich festgehalten hast,
all das, was dich stützte und barg,
dir den aufrechten Gang verlieh.
Es reißt dir herunter ohne Erbarmen,
ohne Zögern, was du glaubtest zu besitzen.

In jenem Moment,
in dem deine Seele jeden Halt verliert,
glaubt, in den Abgrund zu stürzen
in ihrer Nacktheit und bloßem Sein,
werden doch deine Beine dich tragen.
Ohne Krücke und Stock
wird dir wunderbar gewahr,
dass du dich trägst.

In jenem Moment,
in dem die Schale zerspringt,
befreit sie das vollendete Werk.
Wie im Guss einer Glocke
vollendest du dich in erhabener Gestalt,
wenn sich die Form zerschlägt.
In jenem Moment
entsteigt ENGEL seinem Gefäß
und leuchtet dem dunklen Raum.

Alles zerfällt in Scherben.
Tand zerfällt dir zu Staub,
damit du endlich sichtbar wirst.

WEISSER SCHLAF

Die Seele senkt sich in den Winterschlaf,
es wird eisig rund ums Herz.
Fast denkt sie, es wäre ihr Tod.
In Frost und Eis möchte sie sich niederlegen,
glaubt sie doch,
es wäre ihr Ende und ihr Sterben.

Doch einem Kristall gleich
fährt sie tausend kleine Arme aus,
wird silberner Stern aus Schnee,
in dem sich Lichter brechen
und ein ganzes Universum.
Kleine Glitzer-Segel zieht sie auf,
um Lichter aufzusetzen,
ein Meer aus kleinen Spiegeln
fängt den Himmel ein.

Ein wintermüdes Leben
wird wundersames neues Leuchten,
ein müder Geist
holt frischen Atem
und denkt, sich räkelnd, schon an wärmere Tage.

So sei gewiss,
das Eis ist nicht dein Sterben.
Sich zu beraten geht die Seele nur
in den kleinen Schlaf der Winterblume.
Sie tauscht sich aus
mit weisen Geistern and’rer Welten
und plant den Frühling vor.

HEIMKOMMEN

Werde zur FACKEL,
die Altes verbrennt,
die Gold von der Kohle,
von Glut-Aschen trennt.

Werde zum LICHT,
das zum Sturme gesetzt,
das Kenternde birgt,
und schützt, was verletzt.

Werde zum FÜHLEN,
zum Herzschlag der Seele,
die Angst und Tränen
mit der Freude vermähle.

Werde zum LIED,
zur Ur-Melodie,
die Menschen ihr lauschen,
vergessen sie nie.

Bring sie NACH HAUSE
ins bergende Licht,
schmieg sie ins Segel,
und teile die Gischt.

SONNENSTAND

Es ist der Fluch des Schattens,
dass er dem Hellen folgen muss.
Fuß an Fuß,
schwarz auf dem Boden kriechend,
folgt Dunkles stets dem Lichte.
Der Knecht mimt die Form seines Herren,
der Diener will selbst der König sein.

Morgens schon setzt er sich fremde Krone auf,
führt des Abends seine langen Zepter.
Die Flaggen, die er hisst,
sind nicht die seinen.
Werke seines Meisters
gibt er als seine aus.

Um Menschen in den Bann zu ziehen,
muss er recht edel reden,
vornehm sich bewegen, wie sein Herr.
So mag er täuschen die im Volke,
die nicht zu unterscheiden wissen,
was Original und Fälschung ist.
Die Maske abzunehmen,
Täuschung zu entlarven,
ist ihm verhasst,
verlöre er doch Seelenbeute
und jene, die ihm applaudieren.

Doch die Stund' der Wahrheit
kommt des Mittags forsch daher.
Hohe Sonne tilgt die falschen Spuren.
Dunkles geht im unerbittlich Lichte,
weichen muss es,
und ward nicht mehr gesehen –
eine Weile.

SCHATTENKIND

Viele sind es, die ins Licht sich drängen
und so dich von der Sonne trennen.
Sie buhlen um der Sterne Scheinen,
um dir zu spotten, dort im Kleinen.

„Sieh an“, meint einer, wie ein Pfau,
„wie bist du farblos und so grau!
Erst Schatten-Arbeit musst du tun,
nur so kannst folgen mir im Ruhm.
Tue Buße, geh ins Grübeln,
nur inn’re Einsicht trennt von Übeln!
Töricht ist’s, was du hier tust,
erbärmlich dort auf Knien ruhst!“

Doch kaum ist letzter Satz verklungen,
das SCHATTENKIND ist aufgesprungen.
„Geh aus dem Licht“, ruft’s, „aus der Sonne!“
wie Diogenes einst in der Tonne.
„Nun weiß ich’s endlich, du allein,
stiehlst mir den ganzen Sonnenschein.“

Ein Schubs vom Kind – noch lacht der Große –
er fällt zur Seite bei dem Stoße,
gibt frei aufs Strahlen so die Sicht.
Jetzt glitzernd, golden, fällt das LICHT
auf jenes kleine Kind, das graue,
damit es nun das Helle schaue.

Sein Auge fasst gar tausend Sterne,
die Sonne schenkt sich aus der Ferne.
Das Helle gießt sich aufs Gesicht,
der Himmel lacht und gleißt im LICHT.

So geh’n sie freudig Hand in Hand,
aus düst’rem, traurig Schattenland,
und schicken weiter kleine Sterne
zu andern Menschen nah und ferne.

MISSBRAUCH

Jeder, der den anderen schwächt, abwertet,
missbraucht, täuscht, misshandelt, benutzt,
entweder, weil dieser
krank, schwach, ein Kind, alt oder hilflos ist,
oder weil er selbst
liebend, vertrauend, hilfsbereit, gutgläubig ist,
handelt ZUTIEFST VERWERFLICH!

Macht, Kontrolle, Gewinn und Ansehen,
die auf dem Leid anderer fußen,
verachten den Menschen
und seinen Anspruch auf
HEILIGKEIT!

PHÖNIX

Nur jener zwingt dich, klein zu bücken,
der groß sich wähnt im Niederdrücken.
Nur jener deutet, spottet, lacht,
den Lächerlichkeit mächtig macht.
Nur jener prügelt dort die Schwachen,
der stärker wird durchs Niedermachen.

Doch sieht mit Ärger bald Tyrann,
dass Dolches Stoß auch heilen kann,
dass Böses oft, nach einer Weile,
gereicht dem Schwachen doch zum Heile.
So wie im Gift, das niederstreckt,
auch Medizin ist mit versteckt.

Doch dann, wenn Opfer auferstehen,
in Schmutz und Schlamm noch aufrecht gehen,
stößt es dem Dämon bitter auf,
dass Leid gebiert noch schnell'ren Lauf.
Im Brennen steigt der Phönix hoch,
Gluten barg die Asche noch.
Das Böse brennt das Alte nieder,
das dann als Neues kehret wieder.

Du mit des finst'ren Schwertes Kraft,
sieh Feuersbrunst, die Gutes schafft!
Die dort in Glut und Asche liegen,
sie sind es, die dich bald besiegen.
Im Tode liegt der Keim für's Leben,
was unten scheint, wird sich erheben.

Viel Leid hast du dem Mensch gebracht –
zuletzt verloren doch die Schlacht.

ABSCHIEDE

Die Menschen trennen sich.
Das „Jüngste Gericht“ – nur anders.
Sie richten sich selbst.
Entscheiden sich für eine Seite.

Wie ein Reißverschluss, der sich aufzieht,
teilt sich die Menge, verlieren sich die Hände,
still, leise
und ohne einen Gruß.

In einem Gefühl der Ohnmacht.
Zuschauen.
Nichts kann getan werden.
Nur ein stilles Beobachten geschieht wie von selbst.

Vielleicht hat alles Sinn – später, wenn man erkennt.
Dann begreifen wir,
dass Teilung sein musste,
Entscheidung sein musste,
damit das eine sich vom anderen trennt,
um zu leben.

STEINERNES HERZ

Mensch, du verrohst zu niederem Sein,
du brennst dich herunter auf Grund und auf Stein.
Du wendest dich weg, für billigen Lohn,
von Sippe und Ehre, Familie und Sohn.

Wie sieht es mein Auge, voll Kummer und Grauen,
dass Mauern sich fester ums Herze dir bauen.
Wo einst dein Lächeln und Lieben noch war,
wird bleich dein Gesicht, so reglos und starr.

Versuchen will man dich, mit Trubel und Leben,
du müsstest nur willig die Seele fortgeben.
Ein Handel wär's nur, und nicht weiter mehr,
erfüllen würd' leicht sich dein großes Begehr.

Ist Pakt dann geschlossen, gibt es kein Zurück,
aus Herzen und Augen flieht nun alles Glück.
Hast Tand du und Reichtum und Taler bekommen,
ist schnell aus dem Leib dir die Seele genommen.

Wie graues Gestein stehen die Menschen dort drüben,
vergaßen den Himmel, das Land und die Lieben.
In tiefster Kühle wohnt kein Fühlen, kein Schmerz,
es find't sich kein Schlagen in eisigem Herz.

Da schaudert es einem, vor grauslichem Heer,
es regt sich kein Hauch, kein Atemzug mehr.
In schmerzvollem Abschied und wehmütig Blick,
lässt man die Menschen und Freunde zurück.

Der Blick geht nach vorn, dem Lichte entgegen,
so muss jeder einzeln sich auf Reisen begeben.
Nur mit sich alleine und wenig Gepäck,
lässt man schwarz-graue Städte in der Ferne zurück.

Ich hoff' auf Gelingen und gnädigen Segen,
der jetzt auf uns Wand're mög' schützend sich legen,
damit wir in Mut und wachsend Vertrauen,
aus Licht uns're Häuser ganz neu erbauen.

EINSAMKEIT

Einsamkeit erweckt ganz sacht
den Denker, Dichter, den, der singt.
Der Geist dort liebevoll erwacht,
wo er in Menschen-Herzen dringt.

In der Stille glimmt das Feuer,
in Dichters Stirne Poesie.
Tiefste Nacht ist jenem teuer,
der Leinwand füllt mit Farb-Magie.

Aus großer Stille kommen Klänge –
der Musicus, er hört sie schon –
die ewig himmlischen Gesänge,
aus Windes Stille kommt der Ton.

In der Ruhe liegt die Kraft,
in der Stille sinnt Genie;
tiefste Einsamkeit erschafft,
was lautes Streben findet nie.

Drum, Mensch, tauch tief in jene Stille,
trage stolz das friedlich Kleid,
finde Geist und finde Wille,
in friedvoll Land der EINSAMKEIT.

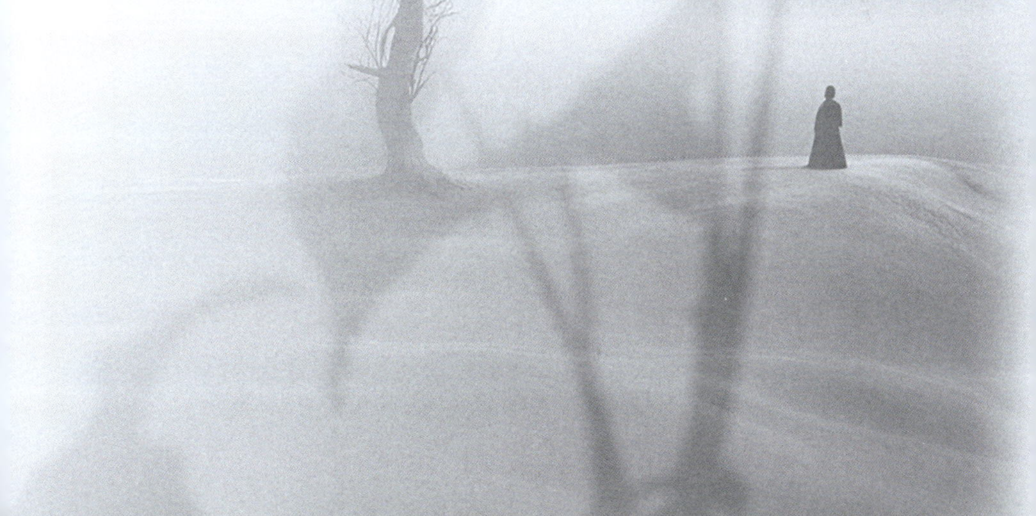

IM DIENST DES KÖNIGS

Mann an Mann, stehst du in Reihe,
du hältst den Bogen und das Schwert,
beugst dich einer FALSCHEN WEIHE,
die Leid und Kampf dem Volk beschert.

Oft sind Feldherrn feige Streiter,
schicken los Mann, Weib und Heer,
treiben Söldner, Volk und Reiter
in einem grausam' Krieg umher.

Listig Kleid trägt oft der Kaiser,
das Herz nicht golden, sondern Stein.
Nicht zu kämpfen wäre weiser,
nicht Gegner eig'nen Stamms zu sein.

Nicht verfolgen sollst du jene,
die einst auch hatten edle Pläne,
die, getrennt von ihren Lieben,
in bösen Kampf und Schlacht getrieben.

So wurden viele redlich Leute
durch listig' Plan zu traurig Beute,
zum Krieger hat man sie benannt,
stellt sie ins Feuer, an die Wand.

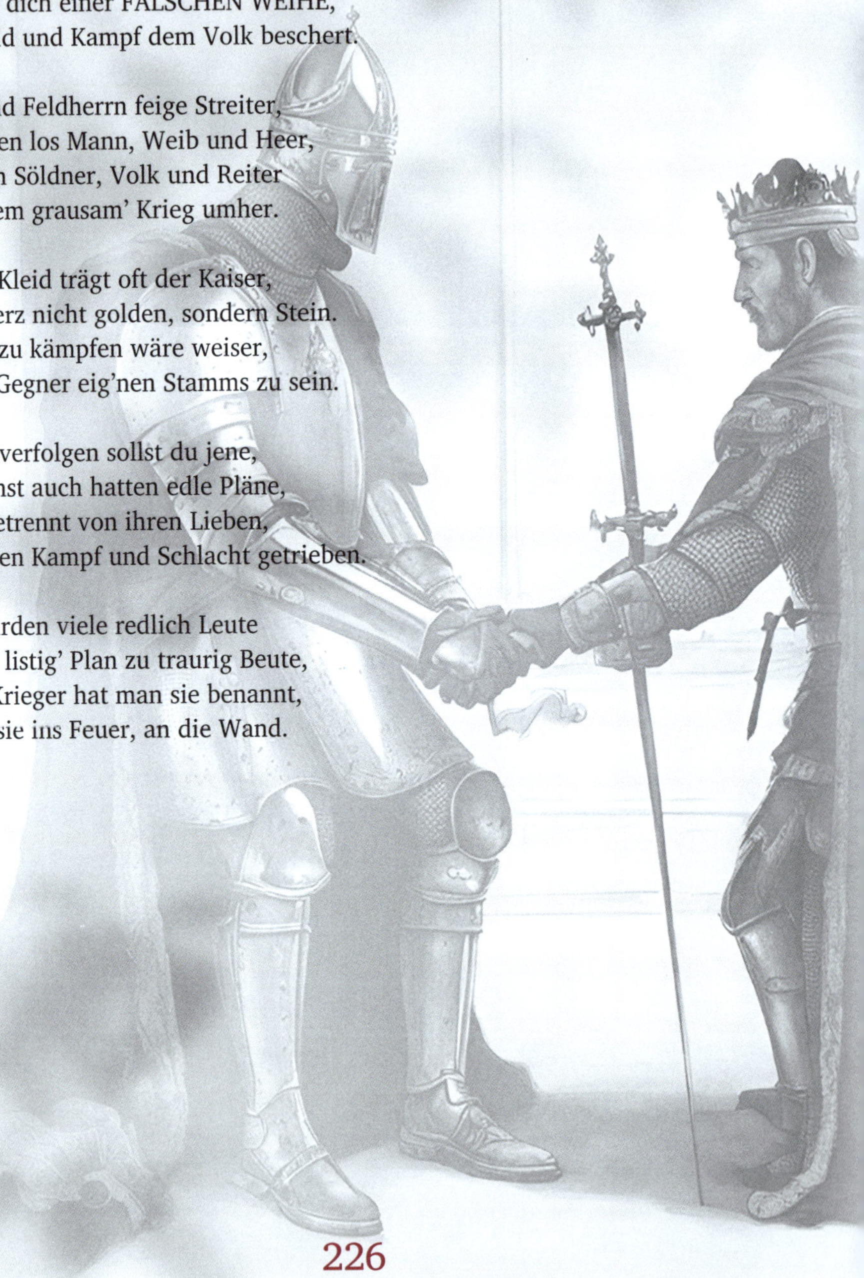

Drum prüfe, wer da Spiele treibt,
im Stillen sich die Hände reibt,
denn du, der einst so wohlgeboren,
bist in dem BRUDER-KRIEG verloren.

Wirst Spielball nur für Machtgelüste,
damit ein dicker Wanst sich brüste,
wirst billig kleiner Zinnsoldat,
für den, der seine Spiele hat.

Richt' nicht den, der deinesgleichen,
denn feiger König wird schnell weichen,
wird alsbald nicht mehr gesehen,
wenn Brudermord erst ist geschehen.

Er reibt sich wonnevoll das Kinn,
das Gemetzel bracht' ihm Sinn,
so dass er feist von Herzen lacht,
das Spiel, es hat ihm Spaß gemacht.

ABSPALTUNGEN

FAMILIE ist das Entstehen aus der gleichen Wurzel.
In trauter Einheit scheinst du verbunden
im eichenstarken Stamm,
stark genug, den schlimmsten Stürmen zu trotzen.

Doch bald schon erkennst du,
dass alles Gemeinsame in Wurzel und Stamm
auseinanderstrebt,
Ästen gleich, raumsuchend,
wetteifernd, in der Suche nach dem Himmel.
Jede Berührung, jede Verwicklung, jede Reibung,
eher ein schmerzhaftes Ächzen
als ein Fest.

Wenn dann die Früchte reifen,
messen sich die Eicheln ehrgeizig im Weitwurf,
und Äpfel rollen um die Wette für ihren Raum.
In alle Himmelsrichtungen, auf ferne Felder,
verschleppt von den Tieren,
gefegt von den Stürmen,
verteilen sie sich
in ihrem Ringen um das Leben.

Die verborgenen Wurzeln,
die behäbigen Stämme,
die tragenden Äste
lassen es geschehen mit einem weinenden Auge,
aber sie ertragen es in der Hoffnung,
dass sie Samenleger sind des neuen Waldes.

Eine neue Welt,
ein neues Grün,
ein neues Gedeihen.
Möge die Winter-Erde
sich bergend, liebend erwärmen.

Im leisen Raunen durch die Schollen der Erde
schicken sie Wiegenlieder an ihre Kinder.
Sie sind verbunden mit dem Keimenden,
lauschen den Botschaften aus der Zukunft
und dem neuen Sein.

Und so liegt in ihrer Trauer
ein kleines Lächeln und Friede,
weil sie wissen, dass doch alles eins ist
und nimmer verschollen.

HEIMKOMMEN

Auf des Flusses Mitte lege
Körper, Seele und den Geist,
Strom und Göttern Zügel gebe,
auch wenn du um das Ziel nicht weißt.

Auf sanften Wogen, Wasser-Sternen
trägt's dich dort, auf stillem Kahn,
heimwärts in die weiten Fernen,
auf geheimnisvoller Bahn.

Kein Stein, kein Busch steht dir in Wegen,
auf keinen Scherben tritt dein Fuß,
ein and'rer lenkt mit großem Segen,
weil du den Weg nicht kennen musst.

Magst nicht an Ufern dort verweilen,
vertrau dem Strom und seiner Welle.
Im Fließen wird die Seele heilen,
kehrst heim ins Meer, zu deiner Quelle.

DAS BÖSE GEDICHT VOM SCHAF

Ich sag' dir was: in einer Tour
will jeder bloß dein „Bestes" nur,
für andere tun sollst du die Sachen,
die „folgsam, edel, gut" dich machen.

„Tu dies und das!", „hilf hier und dort!"
Gehorsam seist du immerfort.
Zum Nutzen andrer sollst du dienen,
Honig sammeln, wie die Bienen,
getreulich Feld und Beete jäten,
emsig sein und nicht viel reden.

Bescheiden seist du, nicht begehrend,
nur so kämst du zu hohen Ehren!
Sie loben dich: „Wie bist du brav!"
Und doch bist du das dumme Schaf,
siehst nicht, dass in dem ganzen Treiben,
andre sich die Hände reiben.
Dein Werk, die Arbeit, all die tolle,
trägt man zum Markt, für sich, als „Wolle".
Vergehen wird dir bald das Lachen,
kommt Metzger dann, zum Würste machen.

Das ist das Dumme bei dem Schaf,
es wächst die Wolle ihm im Schlaf.
Es leistet treu stets den Tribut,
am Ende läuft es gar nicht gut.
Brav eingezäunt und ohne Ehren,
wird einst der Bauer es verzehren.
Denn hat das Schaf genug gegeben,
bringt man es leider noch ums Leben.

CHYMISCHE HOCHZEIT

Du hast gewartet lange Zeit,
nun spute dich und sei bereit.
Am Horizont sind all die Zeichen,
sie winken dir, die Hand zu reichen.

Nimm deinen Umhang und dein Schwert,
den Geist, den Ahnen dich gelehrt.
Geh voran, blick nicht nach hinten,
nichts Altes soll die Seele binden.

Sei getrost, bist nicht allein,
der Menschen viele werden's sein,
die deine Spur in Folge gehen,
um neuen Horizont zu sehen.

Dort in der Ferne liegen sacht,
fast wie Geschwister, Tag und Nacht.
Der Himmel steigt hinab zur Erde,
damit das Finst're helle werde.

Dort wo die Nähe wird zur Ferne,
küsst Menschengeist die weisen Sterne,
das, was getrennt, für Jahrmillionen
wird wieder jetzt zusammenwohnen.

Es küsst der Bräutigam die Braut,
die mit ihm neue Burgen baut.
Dort, wo sich ihre Liebe find't,
gebiert sich zeitens neues Kind.

Eins sind schließlich Geist und Erde,
damit aus Polen Einheit werde.
Der Himmel atmet aus und ein,
holt alle die Geschwister heim.

UNSCHULDIG

Schuld und Scham sind jene Steine,
die Rücken brechen oder Beine.
Aufrecht geht zunächst das Kind,
dem Würde, Stolz gegeben sind.

Doch Aufrecht-Gang und Aufwärts-Blick
fällt Schuld wie Brocken ins Genick,
von denen, die mit tiefem Grollen,
das Große klein sich drücken wollen.

Doch sag ich euch, nach tausend Tagen
erhebt sich's Opfer aus den Plagen
des Unrechts und der falschen Scham,
wirft von sich den bösen Bann.

Die kindliche Seele trug den Stein,
um durch das Schleppen stark zu sein.
Muskeln wachsen Herz und Seele,
damit die schwere Last nicht quäle.

Das Kind von einst trägt ganze Berge,
unschlagbar ist jetzt seine Stärke.
Mit kräftig Armen baut's die Stadt,
die Sodom einst zerschlagen hat.

Nun siehe, wie die Täter zieh'n,
wie Steinewerfer feige flieh'n.
Die Schuld und Scham sind ihrer jetzt,
das Schicksal sie von dannen hetzt.

Das Kind, das kam im Morgenlicht,
als Mann, als Frau den Tag anbricht;
der Rücken aufrecht, stolz der Gang,
wie einstens mal, von Anfang an.

UNZERSTÖRBAR

Wenn jemand laut dich brechen will,
dann achte dich und werde still.
Wenn jemand beugt dir schwer den Rücken,
dann wage nun das Gegen-Drücken.

Wenn jemand reißt dich schier in Stücke,
verbinde dich, bau eine Brücke.
Wenn jemand dir die Lieder nimmt,
bist du's, der dennoch weiter singt.

Wenn Würde, Ehre wird genommen,
muss Achtung aus dir selber kommen.
Entreißt man dir das Hemd, das Kleid,
liegt gülden Rüstung schon bereit.

Lass mutig die Zerstörer wagen,
der Himmel wird dich dennoch tragen.
Zieh'n sie das Schwert bös aus der Scheide,
tritt einen Schritt im Sturm zur Seite.

Erschöpft nach Kämpfen, grausam Stechen,
werden sie darniederbrechen.
In eig'ne Schneide jener fällt,
der mit ihr Mensch und Welt gequält.

Das Pendel ist's, das ewig währt,
das Dunkle stets das Licht beschert.
Der böse Knecht der Mitternacht
hat auch den Morgen mitgebracht.

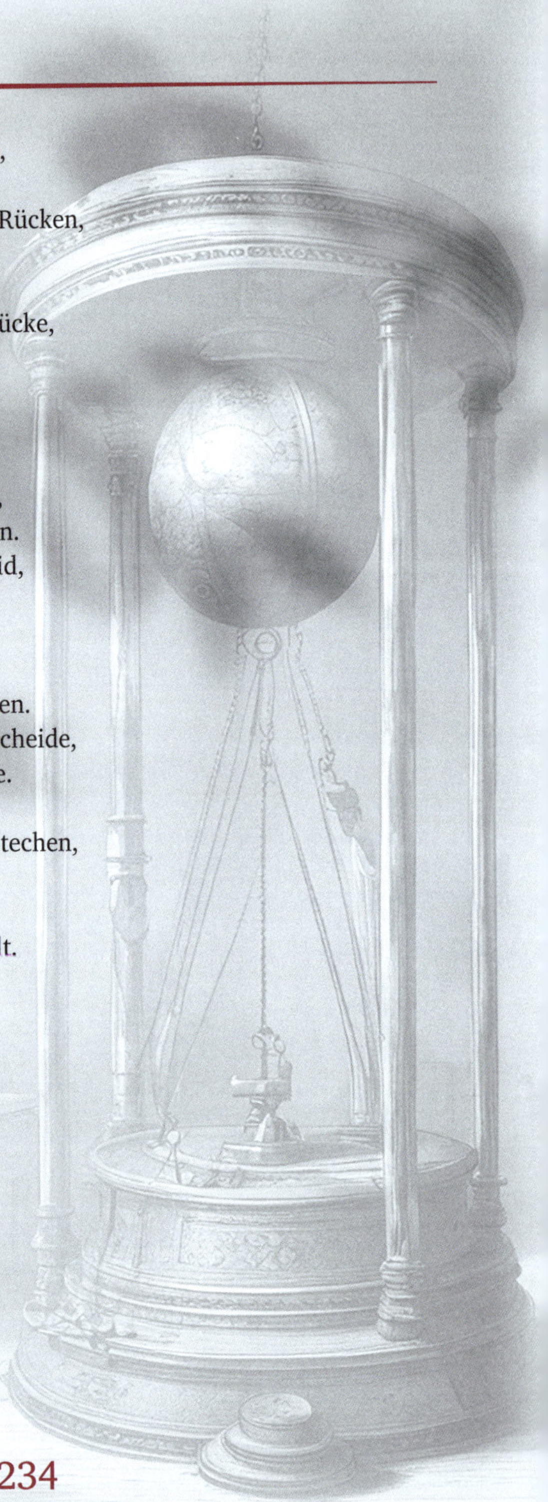

AUSZUG AUS SODOM

Es kommt der Tag,
an dem deine Seele die letzte Angst loslässt
und der brennenden Stadt endlich den Rücken kehrt.
Sie hat die letzte Hand losgelassen,
die letzten Sätze gesprochen,
in das letzte Gesicht zum Abschied geblickt.
Die letzte Träne ist geweint
und heißt dich zum Aufbruch.

Das letzte Ding ist weggegeben,
das letzte Kleid verschenkt.
Kein Mensch mehr weit und breit,
keine Arme, die dich mehr bergen.
Dann erst, in der tiefsten deiner Nächte,
stehst du im Walde, zwischen den hohen Tannen,
die dir den Wind einfangen wie Segel
und Zelte bauen über dir.

Du vernimmst jenes Raunen in den Zweigen,
das dir den Blick nach oben hebt.
Erst jetzt siehst du in der Finsternis
das Blinken der Sterne.
Morsezeichen des Himmels.
Und du weißt:
Egal, was geschieht, du bist nicht allein!
Geborgen trägt dich das Leben
in seinen Händen,
auch wenn SODOM in Flammen steht.

MORGENLICHT

Das Finst're stets Gespenster lockt,
auf Unschuld sich das Dunkle hockt,
das Schwarze an dem Weißem reißt.
Licht ist es, was das Finst're speist.

Die Tücke will die Anmut schwächen,
sich neidvoll an dem Schönen rächen.
In Missgunst, Ärger auf das Licht,
sie ihm in Wut den Rücken bricht.

Wanzen gleich sitzt sie im Bett,
saugt in der Nacht sich prall und fett,
wie ein Vampir bleicht sie das Kind,
wie Siechtum sie in Heiles dringt.

Doch sicher ist's, es kommt der Tag,
Vampir verfehlt sein düst'res Grab,
zu spät er sich, als Parasit,
am Morgen in die Gruft verzieht.

Die Sonne bricht durchs off'ne Fenster,
zu Staub zerfallen Nachtgespenster.
Der Wind verwirbelt graue Schwaden
durch müden, blinzelnd Fensterladen.

Der Morgen schickt die spielend Kinder
auf Wiesen wieder, fort der Winter.
Wieder röten sich die Wangen,
sind graue Geister fortgegangen.

DAVID

Du stehst im Kampf um Leib und Leben,
kannst kaum noch Schwert und Lanze heben.
Die schwere Rüstung, die man schirrte,
zieht bodenwärts dich schnell vom Pferde.

Verzage nicht, hol', David gleich,
dir kleine Kiesel dort vom Teich,
leg an die Schleuder, um zu treffen,
des Feindes Stirn und finst're Schläfen.

Hab keine Angst vor dem Koloss,
vor Rüstung, Schwertern und dem Tross.
Ein einz'ger Kiesel bricht den Mann,
und mit ihm stürzt der schwarze Plan.

Kein Dolch, kein Mann, nicht Muskelkraft,
zerstört, was Knabens Schleuder schafft.
Mit Weisheit zielt das Kind beim Recken,
auf jenen Punkt für's Niederstrecken.

Drum handle klug, auch ohne Waffen
kannst du den Sieg bei Feinden schaffen.
Es ist oft Geistes feinste List,
mit der du überlegen bist.

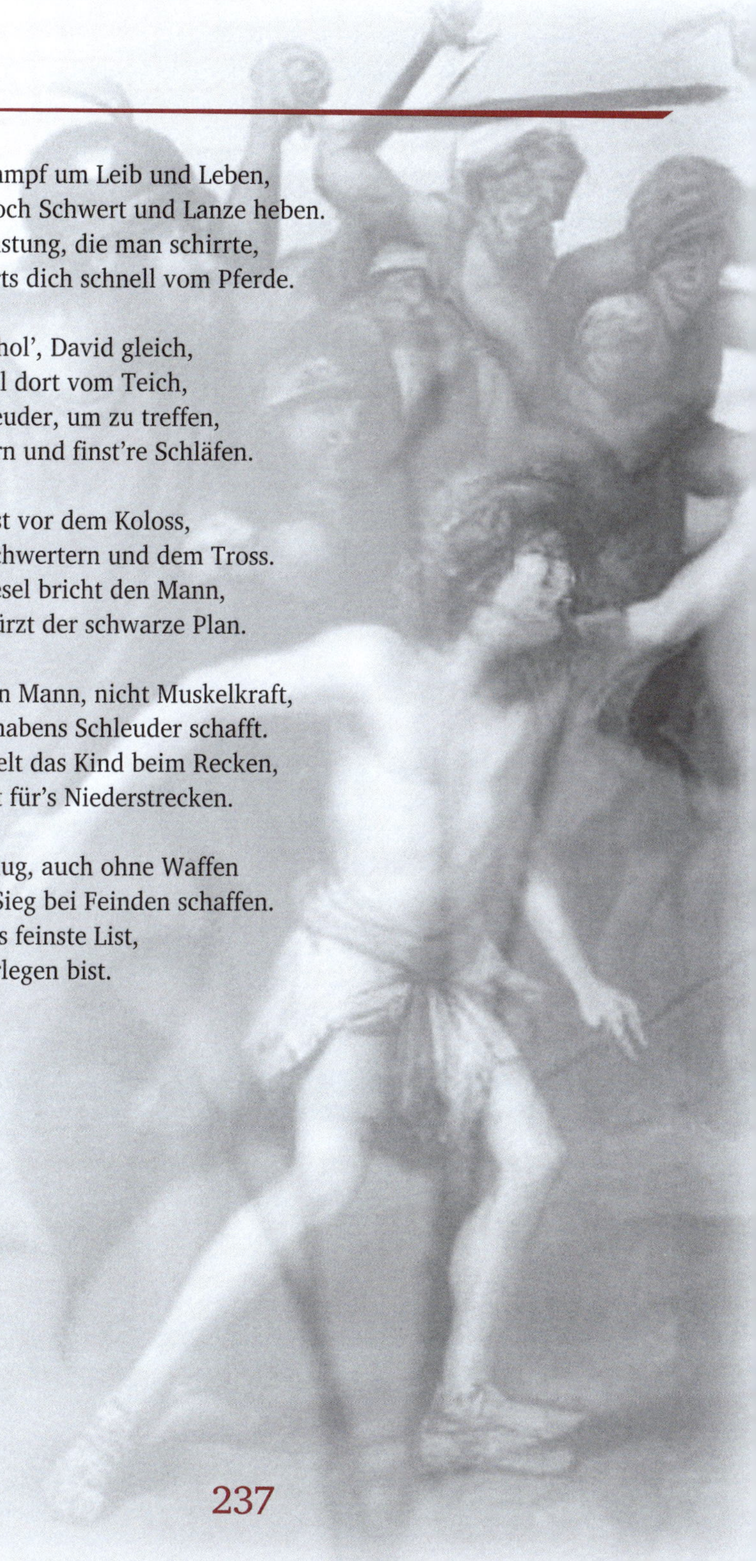

APOKALYPSE

Nun ist sie da, die große Zeit,
in der sich Mensch von Mensch entzweit.
Düst’rer Stirnen dunkler Plan
zeigt sich in Arglist, Größenwahn.

Die List, die Tücke, einst versteckt,
grinsend sich nun selbst aufdeckt.
In Hybris, ohne jede Scham
zieht sie sich ihre Fratze an.

Die Zeit, man ahnt’ es lange nicht,
in Wahrheit ist sie ein GERICHT.
In gleißend Licht steht da die Lüge,
zeigt dunklen Schaltplan und Gefüge.
Es wird nun jedem endlich klar,
wie düster Spieles Regel war.

Die Menschen sehen nun im Leiden,
es hilft erheblich beim Entscheiden.
Nicht Gott mit weißem Bartgesicht
sitzt jetzt und hält das Strafgericht.
Nein, jeder selbst den Richtspruch fällt,
welch’ Wege er in Zukunft wählt.

Entscheidet er sich für’s Betrügen,
verschreibt sich weiter bösen Lügen,
wird er mit seiner finst’ren Welt
wie wurmzerfress’ner Baum gefällt.

Die Zeit ist nah, wir müssen eilen,
Entscheidung drängt, ’s gibt kein Verweilen.
Wähle gut, tu’s mit Bedacht,
wählst du nicht Licht,
wird es bald Nacht.

DIE TÜR

Es ist die ANGST,
die dir wie durch eine TÜR
einen kalten Windhauch
in dein LEBEN fegt.

Dies ist der Ort,
der dich am meisten
das Fürchten lehrt.
Und doch ist er der einzige Weg
in die FREIHEIT.

SPALTUNG

Ein blankes Schwert geht durch das Herz
und trennt es schier entzwei,
wie graust es manchem vor dem Schmerz,
wünscht sich, 's ging bald vorbei.

Der Bruder sich von Schwestern trennt,
die Sippe von dem Kind,
die Alten steh'n mit Tränen da,
weil Zeit die Jungen nimmt.

Ein blankes Schwert das Volk durchtrennt,
heimatlos die Seelen,
der Ahnen tiefe Trauer brennt:
Sie sehn das Menschen-Quälen.

Doch wisset wohl, den Ast vom Baum
kannst grausam du durchtrennen,
doch nichts in Wurzeln, Erden-Raum,
kann Wachstum jemals hemmen.

Die Trennung ist's, die Baumes Kraft
den neuen Wuchs und Trieb erschafft.
Nicht einen, zwei von seinen Zweigen,
nein, hundert wird der Stamm austreiben.

DUNKLE NACHT DER SEELE

Es kommt die Zeit, in der du Stoß,
Qual, Schmerz, all das, lässt endlich los.
Der, der das Messer angesetzt,
dich in der tiefen Brust verletzt,
hat ausgedient, es braucht nicht mehr
der Folter, die dich klein und schwer,
zu Boden zwang,
ganz in dich drang.

Erst braucht's das Böse, Dunkles auch,
so war's von jeher immer Brauch,
dich in die schwarze Nacht zu zwingen,
um dir die Trübsal erst zu bringen.
Nur dort, wo Kerker ohne Licht
das Herz, die Seele fast zerbricht,
beginnt der Mensch das Haupt zu neigen,
in Demut sich dem Geist zu zeigen,
der größer ist als ich und du.
Friedlich wird's da, voller Ruh'.

In dunkler Nacht erkennt die Seele,
dass jener, der dich stetig quäle,
tat dir nur diesen schlimmen Dienst,
dass du zurück zur Schöpfung find'st.

Der Dämon tanzt in dunklem Schrecken,
nur so zwingt es dich zum Erwecken.
Der Teufel spielt mit dir den Reigen,
um böse Geister auszutreiben.
In hurtig Kreiseln, rastlos Schritt
reißt er dich wild und gierig mit.

Doch schau, er tötet altes Leben,
damit sich neue Geister heben.
Er bestellt die schwarze Erde,
auf dass die weiße Rose werde.
Es schleppt dich fort als dunkles Biest,
damit du suchst und Himmel siehst.

ERNTE-ZEIT

Das Blatt vom Zweige wird sich trennen,
ist die Sommerzeit vorbei.
Wie Gold von Asche weg sich brennen
der Ernte Körner von der Spreu.

Zeiten-Zyklus ist am Sieben,
Mühlstein mahlt, so schwer wie Blei;
spalten tut sich, was verblieben,
von Wahrheit trennt sich gärend Brei.

Wie sie ächzen, wie sie klagen,
wenn geschält wird von den Früchten;
jene werden's nur ertragen,
die sich nach dem Wahren richten.

Liegt der Samen neu auf Erden,
findet sich und ist bereit,
wird er edles Saatgut werden,
fruchtbar sein, für neue Zeit.

BEFREIUNG

Alles, was geschieht, dient dazu,
wieder unsere WÜRDE zu erlangen.
Alles, was geschieht, dient dazu, unsere wahre GESCHICHTE zu finden.
Alles, was geschieht, dient dazu, uns an unsere QUELLE zu erinnern.
Nur so werden wir AUFERSTEHEN aus dem VERLIES
der uns auferlegten Schuld.

ABSCHIED

Wie siehst du sie von dannen treiben,
die, die du liebtest, die nicht bleiben.
Mit manchem gingst du Hand in Hand,
Lebenszeit dich lang verband.

Schmerzvoll, wie vom Baum das Blatt
fällt deren Hand von deiner ab.
Manchen wirst du nicht mehr sehen,
weil Wege auseinandergehen.

Deine Kräfte, wie ins Grab,
zieht Seelen-Baum dir jetzt hinab.
Und fühlt es sich erst an wie Sterben,
so wird's dir dennoch kein Verderben.

Tief im dunklen Schoß der Erde,
dort, wo Leben wieder werde,
hütet Gaia deine Seele,
damit dich Winter-Frost nicht quäle.

Sei wie die Eichel, Nüsse, Laub,
sie stellen sich des Winters taub.
Sie fühlen nicht das Eis, die Winde,
auf dass der Frühling sie einst finde.

Lass Herz und Körper nun gesunden,
heg' friedlich deines Sturmes Wunden,
Winters Stube wird dich hüten,
bis lichter Frühling treibt neu Blüten.

AHNUNG

Sieh hin, sie sammeln sich.
Sieh hin, sie schärfen ihre Waffen,
putzen emsig ihre Flinten.
Sieh hin, in ihren Augen glänzt die Wut,
der Hass gärt, wie in einem Ei des Drachen.

Sieh hin, auf Suche werden sie gehen,
nach denen, deren Seelen das Licht tragen.
Forschen werden sie nach denen,
deren Stirnen anders denken
und die Dinge schon erkennen,
bevor sie in Form gegossen sind.

Man wird die jagen, die ahnen, was da kommt,
die das Pulver der Kanonen riechen, noch vor dem Zünden,
das Wehklagen der Menschen hören,
noch vor dem ersten Schrei,
die das Leid sehen,
bevor es sich zeigt in seinen Wunden und Malen.

Spute dich und gehe mit denen, die vorangehen,
die sehen und doch des irdischen Auges nicht mehr bedürfen,
die sprechen und doch keine Worte brauchen.
Sie kennen den Weg.
Vertraue ihnen, sie besteigen schon die Berge,
ziehen auf die Anhöhen,
wo Pfeile der Feinde das Ziel verfehlen,
Schlachtrufe in den Nebeln der Gipfel versiegen.

Erhebe den Rücken zum aufrechten Gang.
Setze den Blick an den Horizont.
Breite deine Arme aus, wie zum Fluge,
wie einen Bogen, der den Pfeil bald zum Fluge entlässt.
Siehe, deine Füße erheben sich bereits,
entfernen sich von allem unter dir
und was sich der Materie verschrieb.

Erkenne das nächste Leben über deiner Erde.
Begrüße alles Erheben in dir und Entrückung in die Lüfte,
dort, wo alles klein wird und keine Bedeutung mehr hat,
dort, wo es keiner Worte mehr bedarf oder Taten.
Winzig werden die Feinde unter dir,
zu Zwergen gerinnt ihre Gestalt.
Dein Geist wird groß wie das Universum.
Dort ahnst du – endlich –
wie GOTT denkt.

DER FALL DER HÄME

Schande, dass man derer spottet,
die trugen schwere Last,
dass man sich dort zusammenrottet,
weil man das Schwache hasst.

„Dumm seid ihr, und selbst dran schuld!“,
brüllt es aus ihrem Mund.
Doch wartet ab, es braucht Geduld,
es kommt gerechte Stund’.

Was klein, wird groß, und groß wird klein,
so war es immer schon,
der Stolz, bald wird er machtlos sein,
verstummen wird dann Hohn.

Es heißt so schön, dass Gottes Mühlen
wohl lange Zeiten mahlen,
doch treu sie sich durch Zeiten wühlen,
die Spötter werden zahlen.

Die einst verfolgten, Kleines taten,
die schlugen sie mit Ruten,
werden bald in Mühsal waten,
vor einem Heer der Guten.

Wer Menschen steinigt, höhnend lacht,
und ist’s auch lange her,
wird einst um den Verstand gebracht
und trägt am Ende schwer.

GEBURT

Auf weißem Blatt mit dunkler Schrift,
kontrastreich, wird es klar:
was „polig“ aufeinandertrifft,
ergänzt sich wunderbar.

Das Schwarz wird sichtbar auf dem Weiß,
muss andrer Farbe sein
als das Papier, das strahlend ist,
mit ihm hat nichts gemein.

Im Unterschied, im Anders-Sein,
zeigt paarig sich Kontrast,
damit in Furcht und Angst und Pein
der Mut ein Herz sich fasst.

Es braucht den Kummer, Not und Leid,
all das, was Atem nimmt,
damit der Mensch sich bald befreit,
und Kerkern so entrinnt.

Es braucht das Meer, das Fast-Ertrinken,
dass suchend wir das Festland finden;
es braucht das Feuer und die Erde,
damit aus Erz das Eisen werde.

Es braucht des Teufels Augen-Rot,
damit wir flüchten vor dem Tod,
damit wir aus der Tiefe steigen,
um Gott uns ähnlicher zu zeigen.

So wächst aus schwarzer Erdenseele
die Knospe, die nun springt;
der dunkle Dämon sie dort quäle,
und sie nach oben zwingt.

Nun himmelwärts ist sie gerichtet,
im Rosen-Dornen-Kleid;
im Grab lag sie ganz klein verdichtet,
ist jetzt im Wuchs befreit.

So schafft das Dunkle erst das Licht,
küsst Pan stets seine Elfen,
der Morgen aus der Nacht ausbricht,
Tod will ins Leben helfen.

DER AUSFLUG DES KINDES

Hinaus gingst du mit kleinen Beinen,
arglos, liebend, groß dein Herz,
doch legte man dir Weg mit Steinen,
das Leben dehnt im Schmerz.

Statt Puppen hast du Leid getragen,
das Erdenland hat dich gequält,
dein Kinderherz war am Verzagen,
wo Dämon sich vor Unschuld stellt.

Zum Wettstreit wurdest du geschickt,
wo Kampf und Angst und Wut,
damit – ist Streiten dir geglückt – du stärker bist im Mut.

Es ist ein arges Mühen, Plagen
in dieser Zeit auf Erden,
und doch hat's Sinn in diesen Tagen,
man übt das „Stärker-Werden".

Es kehrt zurück, das Kind von einst,
behende nun sein Gang,
furchtlos, wie man staunend sieht,
weil Hürden es bezwang.

Der Wolken Zwinkern lädt dich ein,
nach groß vollbrachtem Tun:
„Kehr nun zurück und komme heim,
dich endlich auszuruh'n!"

WÜSTENWANDERUNG

Du bist ALLEIN,
gleich grauem Stein,
keiner wollte bei dir sein.

Du strecktest die Hände,
damit sich fände,
der MENSCH,
der Freund am Ende.

Man hat dich weggeschickt,
es nicht geblickt,
was GROSSES in dir liegt.

Im Einsam-Stehen,
wenn weg sie gehen,
lernst du das SEHEN.

Dein EIGENER BLICK
kehrt in dich zurück,
bringt allein das Glück.

Du warst erst verloren,
bist dennoch erkoren,
für NEUE ZEITEN geboren.

Gehst nun voran,
vor tausend Mann,
ins neue KANAAN.

DACH-GESPENSTER

Das Lebenshaus hat viele Stufen,
vom tiefen Keller bis ins Dach.
Von oben hat's den Mann gerufen,
er hört es, folgt den Stimmen nach.

Von Stock zu Stock steigt er empor,
in Schmerz und atemlos,
so dringend kommt der Ruf ihm vor,
„Wer ist der Fremde bloß?“

Stockaufwärts viele Menschen wohnen,
Mutter, Schwester, Freund und Sohn,
doch steigt er weiter ohne Schonen,
das Ziel, es wartet schon.

Eilig lässt er Hände los,
die ihn zum Bleiben ziehen,
es treibt ihn fort, es ist sein Los,
von Menschen will er fliehen.

Am Ende steigt er unters Dach,
recht kahl ist's dort und leer,
„Wofür das ganze Mühen – ach,
wer hat gerufen, wer?“

Die Balken düster, Diele ächzt,
vom Dache her ein Käuzchen krächzt.
Leis öffnet da der Mann das Fenster,
wo Schatten huschen wie Gespenster.

Im Dach dort oben Stimmen lachen.
„Woll'n die mit mir hier Späße machen?"
Er hört sie deutlich scherzen, singen:
„Beeile dich!", hört er es klingen.
„Nun spute dich, kannst uns vertrauen,
ins Himmels-Tor kannst du hier schauen!
Man warte schon, er solle kommen
zu Himmel, Sternen und den Sonnen!
Er lacht zurück, hin zu dem Scherzen,
die Brust so leicht jetzt, ohne Schmerzen.

„Ach, schön ist's hier, in all der Ruhe!"
denkt er sich da, zieht aus die Schuhe.
„Hier mag ich herzlich gerne bleiben,
wo sonst zum Himmel könnt' man steigen!"

Lächelnd hat man ihn gefunden
unterm Dach, in Morgenstunden.
Dem seltsam Ruf ist er gefolgt,
der Himmel hat ihn abgeholt.

Durchs ganze Haus ging da ein Raunen,
sein Lächeln ließ die Leute staunen.
Was für ein sonderbarer Tod,
dort oben bei des Hauses Schlot.

Noch ahnen sie nicht auf den Stufen:
Die Stimme wird den Nächsten rufen.
Wenn scherzend Geister sich dort zeigen,
wird Nächster bald nach oben steigen.

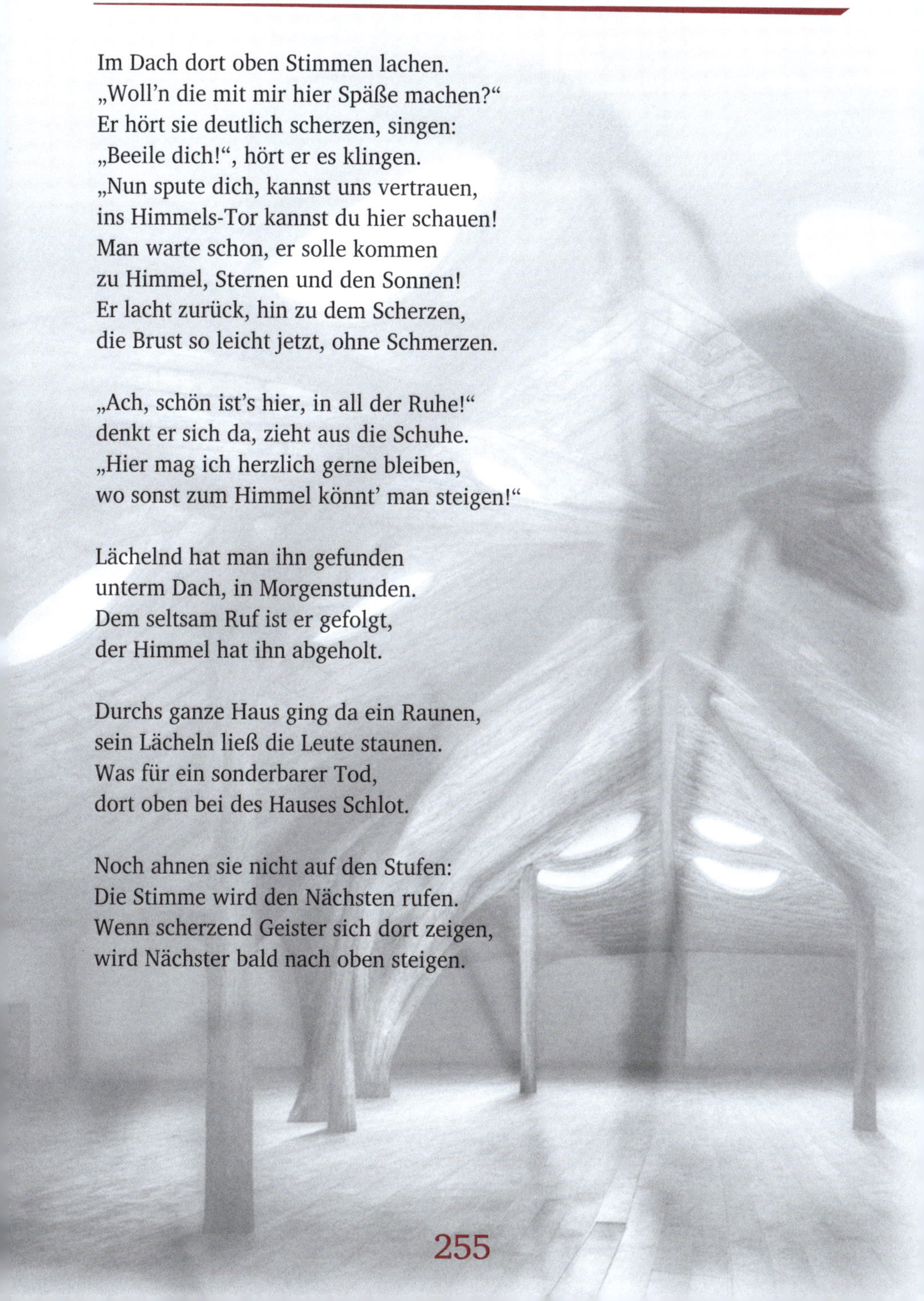

DIE MELODIE

Es gibt da eine WEISE,
die stimmt so froh mich an;
seit Anfang meiner Reise
bin ich in ihrem Bann.

Der Himmel hat erfunden
den wundersamen Klang,
begleit' mich viele Stunden
auf meinem Erdengang.

Trägt Traurigkeit mein Herz,
treibt Angst mich eng umher,
das Lied heilt mir den Schmerz,
als wenn ich Kindlein wär'.

Die wundersame Weise
ist wie zartes Band,
sie singt mir zart und leise,
hält schützend mir die Hand.

So kann mir nichts geschehen
im Ausflug in die Welt.
Vom Himmel stets gesehen,
mich's in den Armen hält.

Nichts kann mir je entreißen
die Melodie, den Ton.
Und müsst' ich heimwärts reisen,
wartet sie auch drüben schon.

DIE KARAWANE

Wirf sie ab, die vielen Kleider,
an denen sie dich halten,
ohne sie kommst du schnell weiter,
weg vom Klammern und Verwalten.

Lass ihn steh'n, den großen Wagen,
der versperrt das winzig Tor,
lass dein ängstliches Verzagen,
schreit durch die Tür und gehe vor.

Du bist die Vorhut dieser Zeit,
brichst Tore durch die Wand,
merktest bald: „Es ist soweit!“,
hast Zeichen längst erkannt.

Aufrecht gehst du durch die Enge,
schaust nach vorne, nicht zurück,
schüttelst ab die Angst, die Zwänge,
in die Ferne geht dein Blick.

Und siehe, es geschieht das Wunder,
Menschen folgen dir bald nach,
niemand geht im Sturme unter,
wenn er aufsteht und bleibt wach.

So wird sie zieh'n, die Karawane,
durch kahle Dünen, Wüstenei;
im Winde flattert neu die Fahne,
nach langer Reise bist du frei.

MITTERNACHT

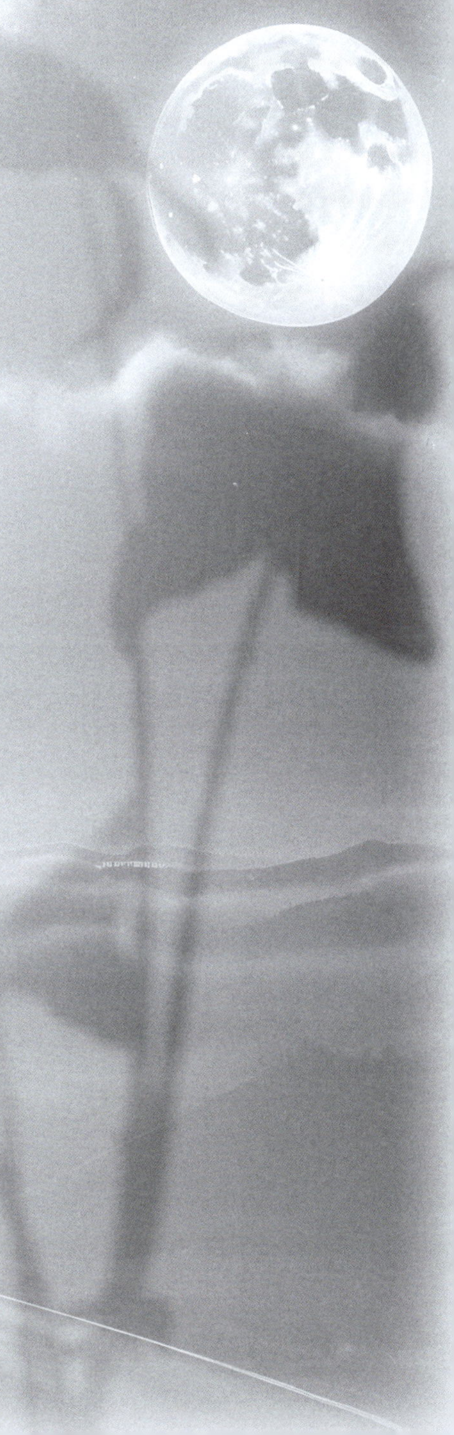

Nun stehe auf, es ist soweit,
es ruft die Melodie,
erheb den Blick, mach dich bereit,
sieh dort die Kompanie.

Es hat gefügt sich Stein für Stein,
die Seele sich zum Dom,
nun darfst du ganz und aufrecht sein,
du wartest lange schon.

Mit Zentnern war dein Leib bedeckt,
mit Lasten schwer bestückt,
der RUF, er hat dich aufgeweckt:
„Nur Mut, bleib nicht gebückt!"

Die Mühsal, Pein und all die Schuld,
die man aufs Haupt dir legt,
streif sie jetzt ab und hab Geduld,
bis Schmerz sich wegbewegt!

Keine Hand darf an dich legen,
kein Zorn dich mehr versehen,
Hohn wird zerstört nun durch den Segen,
das Leid wird von dir gehen.

Und siehe, wie sich Helles schneidet
aus schwarzer Nacht hervor,
wie dreister Dieb die Sonne meidet,
das Böse sieht sich vor.

Und scheinst du nackt erst wie ein Kind,
des Schutz' und Haltes bar,
das göttlich' Auge find't geschwind,
was seinesgleichen war.

Die dunkle Nacht ist's, wie es scheint,
in ihrem Glitzern, Blinken,
die all die Sternenkinder eint,
damit sie sich jetzt finden.

DER GIFTBECHER

Stück für Stück hast du gegeben,
mir vom Brote, mir vom Wein,
lange hielt ich es für Segen,
muss nun erkennen, es war Schein.

Lange gabst du mir Umarmen,
legtest Küsse mir auf Stirn,
hast in der Not nun kein Erbarmen,
es ist kalt, kann dich nicht spür'n.

Oh wie traurig, jene Bühne,
wie fällt bös' Schauspiel dir so leicht,
giftig Säure, wie ich wähne,
die du mir auf Lippen streichst.

Bitter ist die giftig Speise,
der Wein so sauer und vergor'n,
ich hab gelernt, auf traurig Weise,
MIR zu vertrau'n, beginn' von vorn.

Mein fragend Blick wird sich nun legen
auf jede Hand, die anfangs gibt:
„Ist es wirklich ehrlich Geben,
und ein Mensch, der wahrhaft liebt?"

So sei getrost, der du mit List
hast lieblos mich entfernt,
zum Wohl mir's doch geworden ist,
hab viel von dir gelernt!

REVOLUTION DER SCHWEIGENDEN

Spätherbst 2022

Es gibt einen Widerstand der „Schweigenden“, derer, die ihre Zelte abbrechen in ihren Jobs, ihren Funktionen und Verantwortlichkeiten. Wortlos, und oft nach vielen Jahren, packen sie ihre Sachen und gehen. Es braucht keines Kriegs, keiner Meuterei, keines Aufstands oder großen Geschreis. Kommt der Punkt, an dem Menschen erkennen, dass ihre Würde mit Füßen getreten, das Letzte aus ihnen herausgepresst wird, dass ihre Münder in Angst verstummen und Herzen erkalten, erheben sie sich zur Revolution der Schweigenden und verlassen den Ort ohne Werte.

Sie gehen aus den Gebäuden, in denen sie jahrelang rechtschaffen ihre Arbeit versahen, die Kranken versorgten, die Bedürftigen stützten, die Formulare bearbeiteten und die Maschinen zum Laufen brachten. Sie waren loyal, stets zu Diensten und voller Zuversicht. Sie pufferten Spannungen in Teams ab, waren der „gute Geist“ eines Unternehmens, die Seele einer Familie, die Pfeiler eines Landes.

Doch sie sahen, dass die Lenker keine „Hüter“ waren, ihre Worte nicht wahrhaftig und ihre Regeln nur zu ihren Gunsten. So schnürten sie ihre Bündel und die Hallen wurden leer. Unbesetzte Stühle zeugen von denen, die einst ein System genährt und getragen haben.

Ein kalter Wind weht durch die Gänge. Die Fenster gekippt, um den modrigen Geruch zu mindern, der eintritt, wenn das Leben gegangen ist. Es fegt Herbstblätter wirbelnd herein. Am Boden tanzen sie letzte kleine Reigen. Nichts holt jene mehr zurück, die die Räume einstens mit Geräuschen und Wärme füllten. Die Minen, in denen man endlos schürfen zu können glaubte, sind leer und stillgelegt. Die schaffenden Hände legten ihre Arbeit nieder.

Es wird eine Revolution geben, die so noch nicht da war, die der Stillen und Wortlosen. Ganz ohne Gewalt wird man sich dem widersetzen, was mit Peitschen auf den Rücken schlug und mit Verachtung zur Arbeit antrieb. Wenn sich die Hallen leeren, werden auch die Motoren auf der ganzen Welt zum Stehen kommen und es wird eine gnadenlose Stille dort einkehren, wo das Leben pulsierte.

Die Ressource der Erde sind die „wahren Menschen“. Es sind jene, die mit dem Pulsschlag ihrer Herzen Gemeinschaft und Wachstum am Laufen hielten. Wenn sie die Bühne verlassen, gehen die Lichter aus weltweit. Und egal, ob man droht oder lockt oder schmeichelt, sie werden nicht mehr zurückkommen. Sie werden nicht mehr die Arbeit aufnehmen für die, die aus ihren Knochen, ihrem Schweiß, ihrem Herzschlag den dunklen Moloch fütterten. Lieber hungern sie, lieber darben sie mit wenigen ehrlichen Dingen, als jemals wieder dem zu dienen, was sich in ihr Herz fraß wie ein Parasit.

HOHE ZEIT

Wichtig ist es, dir zu hegen,
das traute Paar von LEID und LEBEN.
Wo Dunkles trifft auf Licht und Helle,
wird segensreich es dir zur Quelle.

Es führt dich auf gar seltsam Weise,
schickt dich auf eine mühsam Reise,
wo es dir Schmerz und Glück vereint,
im LÄCHELN oft auch TRÄNEN weint.

Die HOCH-ZEIT ist's, wo fein geleitet
die Schöne zu dem Helden schreitet,
der Blick so hell, weiß das Gewand,
das Zarte zu dem Krieger fand.

Die Hochzeit eint zwei edle Wesen,
der Trennung Wunde wird genesen.
Zwei sehnend Seelen, lang allein,
sie sollen nun verbunden sein.

DIE VERSUCHUNG

Nun, lieber Freund, besteh die Proben:
Was ist zum Wohle, was dir Feind?
Was werden deine Lippen loben?
Was ist's, worüber's Auge weint?

In glänzend Schein tritt dir entgegen,
was lockend, lächelnd dich begrüßt.
Wie gülden Schlange wird sich legen,
was deinen Geist, den Leib versüßt.

Vor der VERSUCHUNG habe Acht,
das Schuppenkleid, das sie gesponnen,
aus Seelen-Flügeln ists gemacht,
aus Menschen, die im Schlund zerronnen.

Im tarnend Kleid von schillernd Elfen
will sie zu Wonnen dir verhelfen.
Doch gibst du dich dem Werben hin,
wird sie mit dir zur Hölle zieh'n.

Drum spute dich, sei jetzt nicht bange,
sieh: in dem Werber wohnt die Schlange.
Trotz vieler täuschend güld'ner Schuppen
wird dunkler Drache sich entpuppen.

Besteh die Probe, dir zum Lohne,
verlass den Ort, wo Schlange wohne.
Die große PRÜFUNG ist gelungen,
Versuchung hat dich nicht verschlungen.

DER HEILIGE GRAL

Guter Mensch, wo sind sie hin,
die Ritter, König, Königin?
Was grämt dein Herz sich in der Stille,
wohin drängt Sehnsucht dir Gefühle?

Wie öd das Land rings um dich her,
dein Aug' erkennt dein Reich nicht mehr.
Woran bisher dein Herz gehangen,
das EDLE, es ist fortgegangen.

Schwing dich aufs Pferd mit deinem Tross,
find reinste Quelle, die einst floss,
die Land und Seele neu dir nähren,
die Leben schenkt dir, nach Entbehren.

Sei rein des Herzens, nimm das Leid,
umarm den Schmerz, der dich befreit.
Heil tief im Innern deine Pein,
so wird dein Reich erlöset sein.

Lass ihn ein, den heiligen Gruß,
den Geist, der in dich drängen muss,
damit du bald die Gralsburg siehst
und endlich heimgekommen bist.

Dort wirst du finden edle Geister,
und Artus, eurer Runde Meister.
Wirst wieder sitzen mit den Deinen,
in heilig' Mauern dich vereinen.

NIEMANDSLAND

Stehen und warten, worauf, weiß man nicht.
Kommt nun die Hölle oder kommt doch das Licht?
Kein Zeichen am Himmel, kein Heulen der Wölfe,
kein Weg, der sich böte, kein Gott, der jetzt helfe.

Wofür diese Stille, wofür diese Not?
Wofür diese Wirrnis, die Angst vor dem Tod?
Warum die Entbehrung, warum all das Leid?
Warum keine Lösung, die endlich befreit?

Ich will es dir sagen, warum's Leben nicht schont,
weil es dich trennet, von dem, was nicht lohnt,
weil es dir schneidet das Hemd ab vom Leib,
weil nur Nacktheit des Seins die Seele befreit.

Zwingen tut's Leben dich, von dir zu geben,
was du geklammert und eifrig tatst hegen,
was du umarmtest und hieltest so fest,
man schamlos und grausam dir wegnehmen lässt.

Doch befreit von der Last und dem harten Gebaren,
weil Menschen und Güter dir Knebel einst waren,
ersteigst du die Klippen, den Gipfel jetzt leicht,
hast die Stufen zum Himmel nun endlich erreicht.

HEIMKEHR DER SEELE

Die Seele atmet, dort und hier
ist Gottes Herzschlag hin zu dir,
ist nicht zu fesseln, zu zerstören,
entzieht sich mutig bös' Begehren.

Viel Feindes List wird nach ihr trachten,
der Eifer groß, sie zu entmachten,
man trübt ihr Auge, will verwirren,
stolpern soll sie, sich verirren.
Man trachtet ihr nach Leib und Leben,
um ihr Leuchten aufzuheben.

Man will sie fressen, in dem Wahn,
dass Gott man einverleiben kann,
dass, wenn man Odem in sich schlingt,
auch so die Kraft des Alls erringt.

Doch Licht lässt sich nicht einverleiben,
wie Wasser wird's durch Finger gleiten,
just im Moment, in dem man's fasst,
hat man die Seele schon verpasst.

Das Dunkle will das Licht zerstören,
doch niemals wird es ihm gehören.
Denn in der Not – Gott atmet ein –
holt er seine Seelen heim.

LETZTE PRÜFUNG

Bleib aufrecht, wenn das LEID dich beugt,
wenn dir dein Blick das UNRECHT zeigt.
Bleib aufrecht, wenn man jene quält,
die deinem Schutz sind unterstellt.

Mit andrer Schmerz will man dich brechen,
an deinen Lieben sie sich rächen,
die Welt und Tier und Menschen knechten,
um sie zu beugen, die Gerechten.

Wenn WELTEN-LEID ganz in dich dringt,
der tiefen Wehmut Weise klingt,
halt durch, bei jenem argen Test,
halt tief an deinem Glauben fest.

Nichts kann den KERN der Zelle schmelzen,
sich nichts wie Fels auf LEBEN wälzen,
kein Sturm den SAMEN je entzweit,
der sich zum Leben hält bereit.

Sei auf der Hut, bei letzten Wehen,
denn niemals sonst kannst du es sehen,
dass in der Stund' der tiefsten Nacht
der ERDEN-SAME nun erwacht.

LETZTE VORBEREITUNGEN

So lang gewartet und gestritten,
so lang gekämpft, Pferde geritten,
soviele Schmerzen, Hiebe ertragen,
um bereitet zu sein, in den heiligen Tagen.

So steht sie nun vor dir, die besondere Zeit,
durch all dein Üben, gewappnet zum Streit.
Die Glieder gestählt und der Rücken gerade,
erworbene Stärke wird dir nun zur Gnade.

Du hast keine Angst, lerntest sie zu verstehen,
schon seit deiner Kindheit hast du sie gesehen.
Dein Leib lag im Schlamm und doch, wie so oft,
erhobst du dich wieder, denn du hast gehofft.

Es ist dir gelungen, du stehst wie ein Turm,
belächelst den Dämon, den Drachen, den Wurm,
denn stets hat die Kraft, die dich ewig bewacht,
mit jedem Herzschlag dich stärker gemacht.

So richt' deinen Blick in die drohenden Augen,
die Freude und Leben aus Seelenglut saugen.
Zielst du wie David, mit winzigstem Stein,
genau auf die Stirn, wird's ihr Untergang sein.

AHNEN-ERDE

Zärtlich leg' ich meine Hand
auf Ahnen-Erde und mein Land.
Nun endlich bin ich angetreten,
das Feld der Väter stolz zu hegen.

So viele Narben, Male, Wunden
hab' ich in diesem Land gefunden,
so viele Spuren, teure Pfade,
die Ahnenfuß beschritten hatte.

Kein Recht ist's, dass vernarbte Seele
man weiter tief im Herzen quäle.
Ganz sanft möcht' ich das schmerzvoll Winden
mit weißem Leinen ihr verbinden.

Mit Frieden, Liebe, Güte, Ruh'
deck ich die klaffend Wunde zu.
Mögst heilen du, in Weib und Mann,
wenn jetzt nicht endlich, sag, wann dann?

Schützend leg ich meine Hand
auf Ahnen-Erde und mein Land.
Die weißen Rosen mögen blüh'n,
der Väter Land neu aufersteh'n.

AUFERSTEHEN

Die Brust, sie dehnt sich, Herz wird wach,
die Quelle sprudelt, wird zum Bach.
Dein Leib erhebt sich aus dem Leide,
die Seele tanzt, erinnert Freude.

Doch niemand sah dein mühsam' Streben,
dein stetes Streiten und Erheben.
Wie höhnten sie: „Der wird's nie schaffen,
der Schmerz, der Kampf wird weg ihn raffen!“
Sie lachten, spottend und verletzend,
wütende Hunde auf dich hetzend.

Doch weiter, mutig und behende,
bogst du das Leben in die Wende,
lässt viel zurück, mit schmerzlich Gruß,
weil Alt und Neu sich scheiden muss.

Du gehst nun aufrecht und in Ruh,
dem Horizont, der Sonne zu.
Das Alte jetzt wie Schatten liegt,
das Spötter-Lachen ist versiegt.

Dort, wo du stehst im gleißend Licht,
wo dunkles Aug' des Bösen bricht,
erahnst du, dass die schweren Pfade
erwuchsen dir am End' zur Gnade.

REIGEN

Vertrauensvoll geht Schritt für Schritt
der Sommer mit dem Winter mit,
lässt Früchte, Beeren, Blätter los,
wo bergend, in der Erde Schoß
der Kern sich von der Hülle scheidet
und neues Leben vorbereitet.

Und ebenso läuft Schritt für Schritt
der Mensch mit seinem Reifen mit.
Der Schmerz, die Trennung und das Leid
entblößt die Seele und befreit
den Wesenskern und Herzensschlag,
mit dem ein Mensch neu keimen mag.

Wie kleine, fliegend' Geisterwesen
zieht Seelen-Funkenflug hinaus,
dein Herzschlag, nicht umsonst gewesen,
aus Kindes Aug' scheint er heraus.

Er nimmt sich nur ein neues Kleid,
liegt neu in einer Wiege,
hat sich von alter Form befreit,
erklimmt nun höher Stiege.

Die Samen tragen neue Blüten,
sind Kinder deiner Saat,
sie werden weiter Leben hüten,
im ewig tanzend' Rad.

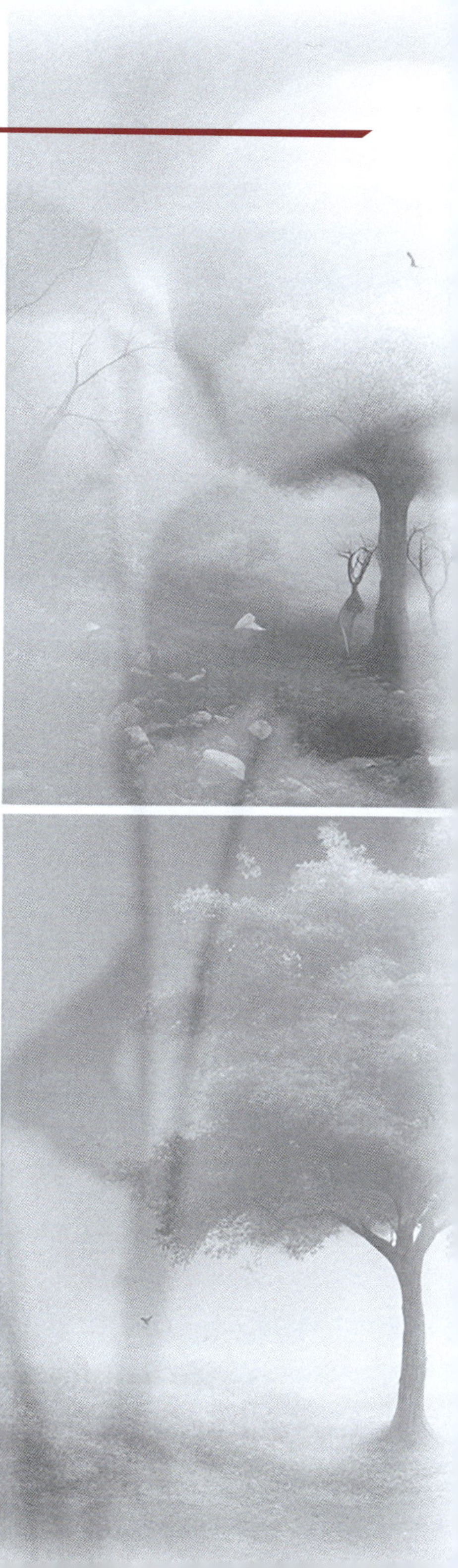

DER VAMPIR

Aus alten Zeiten kennen wir
den Fürsten dunkler Nächte,
hat viele Namen – auch Vampir –
ein Sohn der finst'ren Mächte.

Er folgt den Opfern stets bei Nacht,
im Dunklen schleicht die List,
weil eben da, wo Licht nicht wacht,
ein Raubzug einfach ist.

Du findest ihn, wo pralles Leben,
wo Geist und Liebe schwingen,
mit fahler Fratze, ist's sein Streben,
die Seele zu bezwingen.

Drum schlaf in diesen Zeiten nicht,
zünd die Laternen an,
dass dunkler Dieb – er hasst das Licht –
nicht Seelen stehlen kann.

Schein lichter als die Sterne je,
strahl heller als die Wolke,
damit die Flamme jeder seh'
und deinen Spuren folge.

So rettest du nicht dich allein,
nein, tausend Leben mit,
es folgt in deinem hellen Schein
der Karawane Schritt.

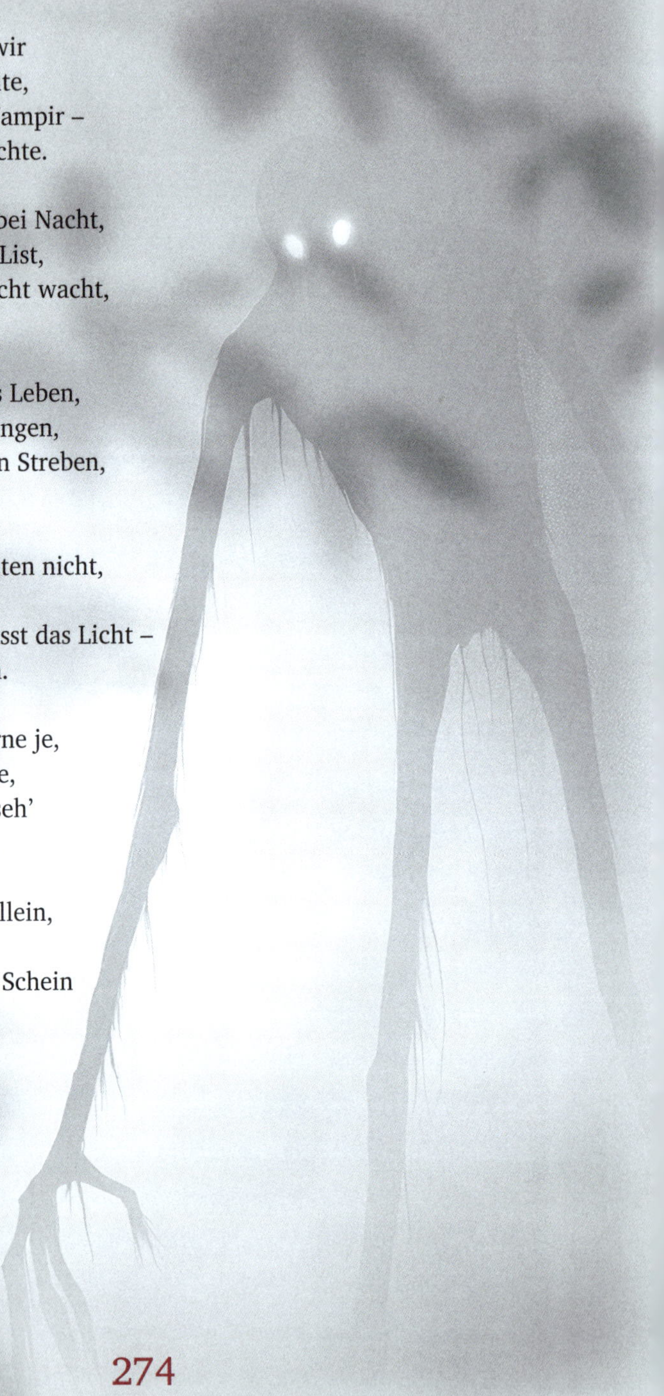

ZU TODE GEHOLFEN?

Geholfen,
den Kindern, den Alten, den Freunden und der Welt,
bis dir alles zusammenfällt.
In Güte die Arme um andere gelegt,
bis dein Herz kaum mehr schlägt.
Die Liebe geschenkt, entzündet das Licht,
bis das Herz dir fast gebricht.

Soll das so sein, dass du allein
die anderen speist,
bis du verschleißt,
das Letzte gibst,
bis du erliegst?

Gib
nur Boden das Wasser, der Samen auch birgt,
auf dem dein Segen das Blühen bewirkt.

Meide
die Felder, die krustig und tot,
dort wächst niemals Brot.

Werde
zum Hüter der Keime und Wiesen,
wo Ähren bald sprießen.

Segne
nur das gedeihende Feld.
Gebäre die Welt!

EISZEIT

Die dunkle List
die Eigenen frisst.
Hat sie von ihnen genug,
folgt Tod und Betrug.

Da ist keine Ehr'
oder Rücksicht gar mehr.
Die devoten Vasallen,
auch sie werden fallen.

Denn sie sind Ballast,
werden in Hast,
im Schatten der Nacht,
ums Leben gebracht.

Der Knecht nun nur Bürde,
man entfernt schnell die Hürde,
lässt wissend Diener verschwinden,
Zeugen wird man nicht finden.

Von dannen sie ziehen,
die Bösen, sie fliehen.
Die Frostwinde streichen
über der Dienstboten Leichen.

Das Feld voller Trümmer,
schlimmer geht nimmer.
Und doch nach dem Winter,
kehren die Seelen als Kinder.

So klein die Gestalten,
sie werden verwalten,
sie sind nun die Erben
von Trümmern und Scherben.

Klein Hände und Beine,
sie tragen schon Steine,
neu formen sie schon
den lichtvollen Dom.

ERHEBEN

Himmelwärts suchst du den Weg,
suchst jenen unwegsamen Steg,
wo du entrinnst den irdisch Klauen,
die freien Weg dir stets verbauen.

Doch dunkle Macht quält dich mit Lügen,
du sollst in irdisch Fron dich fügen,
den Rücken bricht man mit Gewalt,
damit sich krümmt dir die Gestalt.

Doch mit dem Leid und düst'rem Knechten,
wächst auch die Sehnsucht nach dem Rechten,
trotz Schmach und all dem schmerzvoll Winden
den Ausweg in das Licht zu finden.

Du hörst nicht auf, den Kopf zu heben,
suchst nach dem kleinsten Strahl ins Leben,
der dir den Pfad durch das Geäst,
in winzig Spalt, nach oben lässt.

In bösem Ringen um die Seelen,
um Herz dir aus der Brust zu stehlen,
wird Engelskraft dich mit den Schwingen
aus finst'rer Not ins Helle bringen.

Sie mögen zerren um die Kleider,
die Seele zieht mit Flügeln weiter,
nichts kann sie halten in dem Grause,
wenn dich das Licht ruft, schnell nach Hause.

BEFREIUNG

Willst ewig du reisen, durch Unrat von andern,
durch Abfluss-Kanäle der Menschen nur wandern?
Willst weiter du in Kloaken und Sümpfen,
im Ekel-Gestank die Nase dort rümpfen?
Willst weiter die Reste unter Tischen nur essen,
wo üblich die Hunde und Schweine nur fressen?
Hast du es denn nötig, gar bis zu dem Sterben,
kärglich zu schmachten in großem Verderben?

Es ist nun die Zeit, hab den Mut und die Nerven,
die Last und den Schlamm nun von dir zu werfen.
Bereite dein Lager auf sauberem Linnen,
schick düstere Geister für immer von hinnen.
Weise den von dir, der stets dich benutzt,
die Würde und Seele dir ständig beschmutzt.
Wasche den Körper dir zärtlich ganz rein
und hüll' ihn in leinene Tücher hinein.

Dein Leben beschwerlich, oft einziger Schmerz,
soll heller nun werden, bis ganz in dein Herz.
Kein anderer mache dich weiter zum Knecht,
den Kampfplatz verlassen ist himmlisches Recht.
Erhebe die Blicke, sehe das Land
und den strahlenden Geist, der dir reichet die Hand.
Find Frieden, du Seele, es ist an der Zeit,
dass gütig das Große dich endlich befreit.

HEIMKEHR

Dein suchender Blick
kehrt still nun zurück,
an seltsamen Ort,
wo du einst gingst fort.

Dein Heimweh, ganz leise,
führt zärtlich und weise
dich dorthin zurück,
wo vom Herzen ein Stück
im Himmel geblieben,
dich nach Hause zu lieben.

Du änderst den Weg,
vom Lauten hinweg,
fort vom Fremden und Grellen,
hinwärts zum Hellen,
das zärtlich dort harret,
dich sehnlichst erwartet.

Es fällt dir nicht schwer,
Vergang'nes jetzt leer,
denn lächelnd dort drüben
erwarten die Lieben,
nun gar nicht mehr fern,
die „Kinder vom Stern".

So kommst du nun heim,
du dachtest allein,
's wär keiner mehr dort
und alle schon fort.
Doch welch lieblicher Ton!
Du erinnerst dich schon.

Es steh'n dort die Deinen,
du spürst dich leis weinen,
diese Reise allein
führt doch dich jetzt heim.
Dort Hände sich finden,
sich endlich verbinden.

SCHON GEMERKT?

Schon gemerkt, sie setzten dir
die größten Haufen vor die Tür,
obwohl du freundlich sie gegrüßt,
Geranientöpfe harmlos gießt,
die Fenster sauber, glänzend blitzen,
und Freunde arglos bei dir sitzen.

Und dorthin, wo die Haufen stinken,
recht schnell auch viele Fliegen sinken,
die in eitler schimmernd Pose,
sich vereinen zur Symbiose.
Denn schreit der Nachbar, „du bist schlecht!“,
ist’s vielen Neidern gleichwohl recht.

Drum hüt’ dich manchmal, all die Gaben,
die du besitzt, zum Markt zu tragen.
Gehab dich wohl und freu dich dran,
genieße sie, doch gib nicht an,
denn sobald ein Mensch sich freut,
äugt schon ums Eck alsbald der Neid.

Bleib in der Tugend und der Ehre,
auf dass die Freude sich vermehre.
Das Glück, es weiß sich wohl zu teilen,
musst nicht mit Neidern Zeit verweilen.
Sei nicht verwundert, dann und wann
zieht Freude lästig Fliegen an.
Viel edle Dinge kannst du treiben,
der Nachbar würd’s dir dennoch neiden.

IST ES RECHT?

Ist es recht, wenn sie dich quälen,
dich verstoßen, andere wählen,
wenn sie dir spotten, reden schlecht,
sag es mir, ist das wohl RECHT?

Wenn sie mit Fingern auf dich zeigen,
sich lachend, höhnend zu dir neigen,
dich behandeln wie einen Knecht,
so frag ich dich, ist das denn RECHT?

Es kommt der Tag, du musst es wagen,
das große UNRECHT anzusagen,
und mag dein Leib sich kaum erheben,
schrei's doch heraus,
kämpf um dein LEBEN.

Denn bist du stumm, weil Lippe schließt,
du lebend schon gestorben bist.
Gebroch'nes Rückgrat in der Not
ist vorher schon der kleine Tod.

Uns Menschen ist es wohl gegeben,
sich gegen Sünd' und Leid zu heben.
Mut und Wahrheit mag dich tragen,
für dich das große NEIN zu wagen.

FALL-OBST

„Sei auf der Hut“, so will ich’s sagen,
vor denen, die in diesen Tagen
umwerben dich mit Apfels Schein,
prüf glänzend Obst, lass Faules sein!

Denn hinter all dem gleißend Hellen
find’st häufig du auch dunkle Stellen,
die faulig stinkend in den Ecken
Gesundes suchen anzustecken.

Denn leider ist es oft der Brauch,
zersetzte Frucht zwingt immer auch
gesunde Äpfel ins Verderben,
in gleiche Fäulnis und ins Sterben.

So halte inne, für dein Heil,
bietet sich dir Fall-Obst feil,
und sei’s auch lockend, zum Entzücken,
so prüfe erst der „Äpfel“ Rücken.

Denn dunkle Stellen zu entdecken,
die sich leider gern verstecken,
kann man meist viel leichter finden,
dreht man Früchte erst nach hinten.

EWIG

Mögen sie uns Böses wollen.
Egal, wir beherrschen die Kunst der Alchemie.
Wir wachsen aus der Erniedrigung über uns hinaus.
Aus Dienstmägden werden Königinnen,
aus dem Bettler der Edelmann.
Aus Kreuzen, an die sie uns heften, bauen wir hölzerne Archen,
aus geschundenen Knochen, auferstehend, lichtvolle Leiber.
Knechtschaft lässt uns aus Tränen Perlen formen,
blinder Hass der Vernichtung wandelt sich uns in Liebe.

Dass wir aus Trümmern stets neue Königreiche bauen,
ist ihnen ein Graus.
Und doch, es geschieht. Denn die Gesetze sind ewig.
Die Rose wächst auf dem verrotteten Laub der Sonne entgegen.
Sie erwacht dort, wo die Verwesung
die dunkle Erde in fruchtbare Krume brach.

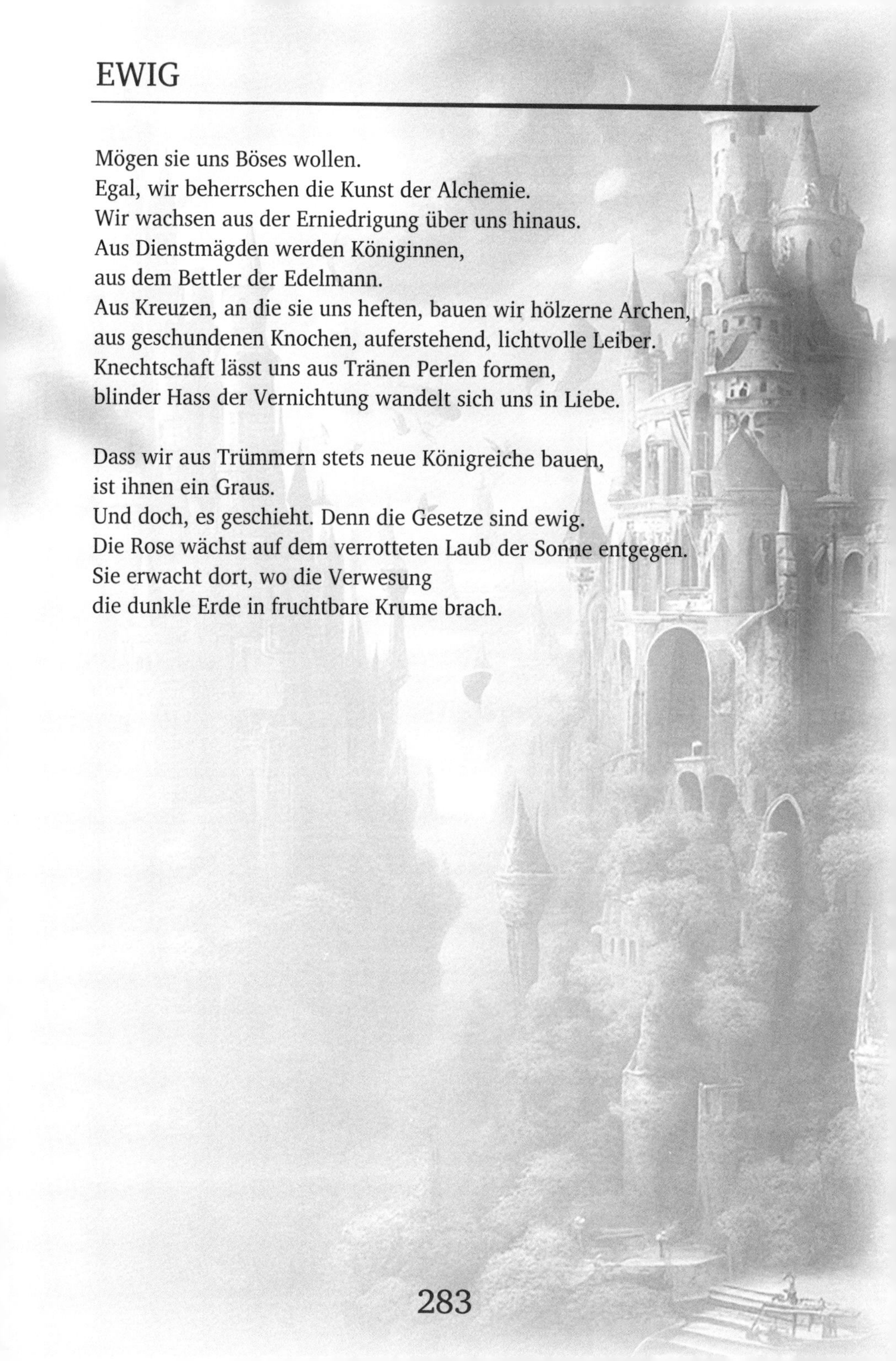

FILZ

Wie schwarzer Filz, in dunklen Knoten,
verwebt sich Böses, ganz verboten,
wie ein Knebel es sich schlingt,
um Mensch, der bald um Atem ringt.

Wer einlässt sich und Dunkles wagt,
mit Finster-Kraft schließt er den Pakt.
Zu üppig Mahl sie lockend laden,
um dort dich letztlich selbst zu braten.

Drum schau genau, so ich dich warne,
auf strickend Maschen, dunkle Garne,
die man dir lieblich werbend spannt,
und doch dich damit fängt und bannt.

Behende such des Fadens Lauf
und lös den filzig Knoten auf.
Denn jeder, der dort einst blieb kleben,
hat hier gelassen Leib und Leben.

Entferne dich vom Netz der Spinnen,
du und die Deinen, lauft von hinnen.
Verlass den Ort der schwarzen Schlingen,
Beherztheit wird dir Freiheit bringen.

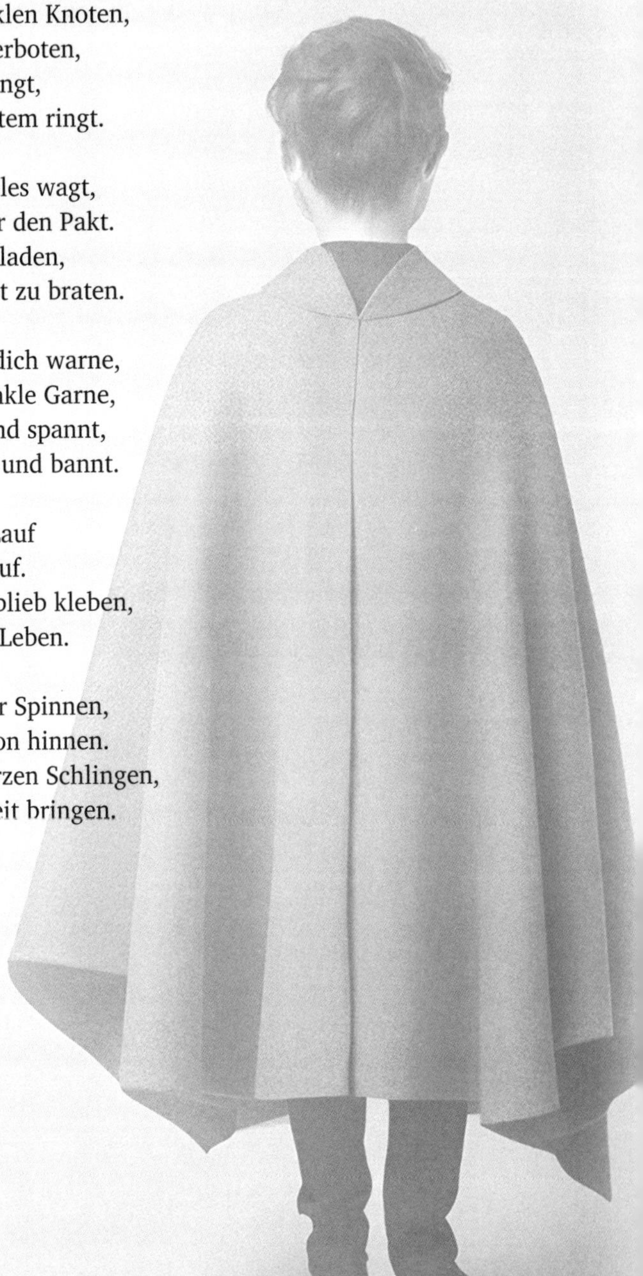

SCHULD

Willst du sagen, Schuld und Schwere
dem Kind nicht schaden, es nicht versehre?
Willst du sagen, dass im Kinde,
sich schon Sünd' und Fehl' befinde?

Zentnerstein und Mühe hart,
dir früh schon aufgeladen ward.
Niemand wollt' Kindes ZARTHEIT sehen
und dir im Leid zur Seite stehen.

Du trugst das Schwere im Geheimen,
kein trauter Mensch dort hört dein Weinen.
Mit kleinen Händen schleppt das Kind,
die Steine schwer gewesen sind.

So trugst du Ziegel, Stein um Stein,
das Werk soll dir heut Häuschen sein.
Das Bauwerk möge dich wohl schützen
als Schelter, Wohnstatt, Burg dir nützen.

Denn Schuld und Last, die du getragen,
hat dich gestärkt in jenen Tagen
und in dem ewig, stetig Bauen
entstand auch jenes Ur-Vertrauen,
dass alles einstens dir doch nützt,
weil höherer Plan dich stets beschützt.

EINGEFROREN

Winter 2023

Das Phänomen der aktuellen Zeit ist, dass man den meisten Menschen durch ständiges Angst-Einflößen beigebracht hat, „einzufrieren“, apathisch, depressiv, inaktiv zu sein. In dieser Schockstarre sind sie dann nicht weiter gefährlich, weil Passivität ein Aufbegehren nicht kennt.

Den Rest der Menschen drängt man mit einer Infanterie der spirituellen Gurus oder Persönlichkeits-Entwickler, ebenfalls inaktiv zu bleiben. Man suggeriert ihnen das ewige Märchen, von der Pflicht, sich der „ewigen Schuld“ zu erinnern, eigene „Schatten-Arbeit“ zu betreiben, das „Böse“ in sich selbst zu suchen und unzählige „innere Kinder“ zu erlösen.

Welch hochintelligenter Trick, irritierte, suchende Menschen in die Verstrickungen eines esoterisch-spirituellen Filzes zu schicken, aus dem sie sich selbst, aus eigener Kraft, kaum mehr befreien können. Welch wohlüberlegte Beschäftigungs-Therapie, um Menschen defensiv und unbeweglich zu machen.

Kritisches Hinterfragen, jegliche Art des Widersetzens, wird mit der Unterstellung von mangelnder Spiritualität und der Unfähigkeit zur „Erleuchtung“ beantwortet.

So traut sich keiner mehr, die Wahrheit auszusprechen oder zu agieren, der eine, weil ihn die Angst lähmt, der andere, weil er der Illusion eines synthetisch-spirituellen Wahnsinns und wohlersonnenen Ersatz-Religionen folgt.

Und so verharren viele. Jeder wartet auf den anderen, auf ein Wort, eine Bewegung, die einen rechten Anfang für das Neue bedeuten könnte. Keiner wagt den Käfig zu verlassen.

Die Tore zur Freiheit stehen offen, allein, es fehlt an Mut. Es bräuchte nur die ersten, die aufstehen und den Gang nach draußen gehen. Es würden ihnen viele folgen.

So befinden wir uns in einem unerträglichen Zustand der Verharrung, in dem mancher das große Unrecht zwar fühlt und doch sich nicht bewegt. Die Zeit verrinnt. Ob es die Mutigen geben wird, werden wir erst in der Zukunft sehen. Sie könnten die Lethargie in einen Prozess überführen, in dem sich die Dinge zum Guten wenden.

WENDELTREPPE

Spiralen-treppig ist dein Lauf,
den Turm, das Treppenhaus hinauf.
Dort oben erst, mit weitem Blick,
siehst, wie im Leuchtturm, du zurück,
wo zwischen Erd' und Welten-All
du Pole bindest, als Kanal.

Dies ist dein Weg, wag jetzt dein Mitten,
verlass das Außen, und mit Schritten
entfliehe dem, was lenkt dich ab,
dich neidvoll zieht und zerrt hinab.

Denn in den lauten Außen-Räumen
legt man dir nahe, zu versäumen,
in das Aug' des Sturms zu steigen,
um dich dem Göttlichen zu zeigen.

Nur Wendel-Treppen führ'n zu Zinnen,
wo Feuer lodernd hell beginnen,
Signale zwischen Himmel, Erde
zum Zeichen für die Menschheit werde.

Nur dort, wo Pole sich berühren,
wird Mensch die Welt ins Helle führen.
Nur dort, wo Flamme strahlt aufs Meer,
gibt es die Dunkelheit nicht mehr.

DER PIONIER

Wie mit Klingen teilst du Strömung,
wie ein Schiffs-Kiel tief das Meer,
trotzt dem Sturm und der Verhöhnung,
trotzt den Fluten und dem Heer.

Auserkor'n hab'n dich die Zeiten,
ausgewählt des Himmels Chor,
um zu dehnen und zu weiten,
was die Menschheit hebt empor.

Noch in Angst stehst du am Steuer,
haderst vor der Wellen-Wand,
ach, wie ist dein Walten teuer,
das Meer teilt sich durch deine Hand.

Du bist's, der wohl sein Volk geleit',
es aus dem Bangen treu befreit,
du bist's, der Wellenmacht befiehlt,
dass sie vor euch zur Seite quillt.

Du bahnst den Weg durch Meer und Sand
ins hochgepriesene, neue Land.
Du bist die Hoffnung dieser Zeiten,
wirst Zeit und Raum ins Neue leiten.

ABSCHIEDS-SCHMERZ

Nun trennt man dich, nichts kannst du halten,
ziehst nun hinweg mit grau Gestalten,
in traurig-dunkler Karawane,
wo kein Herz ist und kein Name.

„Bin Mutter, muss das Leid ertragen,
stimm an um's Kind das Wehe-Klagen!"
„Bin Mann und weine um mein Weib!"
„Bin Kamerad, vom Freund entzweit!"

Der Abschied schneid't mit scharfer Klinge,
so dass er eins vom andern bringe.
Er schonungslos uns einsam schält,
was er als trennungsreif erwählt.

Die Schale wird von Frucht genommen,
der Wein kommt von dem Stock geronnen,
die Saat wird von der Spreu befreit,
und ist es auch dein tiefstes Leid.

Der Diamant wird nun geborgen,
aus dunklem Stein für lichten Morgen,
drum had're nicht, lass es geschehen,
aus tiefstem Schmerz wirst du erstehen.

Was nützt es, ewiglich zu grübeln,
den Göttern Trennung zu verübeln,
denn oft ist's, was dich jetzt noch quält,
dich blütengleich aus Knospen schält.

WARTEN

Du wartest und das Aug' ist schwer,
suchst nach dem Licht vom Dunkeln her.
Die Stirne müde, taub dein Sinn,
hoffst du auf Kampfes Ende hin.

Nun wisse, oft sind Schmerz und Pein
ein Fingerzeig, ganz still zu sein,
der müden Seele, Leib und Gliedern,
mit Sanftmut Ruhe zu erwidern.

Der Kummer bremst dich immer wieder,
du legst des Streitens Schwerter nieder,
kranker Leib möcht sich ergeben,
sich sterbend fast darniederlegen.

Doch eines sollst du hierbei wissen:
Auch windstill kannst du Segel hissen.
Die große Stille ist die Zeit,
wo Seele sich vom Kampf befreit.

Just in der Ruhe, ohne Waffen,
kannst du den Blick zum Himmel schaffen,
in jenem heilig lichten Raum
wirst tröstlich du die Sterne schaun.

Drum lass das Bangen, Streben, Hoffen,
der Weg ins Licht, er ist schon offen,
denn, was als Stille in dich dringt,
dein Herz ganz leis nach Hause bringt.

DER ARCHITEKT

Als der Knabe, Stein auf Stein
den Turm erbaut, schlug diesen ein
ein andres Kind in seiner Wut,
das Böses und Zerstörung tut.

Stets baut der Bub den nächsten Turm,
entfacht den Neid und neu den Sturm.
Mit grobem Schlag und immer wieder
fällt buntes Kunstwerk in sich nieder.

Doch emsig baut das Kindchen weiter,
die Türme höher, Mauern breiter,
flink und schnell, geübte Hand,
noch Schön'res schöpfend mit Verstand.

Aus kleinem Jungen wird ein Mann,
der planen, schöpfen, bauen kann.
Ihn ruft man, um aus den Ruinen
Häuser prachtvoll neu zu sinnen.

Dass stetig Kampf vor vielen Jahren,
nicht aufzugeben, Übung waren,
zuletzt den MEISTER aus ihm machte.

VORANGEHEN

Sie werden schmeicheln, drohen, schlagen,
du sollst dem Heiligen entsagen,
sie werden ängstigen die Deinen,
erweichen soll dich Leid und Weinen.

Mit Engelszungen in dich dringen,
das werden sie, um dich zu zwingen,
die inn're Weisung zu verleugnen,
den aufrecht Rücken krumm zu beugen.

Der Versuchung gibt es viele,
und doch zum immer gleichen Ziele:
den Höllenausgang zu verstellen,
dir zu verwehren göttlich Quellen.

Denn hat ein Mensch vom Quell getrunken,
ist er mit All und Geist verbunden,
mit lebend Wasser er sich füllt,
das klar durch Herz und Seele quillt.

Dies abzuwehr'n ist düst'res Spiel,
das Dunkle dich verhindern will.
Drum halte durch und geh voran,
so dass dein Tross dir folgen kann.

Denn ist die Spitze gut geschmiedet,
sie ganzer Lanze Richtung bietet.
Dem Mut und deinem forschen Schritt
folgt Hundertschaft der Menschen mit.

DEUTSCHE SEELE

Ach, Deutschland, wie ist dir genommen,
was du einst hast bekommen;
die SEHNSUCHT und LIEBE,
geschnitten wie Triebe,
die man unschön zertritt,
die Blüten gleich mit.

Land der Berge und Flüsse,
wie sehr ich dich grüße,
die klagenden Felder,
die geschundenen Wälder
mit verlorenem Blick,
die Menschen gleich mit.

Hast so viel gegeben,
Freude und Leben,
Jahrhunderte fort,
so ferne der Ort,
in bitteren Tagen
so vieles ertragen.

Mein Land fast zerronnen,
in Fäden gesponnen,
wie bleich dein Gesicht
im Abendgrau-Licht.

Und doch halt ich dich fest,
schnell man dich nicht lässt,
schließ dein Herz in mich ein,
hier bist du daheim.

Nie wirst du so gehen,
werd immer dich sehen,
die Seele von dir –
sie schlägt nun in mir!

RUF DER AHNEN

Dort neu die Kathedrale baue,
wo einstens die Ruine stand,
den Fundamenten fest vertraue,
denn dort baust du nicht auf Sand.

Richt die Burg auf mit den Steinen,
die Ahnenhand schon einstens schlug,
schöpfe Neues mit den Deinen,
die Stein vor tausend Jahren trug.

Sieh nur, wie in Aschehaufen,
wo sich lang kein Leben zeigt,
sich dort plötzlich Phönix taufen
und du mit ihnen aufwärts steigst.

Hör im Äther Ruf der Alten,
die dir flüstern, „Mensch, voran!
Wir sind mit dir, bei dem Gestalten,
das Werk so NEU BEGINNEN kann!“

MITTAGS-SONNE

Morgenstrahlen aufwärts steigen,
wo sich Schatten-Kräfte neigen
und zerfallen, Zug um Zug,
wo Mittag krönt der Sonne Flug.

Nur in schwachem, duckend Licht,
sich müd der Leib im Schatten bricht.
Nur in grübel-finst'ren Ecken
sich Nachtgespenster feig verstecken.

Kämpfe nicht mit Schwarz-Gestalten,
die Täuschung, Trugbild woll'n verwalten.
Sieh, dass deine dunkle Nacht
durch LICHT wird jetzt um Schlaf gebracht.

Von all den Scherben heb den Blick,
führ dein Herz ins Licht zurück,
füll dein Haus mit kindlich Lachen,
dann fliegt er fort,
der SCHWARZE DRACHEN.

EWIGES FEUER

Wie ein FEUER mögst du brennen,
lichterloh und voller Kraft,
von Weitem wird man schnell erkennen,
was dein Licht mit uns erschafft.

Wie die FLAMME sollst du glühen
weit ins dunkle Tal hinein,
und dem Menschen Hoffnung säen,
der da bangt, er wär allein.

Wie ein FUNKE magst du springen
in viele Stirnen, Herz sogar,
in die Not die Sonne bringen,
die uns're Quelle dereinst war.

Voller Wut, dich zu ertränken,
droht das Böse dir mit Macht.
Doch dein Licht kann niemand senken,
ist Flammen-Meer einmal entfacht.

Tausend Lichter gleißend brennen,
Silberstreif am Horizont,
nichts kann Feuer-Meere trennen,
wo GÖTTER-FUNKE durch dich wohnt.

ENTLEERUNGEN

Uns're ERD', ein Lebewesen,
sie will wieder ganz genesen,
würgt hervor die giftig Pfropfen,
die Leber, Magen, Hirn verstopfen.

Wär' der MENSCH schlau wie ein Magen,
würd auch er manch' nicht vertragen
und ausspucken ohne Mühe,
was unbekömmlich, gärend Brühe.

So ist das hurtig Übergeben
schlauer Trick zum Überleben,
denn in all der blähend Schwere
sorgt Brechreiz für gesunde Leere.

So gib prustend das hinweg,
was übel riecht und giftig Dreck,
doch spei nicht gleich in jede Ecke;
wo Menschen steh'n, gibt's oft 'ne Hecke.

DORNRÖSCHEN-LAND

Liebes Kind, hörst du die Klänge,
die trauten Weisen, Alt-Gesänge,
durch zartes Raunen dir in Ohren?
Was tot gewähnt, wird neu geboren.

Hundert Jahre ist es her,
erinnern kannst du dich nicht mehr,
in welchem wunderschönen Land
deine Wiege einstmals stand.

Ew'ger Schlaf wurd eingegossen
in deine Stirn, und weggeflossen
sind edler Stand und Königskronen,
die doch im Schlaf dort weiter wohnen.

Mach dich bereit, durch Rosenwand
der mutig Prinz den Weg nun fand.
Kein Stachel hat ihn dort versehrt,
kein Dorn zu dir den Weg verwehrt.

Und wie ihr schreitet Hand in Hand,
das ganze Reich aus Schlaf erstand.
Vergess'ne Zinnen nun erstehen,
wo Dornen einst, nun Fahnen wehen.

Und mag man denken, es wär Mär,
Maid und Land, sie ähneln sehr.
Das deutsche Land, es schien im Schlaf,
bis es den Mut des Ritters traf.

So darf es aufsteh'n, nach den Träumen,
nicht einen Tag mag man versäumen,
der Hofstaat soll zur Hoch-Zeit läuten,
dort wird man neu Geschichte deuten.

GEDEIHEN

Klein war einst dein Herz, dein Leib,
im spielerischem Zeitvertreib
übst du als Kind in Vaters Schuh'n,
es den Erwachs'nen nachzutun.

In großen Plänen zu gedeihen,
die hohen Wuchs und Kraft verleihen,
ist dein Bestreben, deine Macht,
von klein an für dich angedacht.

Und mag man drohen, dich beschämen,
nichts und niemand wird dir nehmen
den geheimnisvollen Plan,
der sich kündigt früh schon an.

Wie starke Pflanze wirst du Steine
von dir wälzen, um das Deine
aus dem Keim hinaufzutreiben,
und Leben dieser Welt zu zeigen.

Hoffnung bist du nun den Kleinen,
den Schwachen, noch auf Kinderbeinen,
sie sehn es wohl im ganzen Land,
dass Winziges doch auferstand.

Nichts kann den Drang des Lebens knechten,
nichts den, der aufrecht geht, entrechten.
Klein war einst dein Herz und Leib,
doch großer Plan lag dir bereit.

HEIMKEHREN

Warum willst du zu anderen schauen,
dich vergleichen mit Menschen,
hab doch Vertrauen.
Halte AUFWÄRTS jetzt den Blick,
wer dir treu ist, der geht mit.

Wie eine SPITZE steigt ihr auf,
von allerorts beginnt der Lauf,
tausend Fäden sich verspinnen,
zum Tau vereint sie nun gerinnen.

Heimwärts geh'n wir, Schritt für Schritt,
nehmen andre Seelen mit,
sammeln uns an jener Stelle,
wo der Weg führt hoch zur Quelle.

Drum lasse los, nichts darf dich binden,
willst du im Dom die Deinen finden.
Ein „STERNEN-PILGERN" wird es sein,
wir seh'n uns bald, dort ist DAHEIM.

NEUGEBURT

Will das GUTE recht gedeihen,
zieht es manchmal sich zurück,
muss sich selber Zeiten weihen,
um zu nähren sich im Glück.

Würd der Schenker nur noch geben,
grenzenlos und immerdar,
kostet ihn das wohl das Leben,
weil er nur beim andern war.

Alles muss sich erst VERDICHTEN,
sich zurückzieh'n, wie im Kern,
kostbar nur wird man gewichten,
was fast verschwunden schien und fern.

Doch samengleich bricht aus der Dichte
das Gute, Schöne neu hervor,
reckt freudig, kraftvoll sich zum Lichte,
wächst schön wie nie für dich empor.

UNBESCHWERT

Heutzutage, möchte ich sagen,
geht's dir gut, hast nichts zu klagen.
Doch es gibt Spötter, viele Neider,
die voll Ärger lästern, leider.

Zu Zeiten, wo es schwer suspekt,
wenn jemand schmunzelt oder neckt,
gut gelaunt des Weges geht,
man grimmig diesen nicht versteht.

Kein Verständnis hat man mehr,
für Fröhliche, sie haben's schwer.
Ein Dorn im Auge sind sie jenen,
die Wut und Missgunst nur noch kennen.

Doch, wie ein Frosch, lach unbeschwert;
zu grübeln, das sind sie nicht wert.
Der bösen Leute Hass und Groll
pumpt, wie ein Fass, sie selber voll.

Und sind sie dann vom Ärger prall,
so platzen sie mit großem Knall,
verlieren Fassung und Statur,
was schert es dich, dann lachst du nur.

STERNTALER – ein deutsches Märchen

Mein schönes Kind, dir wird genommen,
was dürftig du am Körper trägst,
es scheint, als habe das gewonnen,
was stets bekämpft, das liebt und wächst.

Hungrig reißt es dir vom Leibe
Hemd und Kleid in deiner Not,
schlingt in sich, wütend, letzte Scheibe
von deinem kargen, restlich Brot.

Dort stehst du nun im deutschen Wald,
es bläst der Wind, wie wird dir kalt,
ahnst hilflos dich schon im Verderben
und dass es Zeit ist, nun zu sterben.

Doch, hör gut zu, nicht nur im Märchen,
singen morgennah die Lerchen,
führen im Flug den Blick hinauf,
wo plötzlich reißt der Himmel auf.

Dein Blick, noch ängstlich, sieht dort blinken
das Licht, die Sterne glitzernd sinken
auf deinen Leib, auf deine Glieder,
wie Tau legt Lebenskraft sich nieder.

Wie im Schleier eingehüllt,
sich Herz und Stirn mit Schein erfüllt.
Die kindlich kleine Licht-Gestalt
verlässt als Königin den Wald.

Nicht Welten-Kleider hüll'n dich ein,
Sternen-Staub wird Umhang sein,
nicht trocken Brot wirst du verzehren,
nein, himmlisch Quelle wird dich nähren.

EINGEÜBT

Als Kind hat man früh schon dich heftig bedrängt,
in Korsett und Rüstung der Ritter gezwängt,
mit Messer und Säbel und Schwertern und Lanze
schickt man dich, so jung, zu gefährlichem Tanze,
aufs Kriegsfeld mit Teufel und wilden Dämonen,
dem Kampf um das Leben schon früh beizuwohnen.

Mit eherner Klinge kämpfte dein Herz,
in kindlicher Anmut mit Trauer und Schmerz.
Doch nichts war vergebens in tausenden Jahren,
die du durch Dämons Tal bist gefahren.
Die Hand nun gelenkig, so wendig dein Geist,
die Kraft ist gewachsen, der Mut mitgereist.

Als Ritter nun schlägst du den düsteren Drachen,
bringst Menschen und Land nun endlich Erwachen.
Schicksal war's einst, was ins Dunkle dich drängt,
als Meister das Schicksal du jetzt lenkst.
Bringst vielen nun Heilung, den Mut und den Segen,
endlich die Waffen zu Boden zu legen.

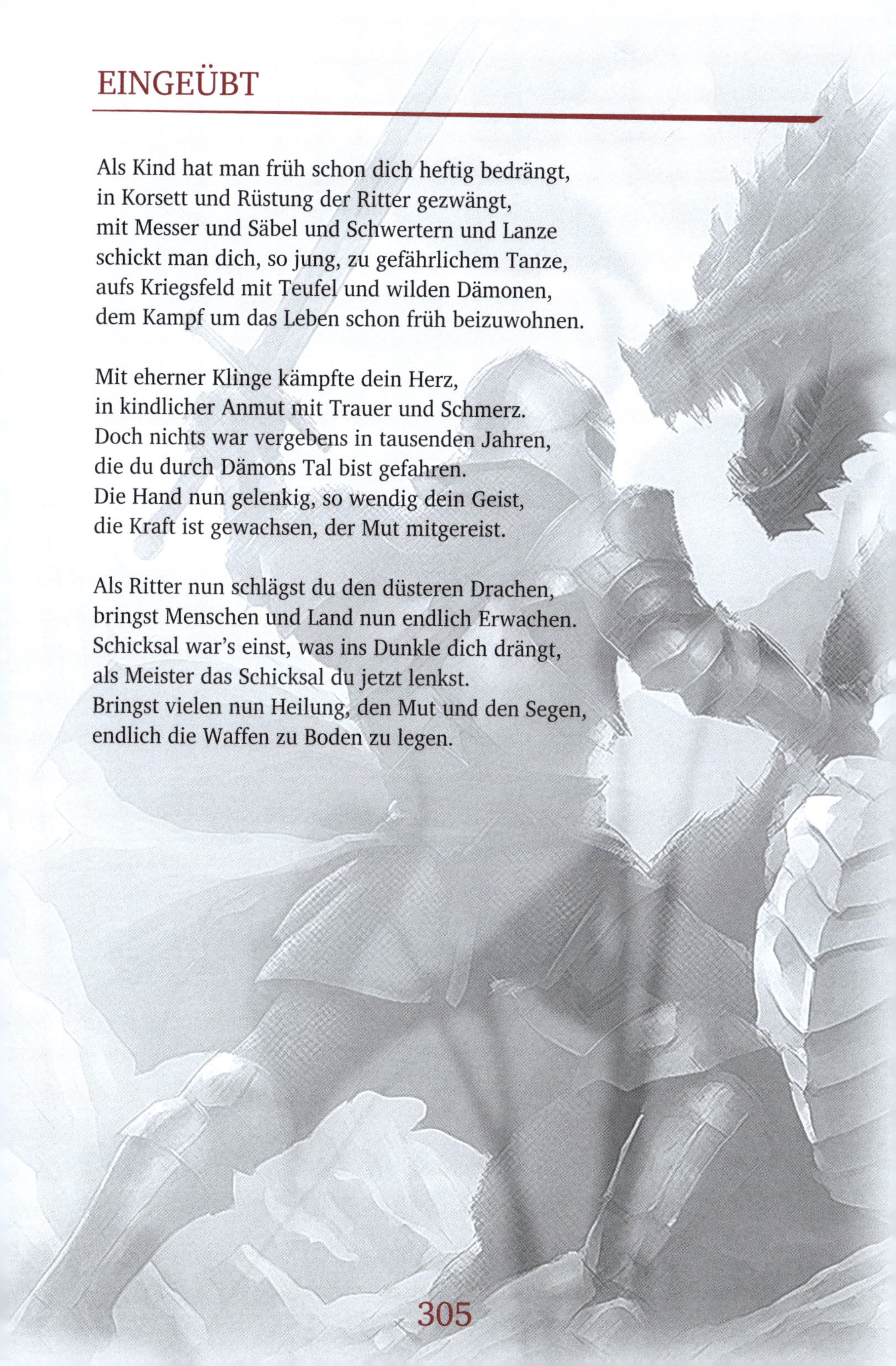

VOM ANDERN STERN

Als Kind schon hast du es damals gespürt,
dass Schicksal auf schwierige Pfade dich führt.
Wo andre emsig zum Tanz sich begeben,
da war es schon mühsam und schwerer, dein Leben.

Dein Herz so ganz anders, dein Sinn so entrückt,
dein Denken dir ernster, wo andre verzückt.
Dein Blick so glasklar, wo jener nichts sieht,
sich wegdreht von dir und zu „Besserem“ flieht.

Dies Schicksal so seltsam, allein, fast verloren,
in fremde Welten und Menschen geboren,
schien grausam dir und niemals gerecht,
es dünkte dir fast, du bist es, der schlecht.

„Warum“, fragst du mich, „wo liegt nur der Sinn,
dass auf so einsamem Pfade ich bin,
wie leicht und behende geh’n andre den Schritt,
bei mir laufen Trauer und Leid so oft mit.“
Ich will es dir sagen: Ganz nah an den Schmerzen
liegen Fühlen, Wärme und Liebe im Herzen.
Es ist wie beim Mond, der im Schatten sich bricht
und anderntags bringend das sanfteste Licht.

In herzlose Welt bist du deshalb gesandt,
um Sanftmut zu bringen in dunkelstes Land.
Die Eiszeit wird schmelzen in lieblichem Scheinen,
in Liebe wirst du Menschen und Völker vereinen.

RÜCKKEHR

Auf dich wollt ich bauen,
du brachst mein VERTRAUEN.
Wie schade dein Lügen,
dein Täuschen, Verbiegen.

Zwar war mir's zum Grame,
doch wurd es mir SAME
zu neuem Vertrauen:
Auf MICH konnt' ich bauen.

Es war wohl ein Rauben,
Zerstörung von Glauben.
Ich hab's nun verwunden,
die Wahrheit gefunden.

Kann kraftvoll nun walten,
bin göttlich gehalten,
bau nicht mehr auf dich,
find endlich nun mich.

Bleib fern nun dem Lügen,
geschützt vorm Betrügen,
hab ins Herz dir gesehen,
um ZU MIR zu stehen.

DER TÖRICHTE KÖNIG

Mit erhobenem Kinn, stolzierendem Gang,
gehen prominent sie stets die Wege entlang.
Von sich selbst sehr entzückt,
erklär'n sie das für verrückt,
was nicht ihrer Norm,
nicht flach und konform.

Sie sind dieser Art,
wo „Dummheit“ sich paart
mit Hybris und Stolz
auf ähnlichem Holz.

Die Anmaßung ist's,
damit ihr's nur wisst,
dass sie in Allüren
sich erdreisten, zu führen.

Und sind sie doch wenig,
krönen sie sich zum König.
Die Menschen als Knecht,
das wär ihnen recht.

Im Reiche der Dummen
die Klugen verstummen,
bar Mutes und Stärke
verwandelt in Zwerge.

Oh, trau dich zu weichen
aus Törichter Reichen,
betritt neuen Raum,
lern, Schlösser zu bau'n.

Durchschaue die Einfalt,
lern König zu sein,
erhebe dein Haupt, durchschaue den Schein.
Und siehe: Im Schmerz
wird mutig dein Herz,
gießt Weisheit auf's Land,
das wiedererstand.

AUSGESIEBT

Wie der Mehlstaub durch das Sieb
das Leben dich durch Netze trieb.
Wie durch Keltern, wie durch Mühlen
musstest Druck und Schmerz du fühlen.

Nichts wurd' dir am Leib gelassen,
ganz verdichtet musst du passen
durch die Öffnung, winzig klein.
Dein Zaudern hilft nicht, musst hinein.

„Ach, welch' Graus, was soll das Übel,
mich zu schälen wie die Zwiebel?"
Doch zum Schaden soll's nicht sein:
Stets im Innern sitzt der Keim.

Ganz fein wird es herausgesiebt,
damit's gefiltert das ergibt,
was zu neuer Saat erwählt,
fein säuberlich von Spreu geschält.

Und macht's auch traurig, hinzuseh'n,
wo Stroh und Spreu im Wind verweh'n,
auf's Erdreich fällt es schließlich nieder,
so seh'n sich Spreu und Korn einst wieder.

Im ewig wieder NEU-VEREINEN
dienen sie sich so im KEIMEN.
Das eine Dünger für die Erde,
damit das andre LEBEN werde.

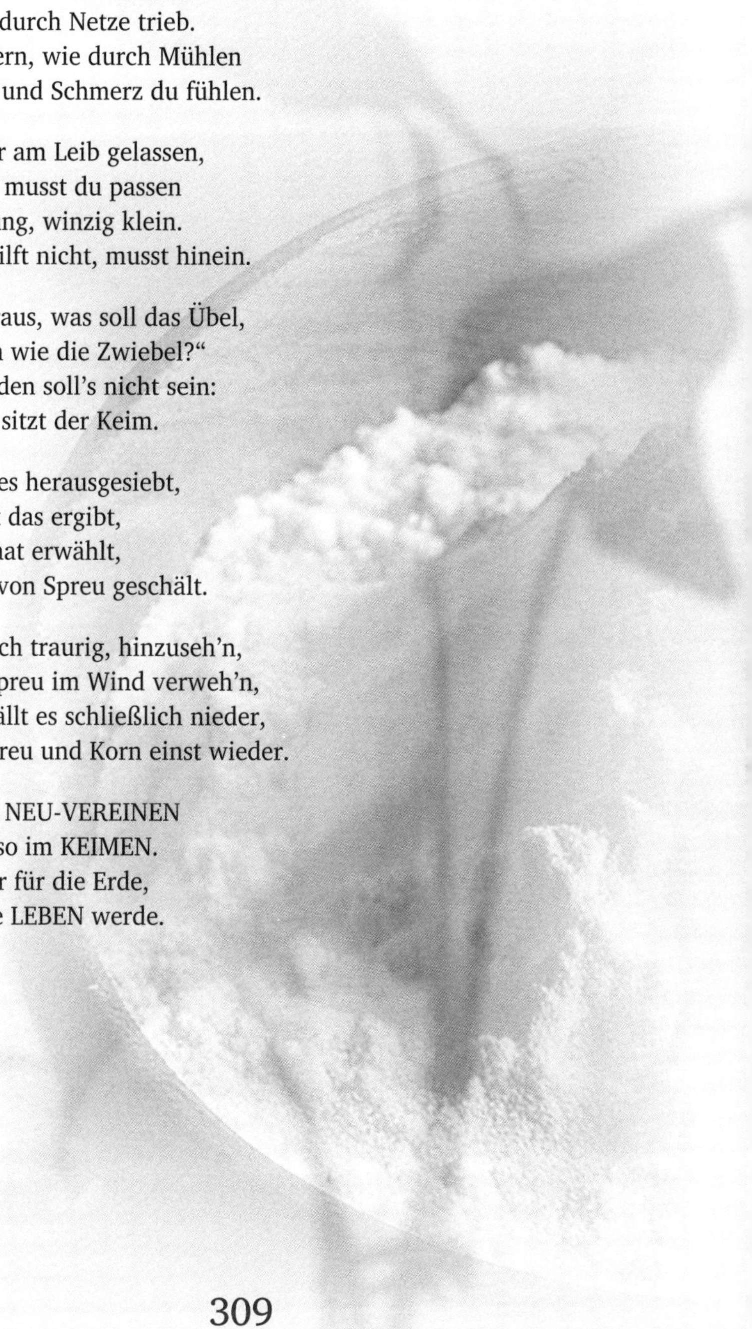

HOHE ZEIT

Einst ward LICHT in dich gegeben,
kam aus einer andern Welt,
das dich trägt und führt durchs Leben,
dich mit göttlich Odem füllt.

Richtschnur, Pfeiler, tiefe Werte
senken sich ins Herz hinein,
was dir aufrecht Gang bescherte,
um Segen diesem Stern zu sein.

Lass dich nicht in Ketten legen,
nicht dir brechen Kreuz und Gang,
lass, der vielen Menschen wegen,
dein Haupt nicht beugen vor dem Zwang!

Viele Augen sind gerichtet
auf dich, der an den Fronten steht,
weil sich dort die Trübsal lichtet,
wo heller Strahl ins Dunkle geht.

Siehe, wie dir viele folgen,
wo dein Schein ins Finst're strahlt,
wo sich lichten dunkle Wolken,
Sonn' sich hell in Kerker malt.

Einstens warst du müd der Werte,
mutigsein, wie schien's dir hohl;
nun, da Sinn in alles kehrte,
formt es sich zu Menschens Wohl.

Aufrecht steckst du wehend Fahne
in das neue Friedensland.
Dein Tross sich durch die Auen bahne,
wo einst nur Dürre, bleicher Sand.

Einst ward LICHT in dich gegeben,
kam aus einer andern Welt,
du trugst es festlich hier ins Leben,
dass All und Erde sich vermählt.

KARUSSELL

Kennst du es, dein Sinnen, Denken,
das kreisend sich-im-Geist-Versenken,
und wenn in ewig mürbend Runden,
du doch nicht Pudels Kern gefunden?

Dünkt dir nicht, dass Grübel-Pfade
halten dich in jenem Rade,
das von denen schlau geflochten,
die neidvoll dich noch niemals mochten?

Mit viel Tücke, lauernd List
sagen sie, dass du es bist,
der sich im Geist soll malträtieren,
in Schuld und Scham sich reflektieren.

Verstricken sollst du dich in Schnüren,
die zu Zweifeln in dir führen,
ob du Makel, Fehler trügest,
und andern Schaden zugefügest.

Doch, dieses sollst du nun erfahren,
hinter all dem bös' Gebaren,
findest du exakt Defekte,
die jener drüben selbst oft pflegte.

Und wenn sie sagen „Denke nach!“,
blick scharf hinüber und sag: „Ach,
willst du mir jenen Bär'n aufbinden,
der sich bei dir ließ' besser finden?“

Dreh dich um, und lass ihn steh'n,
lass grübeln ihn und sich beseh'n.
Denn ist das Spiel einmal durchschaut,
sich niemand mehr dich tadeln traut.

Sei ein Spiegel, wirf zurück,
was man dir vorwirft, um dein Glück
zu schmälern, in dem großen Neid.
Geh deines Wegs, der dich befreit!

LEISE GEGANGEN

Bist gegangen, liebes GESICHT,
mit dem Licht
in deinem Lachen.
Wie soll ich es machen,
so ganz ohne Freude,
nicht dich an der Seite.
Wo grausame Zeiten
sich weiter verbreiten,
bin ich weiter gefangen,
denn du bist gegangen.

Hast lange gestritten,
tausend Menschen zu mitten.
Warst Pfeiler und Turm,
Mahnmal im Sturm.
Hast erfüllt auf der Reise
so Großes, ganz leise,
dass man kaum es gemerkt,
als du heim nun gekehrt.

Mag dein zärtliches Leben
sich dorthin begeben,
wo die Deinen dich lieben,
im anderen DRÜBEN.
Noch lebendig und wach,
komm ich erst später dir nach.
Werde dich finden,
zum Wieder-Verbinden.

SCHLAMMSCHLACHT

Und deckst du auf,
was List, Betrug,
weil du des Lügens hast genug,
so magst du Vorsicht walten lassen,
denn der dies tat, wird dich jetzt hassen.

„Du bist's, der schuldig!“, wird er schreien,
„du bist der Täter ganz allein!“
Du wärst der Grund all der Miseren,
dir müsste man die Gunst verwehren!

Doch sorg' dich nicht, sein Steine-Werfen
ist sein Malheur, schon' deine Nerven!
Schließ schnell die Tür und hüt' dein Glück,
geschleudert Müll find't schnell zurück.
Jener, werfend Schlamm und Haufen,
wird bald im eig'nen Dreck ersaufen.

Zu kontern, jammern, dir verkneife,
so zeigst du Adel, menschlich Reife.
In andrer Kehricht magst nicht wühlen,
soll'n sie doch selbst den Müllberg fühlen.
Wenn sie mit eig'nem Unrat ringen,
wird sie's dann doch zum Grübeln zwingen.

Denn wenn sie waten schwer im Dreck
und keiner räumt den ihnen weg,
werden sie den Spaß verlieren
am garstig Haufen-Fabrizieren.

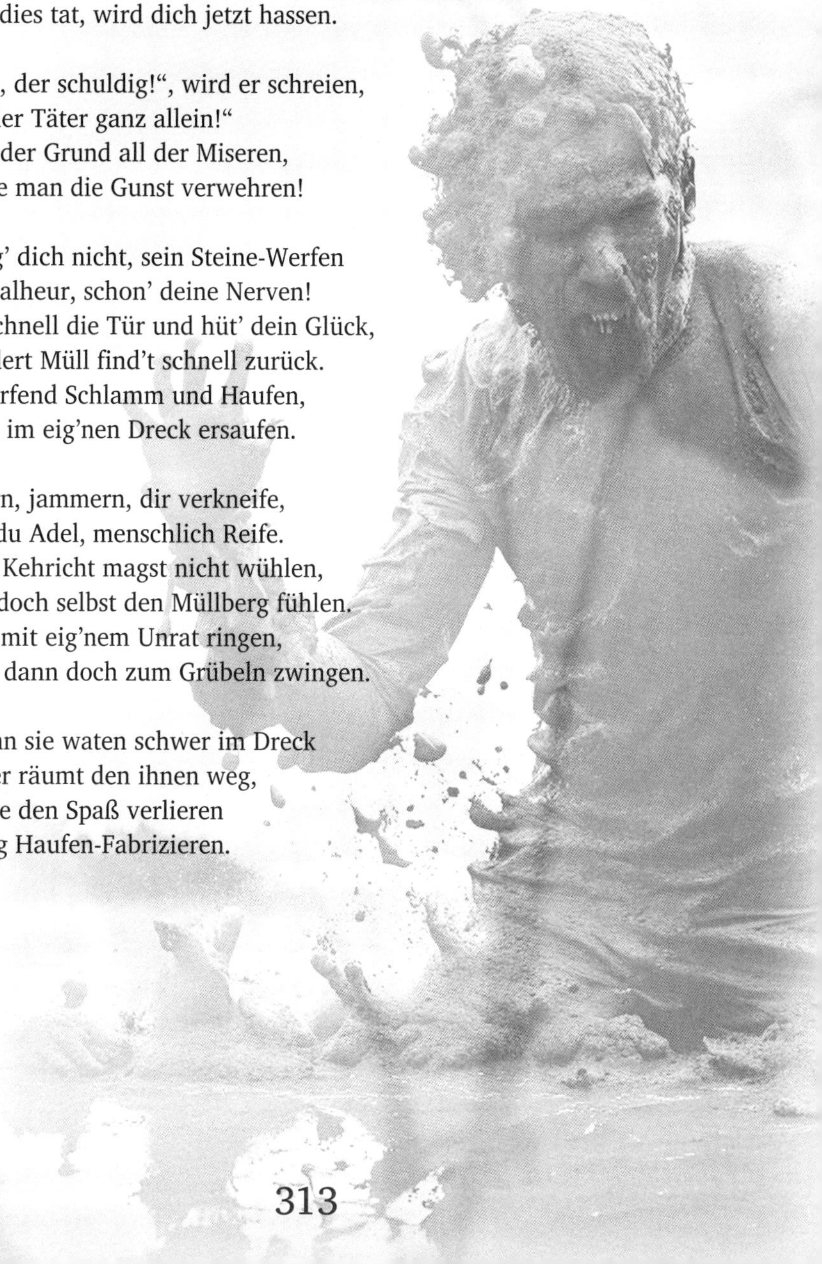

EINE SPITZE IST NICHT RUND

Sei nicht immer „LIEB und NETT“,
angepasst und stets adrett.
Wir sind nicht angedacht, gebor’n
zu tönen in das gleiche Horn.

Und schimpfen auch die Alt-Bekannten
über Kurven, Ecken, Kanten,
bleib dir treu, erhob’nen Kinns,
denk dir stolz nur: „Ja, ICH BIN’S!“

Denn in der Herde geh’n die Schafe
in großen Mengen, lebt der Brave.
Mitläufer tummeln sich im Schwarm,
das ist bequemer, ruhig und warm.

Doch eine SPITZE ist nicht rund,
sie ist „für sich“ in einem Punkt.
Hochkonzentriert geht sie voran,
durchdringt, wo niemand teilen kann.

Schiebt sich in Neues und in Raum,
wo andrer hadert, traut sich kaum.
Als Erster geht nur der voran,
der mutig auch „allein“ sein kann.

Und steht behende dieser auf,
folgen Menschen rasch zuhauf,
sie verlieren Angst und Grauen,
weil sie dem Einen wohl vertrauen.

Durch Mauern kann so Spitze dringen
und Licht in dunkle Räume bringen.
Sie öffnet Neues, dringt hinein,
die Menschen atmen neues SEIN.

DENKBETREUT

„Heut' hast du zu lang geduscht!",
schallt Sensor aus der Brause;
dass du den Weg nicht selber suchst,
führt's Navi dich nach Hause.

Reklame dich in Läden lenkt,
willst du die Straße laufen;
die Sprech-Anlage für dich denkt,
was du sollst heute kaufen.

Die Smart-Watch nervt dich mit der Bitte,
hast andres du zu tun:
„Da sind heut' noch tausend Schritte,
verwerflich wäre es, zu ruh'n!"

Wie ist's ein bunter Ringelreih'n
aus Blinken, Tönen, Zeichen,
man dringt dir ins Gehirn hinein,
Gedanken zu verscheuchen.

Sie wären „lästig", die Ideen,
die deiner Stirn entspringen,
der Mensch, er könnt' nicht selber seh'n,
welch Dinge ihm was bringen.

DENKBETREUT, so wohnt dein Geist
in seiner kleinen Stube,
weil Synthetik an sich reißt,
was selbst einst dacht' der Kluge.

Sei auf der Hut, erkenne klar,
was stetig will betreuen,
behüt' Verstand, der deiner war,
sonst wirst du's mal bereuen.

HERBST

Wenn du loslässt wie die Traube,
von Stock und Blättern, altem Sein,
kreiert sich in dem fallend Laube
der tiefe, rote, teure Wein.

Wenn du loslässt, wie Libelle,
und entschlüpfest dem Kokon,
schwebst du lautlos in der Stille,
und die Lüfte sind dein Lohn.

Wenn du loslässt von dem Treiben,
das des Sommers Leiber speist,
wird wohl Liebgewordenes scheiden,
weil's Leben mit dir weiterreist.

Tief im Dunklen, Winterstille,
wird Sommer-Reigen einverleibt,
damit sich ordnet großer Wille,
der ins Licht des Frühjahrs treibt.

BURGWACHE

Wie ein Bollwerk möge dein Haus sein,
wie die Burg dein Seelen-Heim,
richt' es in Anmut hübsch dir ein
und lass jenen nur hinein,
der zu achten weiß die Möbel,
dein so kostbar Inventar,
der nicht einschleppt Gram und Übel,
wo es schön und redlich war.

Meide, Fremde einzulassen,
die gebärden sich so roh,
die dort saufen, fressen, prassen,
zünden's Dach an lichterloh.
Hüt' dein Schloss, tu's nicht verraten,
vergib die Schlüssel nur bedacht;
rieche möglichst früh den Braten,
wenn's um Gier geht, Raub und Macht.

Bewahr' als König dir die Ehre,
als größten Schatz dir deine Werte,
feindlich Truppen Weg verwehre,
sattle nur die eignen Pferde.
Denn wär' sie drin, die grobe Meute,
nistet dort, wie Parasit,
hast du wahrlich nimmer Freude,
denn ungeniert speist er nun mit.

So hör gut zu auf diesen Rat:
Schließ' Werte, Güter manchmal ein.
Trauern würd'st du bei Verrat,
wär dein Reich nun nicht mehr dein.
Halt sie fest, die teuren Schätze,
die's Leben dir ins Herze schrieb,
damit sie keiner je verletze
und entwendet wie ein Dieb.

GETRENNTE WEGE

Aus einer Wurzel kam gesprossen
was einstens dir FAMILIE war,
hofftest lange unverdrossen,
dass dich berge Sippen-Schar.

Schwere Äste sind gequollen
aus starkem Stamm, der Einheit schien,
doch im Wachstum, bald verschollen,
was Schwester, Mutter, Vater schien.

Immer größer, stärker, breiter
bricht die Krone hoch ins Licht,
neuer Zweig entfernt sich weiter
vom andern, dass er ihn nicht bricht.

Einsam möcht' der Zweig verzagen,
Familie scheint so ewig her,
und doch wird er vom Stamm getragen,
sieht er diesen auch nicht mehr.

Erst wenn sich Frühlingsblüten wagen
in luftig Höhe, heilig Raum
und herbstlich groß sie Früchte tragen,
trauert er nicht mehr, der Baum.

Als Mittler zwischen Himmel, Erde,
erkennt der Spross den tiefsten Sinn:
Auf dass er Früchte bringen werde,
gab einst er die Gemeinschaft hin.

Nur im Rückzug und im Lassen
von dem engen Sippen-Band
konnt' er Raum und Sonne fassen,
die dort zu NEUEM LEBEN fand.

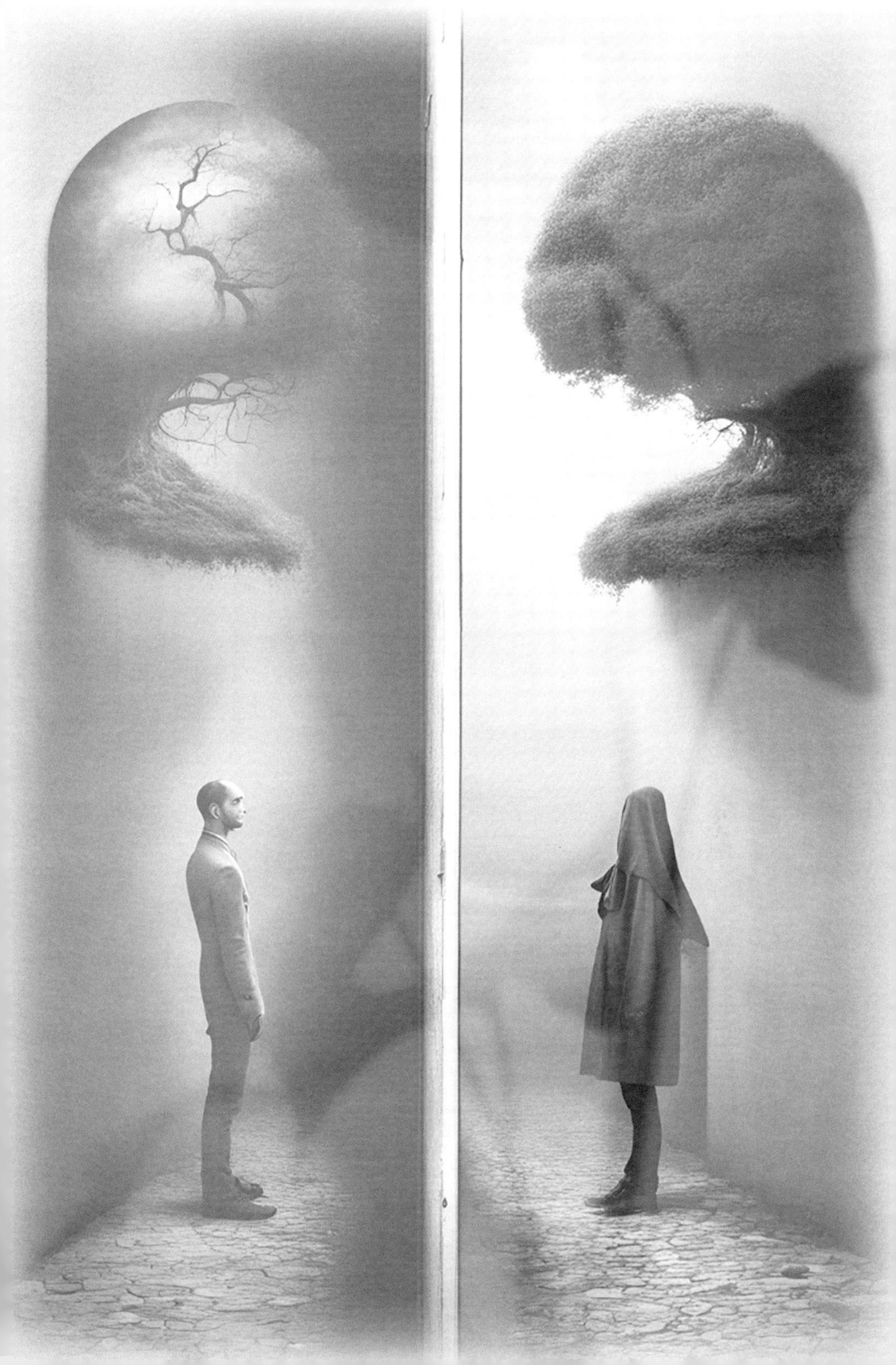

MÜLLABFUHR

Magen, Leber, Niere, Blase
hast du nicht allein zum Spaße,
artig sind sie stets am Wachen,
dass du nur gesunde Sachen
dem Systeme einverleibst
und keine giftig' Dinge treibst.

Denn wenn du isst von falschen Speisen,
kriegst du alsbald ganz bös das „Scheißen"
und dem Magen wird so übel,
dass er befüllt so manchen Kübel.
Empört erregt sich selbst die Haut,
die ekelhafte Pusteln baut.

Von hässlich' Dingen zu berichten
mag ich dir, um Blick zu richten,
dass sich dein GEIST bald schützend stellt
auf deine Seite, wenn dich quält
gar giftig Treiben dort im Außen,
wo ungesittet Menschen hausen.

Er putzt gar fleißig, still und leise
dir deine Seele in der Weise,
dass er mit Wasser und dem Spaten
wird mutig durch die Keller waten,
wo Leichen liegen, Pilze sprießen
und Leute ihren Unrat ließen.

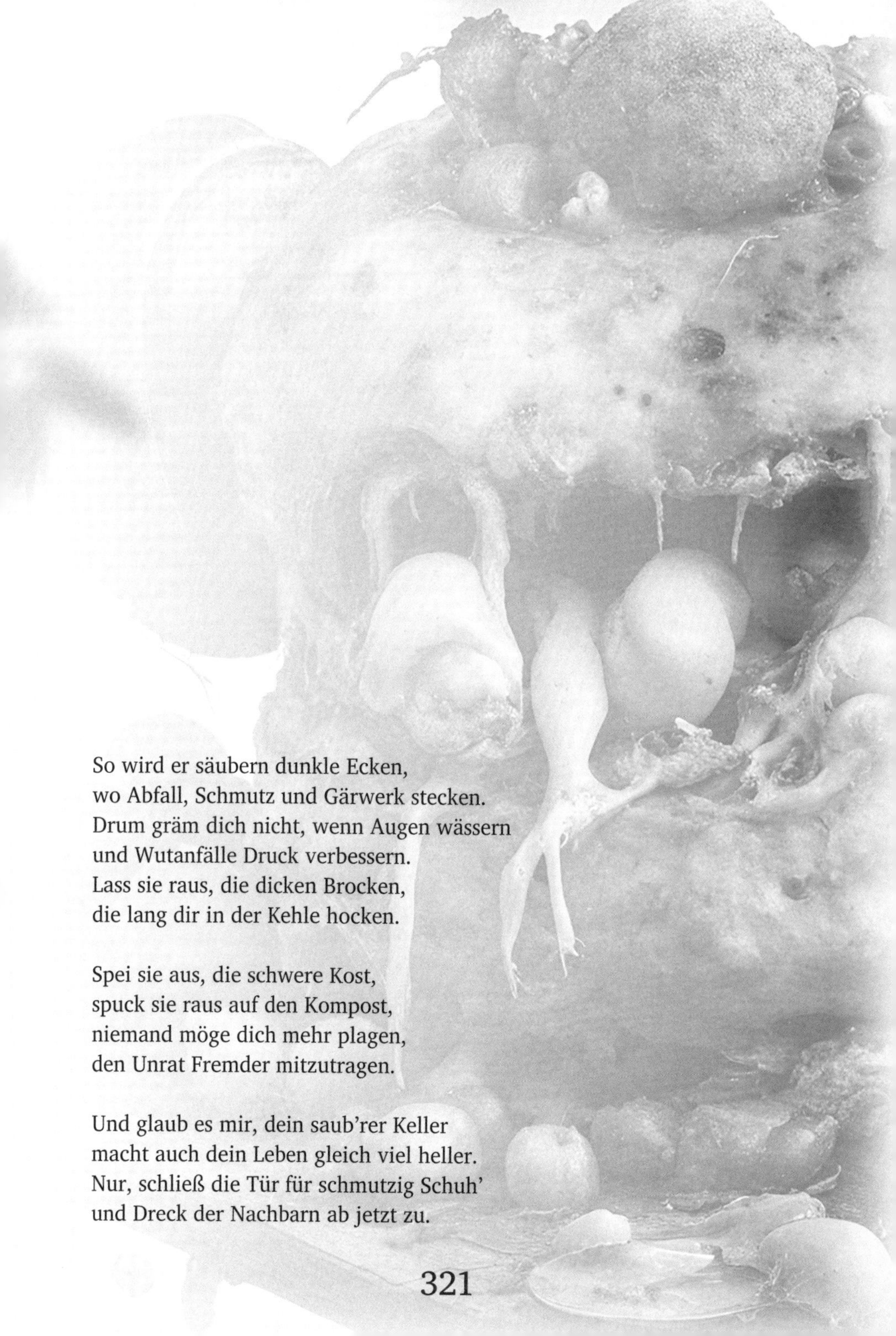

So wird er säubern dunkle Ecken,
wo Abfall, Schmutz und Gärwerk stecken.
Drum gräm dich nicht, wenn Augen wässern
und Wutanfälle Druck verbessern.
Lass sie raus, die dicken Brocken,
die lang dir in der Kehle hocken.

Spei sie aus, die schwere Kost,
spuck sie raus auf den Kompost,
niemand möge dich mehr plagen,
den Unrat Fremder mitzutragen.

Und glaub es mir, dein saub'rer Keller
macht auch dein Leben gleich viel heller.
Nur, schließ die Tür für schmutzig Schuh'
und Dreck der Nachbarn ab jetzt zu.

MINENFELD

Heißa, wie ist das Feuer so nah,
das Blitzen von tausenden Funken,
der Kampfplatz gerichtet, eh man sich versah,
von Krisenspiel-freudig Halunken.

Im Lodern der Flammen und feuriger Brunst
geht's Herz ihnen auf ob der Macht,
ereifern sich schnell in duellierender Kunst,
die stets ihnen Siege gebracht.

Doch täuschet euch nicht, jahrhundertelang
hat das Volk eure Spiele gesehen.
Lernend wuchs und gedieh nun der Drang,
die Zeichen des Krieges zu drehen.

Sie kennen die Feuer, das brennende Mal
in Fleisch und auf ihrem Leibe,
sie kämpfen, dass nicht erneut diese Qual
mit Dolchstoß ins Herze sich treibe.

Mit Tausenden Eimern steh'n sie schon bereit,
die Angst schmilzt mutig in Stille,
die Flut aus Tränen und Wasser befreit,
gezeuget aus göttlicher Quelle.

Die Menschen reichen sich Hand schnell in Hand,
das heilige Wasser gen Feuer.
Sie retten die Seelen, ihr ehrliches Land,
zum Sterben ist's ihnen zu teuer.

Zu lang haben Schlachten und Kriege regiert,
auf Häuptern und Seelen der Kinder,
das Wasser des Lebens den Frieden gebiert
nach Tod und eisigem Winter.

SEGEN DER GROSSMUTTER

SEGNEN möchte ich dich, mein Kind,
behütet sei dein Weg,
ohne Schmerzen, zart und lind,
ich Schutz auf's Haupt dir leg.

Geborgen mögst du stetig geh'n
an sanfter ENGELSHAND,
wo rau und eisig Winde weh'n
auf Klippen, kargem Land.

Und spottet man dir heilig ZEICHEN
auf deiner hellen Stirn,
bleib mutig, denn du musst nicht weichen
vor Geistern, die verwirr'n.

Waagrecht – senkrecht ist verbunden
im heiligen Symbol,
das KREUZ verbindet Oben – Unten,
den Erden- und den Himmels-Pol.

Es breitet seine Arme aus,
quer übers Land hinweg,
verbindet Mensch und Tier und Haus
und segnet IRDISCH Weg.

Und doch sein Stamm, er steiget auf
in vertikalem Stolz,
der Mensch, er strebt zum GEISTE auf,
wie jener Pfahl aus Holz.

So liege Segen ganz auf dir,
mein so geliebtes Kind,
behütet sei auf Erden hier
und wo die Himmel sind.

GEHEIMNIS

Lange hat nur dein AUGE geschaut,
hast der Pupille vertraut,
doch nun, neugeboren,
hast du dies SEHEN verloren.
Siehst nicht mit den Augen,
weil diese nicht taugen
in kommender Zeit,
von Körper und Sinnen befreit.

Im Jahrtausend der Seelen
wird nichts davon fehlen,
denn der GEDANKE hat Schwingen,
wird Botschaften bringen
ohne Augen und Münder.
Er ist dann Verkünder
von unsichtbar Zeichen,
denn Materie wird weichen.

Sprichst zu Völkern und Sippen
ohne Zunge und Lippen.
Wie ein Brennglas dein Geist,
der den Weg dir nun weist.
Und göttlich Erkennen
wird dir auch jene benennen,
die in Bälde nun gehen,
nicht Prüfung bestehen.

Du musst dich beeilen,
die Welt wird sich teilen.
Mit kristallklarem Blick
gibt es nun kein Zurück.
Scheide Kupfer von Gold,
es ist so gewollt,
trenne Stein von Kristall
und triff deine die Wahl.

Auch wenn UNTERSCHEIDEN
dir Schmerz bringt und Leiden,
erkenne trotz Weinen
nun eilig die Deinen.
Mög deine Seele sie seh'n,
sie wortlos versteh'n,
der GEDANKE, der reine,
euch nunmehr vereine.

EINGESPERRT

Nun, du weißt, in engen Zeiten,
wo Dinge uns aus Fingern gleiten,
steckt das Schicksal uns hinein
in Räume, wo wir sind allein.

Wie in einer großen Pelle
zappelst du herum erst schnelle,
Zeit zu finden im KOKON,
scheint wenig lustig und wie Hohn.

Dort sitzt du wütend und verrenkt,
bist aber auch nicht abgelenkt.
Nur so kann Leben dich bezwingen,
über vieles nachzusinnen.

Wohl geschützt wirst bald verstehen,
dass diese Zeit ist ausersehen,
dich aus dem Raupenwanst zu schicken,
um dich mit Flügeln zu bestücken.

Dieses Werk der ALCHEMIE
wandelt alsbald, schnell wie nie,
ein WUNDER findet dort nur statt,
wo Auferstehung aus dem Grab.

Nach „kleinem Tod“ in winzig Raum
wirst aufrecht du das Leben schau’n.
Drum had’re nicht mit lästig Engen,
aus Höhlen Tausend mit dir drängen,
die auch verharrt, als Eremit,
und Wandlung trugen mit dir mit.

Die Einsamkeit, sie mag wohl binden,
die Deinen wirst du dennoch finden
in dieser oder jener Welt,
weil nichts, was eins, in Gott zerfällt.
Sie sammeln sich, die neu Gestalten,
du wirst sie bald an Händen halten.

BESETZUNG

Wie ist sie groß, die gähnend Leere,
wie legt sich tief ins Herz, die Schwere,
die dort auf leisen Sohlen kam,
als man dir Würde, Willen nahm.

Behüt' dich wohl vor jenen Leuten,
die täuschen, um dich auszubeuten,
die anfangs grüßend Hüte schwenken,
um dir dann alles zu entwenden,
um dich wie Becher auszuleeren
und zu füttern ihr Begehren.

Denn bist du schließlich leer und hohl,
wie's ihr Plan war, für ihr Wohl
füllen sie dich mit Befehlen,
um Denken, Willen dir zu stehlen.
Sie kriechen in dein Hirn hinein,
das Raum für ihren Wurm soll sein.

Drum harre wacker, bleib bei Sinnen,
lass dich um Leib und Geist nicht bringen,
reich Fäden nicht und auch nicht Hände,
an den, der dir ein Netz draus bände.
Bist du erst einmal eingesponnen,
ist schnell die Sinneskraft verronnen.
Denn sicher ist's, dass fremder Geist
sich niederlässt, wo Stirn verwaist.

Wohl fülle dich mit feinen Sachen,
die Lachen dir und Freude machen.
Nimm Platz in deinem klaren Kopf
und schmeiß ihn raus, den bösen Tropf.
Denn nur, wo ist der Becher voll,
fließt nichts hinein und stört dein Wohl.

HÖLLEN-REISE

Wie durch dunkle DÄMON-MÜHLEN
wird der Menschengeist getrieben;
zetern mag er, schlecht sich fühlen,
geht's ums Filtern und ums Sieben.

Luzifer, so steht's geschrieben,
brächt' das Licht, man glaubt es kaum,
mit giftig Atem und durchtrieben,
füllt er schwefelig den Raum.

Die seinesgleichen, fühl'n sich wohl,
richten sich's dort ein,
pumpen sich die Lungen voll
mit Schwefel, Höllen-Pein.

Dem redlich' Mann schmeckt Zunge bitter,
flücht' schnell aus Satans Schlot,
feurig-schmelzend Glut-Gewitter
wär sonst sein schneller Tod.

Es spuckt der Ofen, wie zu Stahl
geschmiedet, Flüchtling aus,
behende Reise, schnelle Wahl
befreit ihn aus dem Graus.

So schmiedet Hölle lichtvoll Helden,
speit starke Recken aus,
stärker, edler, jetzt um Welten,
zieh'n sie mit Fackeln aus.

Im Stahl gehärtet, unerschrocken,
entbehr'n sie jedem Bangen;
Versuchung kann sie nicht mehr locken,
die Hölle nicht sie fangen.

Denn bist du einst durch Höllenschlund
den Weg ins Licht gegangen,
kann nichts mehr halten dich dann und
nicht widrig dich belangen.

So lass dich treiben durch die Mühlen,
wie Traube rinnt zu Wein,
die Hölle wird nicht ewig quälen,
du wirst GEREINIGT sein.

HETZJAGD

Glaube mir, was hell und licht,
dem Keim gleich, nun aus Erdreich bricht,
wird gnadenlos im Wuchs zersetzt,
weil man das Böse auf ihn hetzt.

Durch Tritte, Spott wird demontiert,
der helle Geist diskreditiert,
in Scham und Hohn soll er verderben,
schweigen soll er, ja gleich sterben.

Doch siehe dort, und das sehr schnell,
sprießt in dem Erdreich das Mycel.
Rasch wächst der Keim an andrem Ort,
als da, wo riss man Pflanze fort.

Doch wird das Schicksal jenen plagen,
der auszog, Lebens-Licht zu jagen.
Wie immer neuen Pilzen gleich
sprießt's emsig, frisch aus Erdenreich.

Ruhlos' Jäger, ohne Kraft,
wird so um seinen Schlaf gebracht,
ist bald erschöpft und ausgebrannt,
ist ewig nur herumgerannt.

Heilig' Keim kann man nicht treten,
stark und schneller wächst so Leben.
Willst du's morden an dem Ort,
wächst's anderswo noch stärker fort.

VERABSCHIEDUNGEN

Frühling 2024

Die Welten trennen sich. Die Menschen, die schon vor Jahren verstanden haben, ziehen weiter unbeirrbar ihres Wegs, ein Zurückkehren ist nicht mehr möglich. Die, deren Fixierung auf alte Koordinaten besteht, deren Wahrnehmung für Veränderung nach wie vor blockiert ist, bleiben immer weiter zurück.

Viele, die glauben, alles würde weiterlaufen wie bisher, werden sich bitter täuschen. Immer mehr derer, die Jahre abfederten, unterstützten, Gemeinschaft am Leben hielten, verlassen das sinkende Schiff. Sie werden nicht weiter in einem „Standby-Modus" zur Verfügung stehen und auf Abruf einspringen, wenn es gesellschaftlich eng wird.

Die, die man so lange verlachte, die Gutmütigen mit der „sozialen Ader", die „einfältigen" Helfer, die „naiven" Empathen, sind es leid, dass man sie ausnützt und vor irgendwelche Wägen spannt. Sie grenzen sich ab. Auch sie erkennen nun mehr und mehr, dass Missbrauch der Gutmütigen das Ungute stützt.

Nein, sie sind nicht wütend oder rachsüchtig oder verbittert, da es ihrem Naturell nicht entspricht. Aber sie erkennen den Zeitpunkt, wenn Dinge keinen Sinn mehr haben.

Wenn sich viele Menschen heute dazu entschließen, in die kognitive Dissonanz zu flüchten, sich jeder klaren Sicht der Realität verweigern, dann ist dies eine Entscheidung, die es zu respektieren gilt, auch von einem feinfühligen Menschen. Missionierendes Überzeugen-Wollen ist grenzüberschreitend.

Keiner, aber auch wirklich keiner, sollte dann allerdings von einem wahrnehmungsstarken, hochsensitiven Menschen erwarten, dass er weiter „Blindenhund" spielen soll, um Stürze in den Graben zu verhindern. Es wurde genug diskutiert, Hilfe angeboten, genug auf Dinge verwiesen, die in unserer Gesellschaft aktuell schieflaufen. Es stieß auf wenig Resonanz. Irgendwann muss es gut sein. Wer Hinweise nicht annehmen, Warnrufe nicht hören will, darf seinen Weg allein gehen. Dann allerdings auch ohne Erwartung, dass sich einst jemand selbstaufopfernd vor ihm auf die Straße wirft, damit er weich fällt.

Die, die Gesellschaft abgefedert haben, verlassen das Theater. Sie wenden sich ihren eigenen Wegen und Projekten zu, finden ihresgleichen. Ihr Weg wird niemals mehr in das Alte zurückkehren, denn man gewöhnt sich schnell an das Bessere, vermisst das Vergangene bald nicht mehr. Eine helfende Hand, die man schlug, zieht sich zurück und wird sich nicht mehr anbieten.

Bald werden sich die Straßen füllen mit Orientierungslosen und „Gefallenen“, mit jenen, die aufgebracht um sich schlagen und jene verfluchen, die ihr Konstrukt der alten Welt nicht weiter unterstützten. Doch es wird keiner mehr kommen, der sie bedauert oder ihrer gnadenlosen Wut noch Aufmerksamkeit schenkt.

ENDE VON SCHLARAFFENLAND

„Man muss nur wollen“, sagen sie, „die Wünsche sich erfüllen,
wer strauchelt, hadert, handelt nie, dem fehlt es nur an Willen!“
Macht und Geld und Sahnehauben, die würden sich wohl zeigen,
magst Biss du haben und auch Glauben, den Ehrgeiz zu betreiben!

Doch sag’, der Säugling, der da weint,
weil er mit Mutter nicht vereint,
das „Striemen-Kind“, der alte Greis,
die Frau, die nicht mehr heimwärts weiß,
der Flaschen-Sammler, Brücken-Springer,
der Tot-Gestoch’ne, Krücken-Gänger,
sind alle diese Schwachen „Nieten“,
die Freud’ und Lebenslust verrieten?
Sind sie bar jeder Strategie,
weil’s Leben sie auf’s Pflaster spie?
Mangelt ihnen rechter Glaube,
dort als Blinde, Lahme, Taube?

Lasst ihn stecken, euren Hohn,
vom Schlemmen träg’, was wisst ihr schon?
Sie haben sich dem Feind gestellt,
den mühsam’, kargen Weg gewählt,
während die, – die Mäuler offen–,
auf durchgebrat’ne Gänse hoffen.
Und mag er mühsam sein, der Weg,
die Kunst ist, aufzusteh’n im Dreck.
Es wuchsen kraftvoll Arme, Beine,
sie können tragen Schutt und Steine.

Was euch betrifft, das wird man sehen;
Sahnetörtchen schnell vergehen,
Geld und Macht und schöne Ketten
sind bald verschwunden, möcht’ ich wetten.
Dann steht ihr da, so ohne Kuchen,
müsst mühsam neue Wege suchen,
wo drüben jene längst schon bauen,
die mutig ihrer Kraft vertrauen.

BOTEN

Strahlen werden sie wie STERNE, aus der Ferne.
Du spürst ein SEHNEN leise,
sie zu finden auf die Weise,
dass sie sich ins Herz dir legen,
– dir zum Segen, –
dass sich ihr Licht
in deinem Auge bricht.

Wie Lichtgestalten, die dort schweben,
sie Seele dir nach oben heben.
Mit ihrem Lächeln, zartem Wort,
dein Leid, dein Schmerz ist plötzlich fort.
In einem lieblich-leisen Duft
gehen sie vorbei, und in der Luft
liegt ein Erinnern an die Zeit,
in der du Kind warst, nicht entzweit.

Du spürst ihn noch, den leichten Hauch
und die Berührung fühlst du auch,
die einem Schleier gleicht,
die über Wangen streicht,
die sagt, „es gibt die Welt,
die dich in Händen hält."

Die Boten sind gesandt,
längst aus dem fremden Land.
Herab sind sie gestiegen,
dir Zweifel zu besiegen,
bringen mit die STERNE,
aus jener seltsam' Ferne.

Drum blick den Horizonten zu,
tief im Verborg'nen, größter Ruh'
wirst staunend du erkennen,
die Kinder ENGEL nennen.
Halt fest den himmlisch' Hauch,
dann wirst du Engel auch.

BLUFF

Glaube nicht jenen,
die ihre Häupter mit spitzen Nasen
gen Himmel recken,
die ihren Wanst aufblähen,
als wären sie zu zweit.

Ihr Hofstaat ist spärlich geworden,
die Haare schütter
und ihre Lippen schmal.
Aus kleinen Suppentassen
löffeln sie mit zittriger Hand
wässrige Suppen,
deren Geschmack sie loben,
als wäre es delikate Speise.

Lass dich nicht täuschen,
unter im Winde flatternden Brokat-Röcken
sitzen magere Körper,
die ihr Schlottern verbergen.
Auf dürren Beinen, angestrengt wichtigtuend,
schleppen sie sich über das
müdegelebte Schlosshof-Pflaster.

GRENZENLOS

Wie dehnt ihr euch aus,
bis zu den Rändern der Erde,
in die Fenster des Universums hinein.
Wie über verbrannte Backbleche
quellt ihr aus der Form,
gleich einem aufgeblähten Teig,
der letztlich doch schwarz
in der Hitze des Ofens verkohlt.

Euer Sein ist atemnehmend
und erstickt alles Leben unter euren Bäuchen.
Eure gierigen Finger sind klebrig
und in Gefräßigkeit stopft ihr hinein,
was nach Leben schmeckt
und eure innere Leere für wenige Stunden
zu füllen scheint.

Doch nichts wird euch bleiben,
wenn ihr das Liebste entleibt,
die Erde leerfegt von ihren Wesen
und den Äther anfüllt
mit Ruß und Gestank.
Schaufelt ihr nicht euer eigenes Grab,
jenes Grab, in das euch keiner mehr hineinlegen wird,
weil alle schon fort sind.

BEFREIUNG

Zu Tode geschafft, erschlafft,
die Glieder ermüdet, hinweggerafft,
hat man zu lange gezogen
den Wagen der anderen.
Betrogen,
gelogen,
ob der giftigen Fracht,
die man zog durch die Nacht,
hat mit ins Rollen gebracht.
Doch nun hat man's erkannt,
das Böse benannt,
behüt' nun sein Land,
vor dem was quälte mit Graus,
man jagt es hinaus.
Die Fuhren von Leichen,
sie werden jetzt weichen,
dem Leben, dem Segen,
das sich bohrt seine Bahn
durch den Irrsinn und Wahn.

Kalt schlägt's dem entgegen,
wie eisiger Regen,
der Menschen im Zwange,
als Sklaven hielt lange,
die in schwärzesten Mooren
ihre Seele verloren,
umsonst war'n geboren.

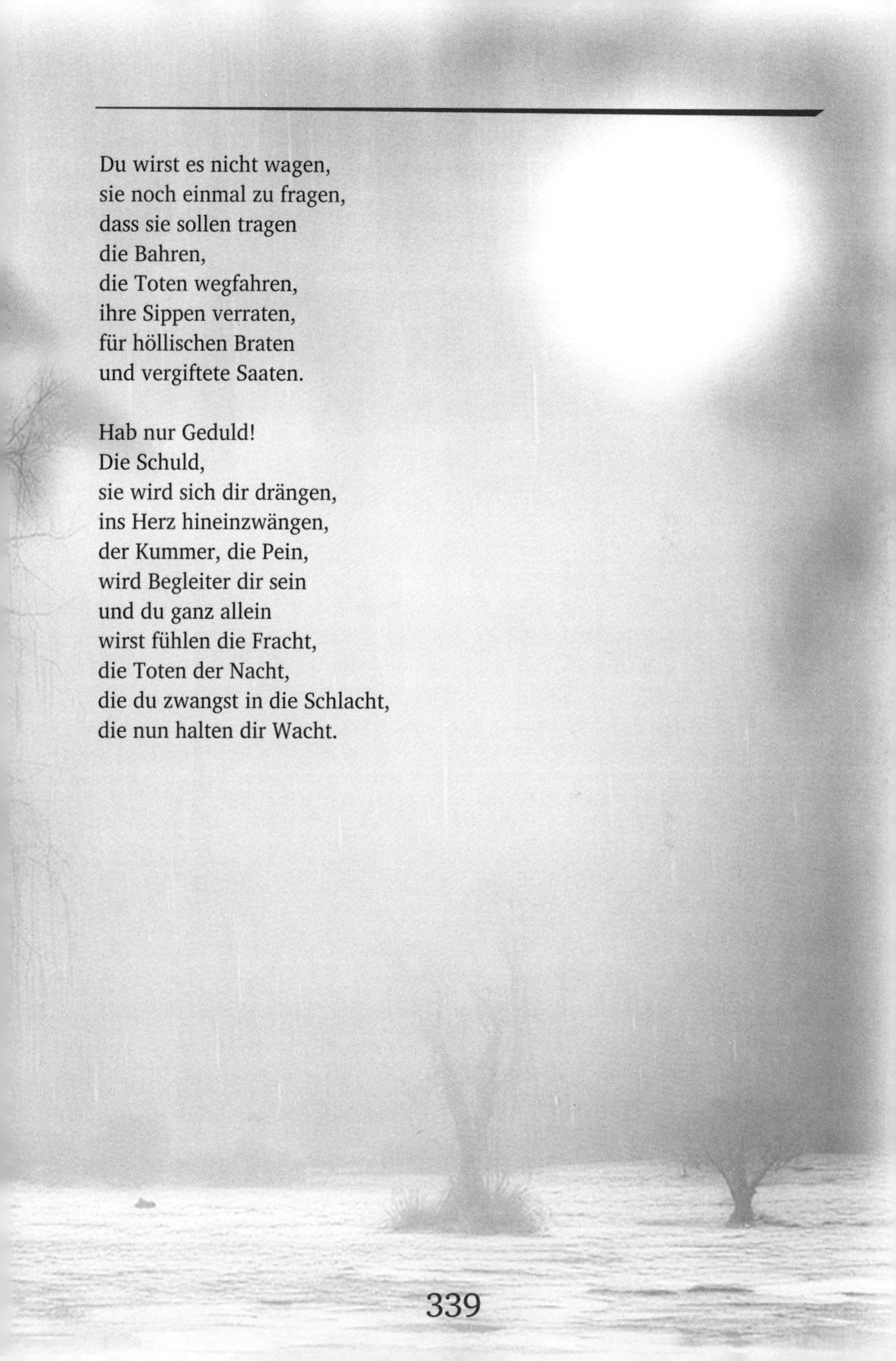

Du wirst es nicht wagen,
sie noch einmal zu fragen,
dass sie sollen tragen
die Bahren,
die Toten wegfahren,
ihre Sippen verraten,
für höllischen Braten
und vergiftete Saaten.

Hab nur Geduld!
Die Schuld,
sie wird sich dir drängen,
ins Herz hineinzwängen,
der Kummer, die Pein,
wird Begleiter dir sein
und du ganz allein
wirst fühlen die Fracht,
die Toten der Nacht,
die du zwangst in die Schlacht,
die nun halten dir Wacht.

KOSTBAR

Dein GEIST er formt es, macht's zum WORT,
trägts dir aus Stirne, bringt es fort,
wo es in fremden Herzen schwingt,
dort weiter seine Weise singt.
Wo Menschen lächeln durch dein Sein,
dort ist dein Wort und Geist daheim.

Doch hüte dich, in diesen Zeiten,
wo Menschen taub sind, Kostbarkeiten,
wie deine Lieder, leisen Worte,
zerstören, kerkern ein in Orte.
Dort sie verkümmern, ohne Erben,
in Einsamkeit sie müde sterben.

Bewahr' sie wohl, die tiefen Gaben,
gib tröstend dort, wo sie auch laben,
wo sie entzünden neue Feuer,
wo Wahrheit zählt noch und ist teuer.
Kostbar sei dein höchstes Gut,
verschenk es dort, wo's Wunder tut.

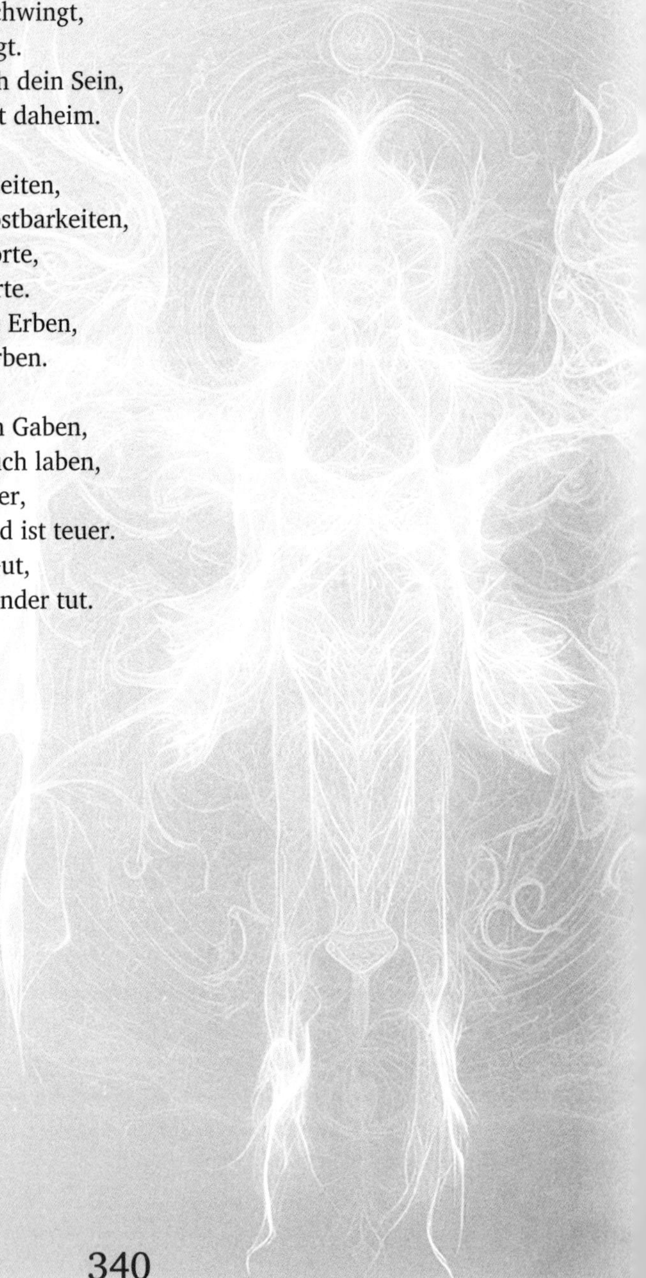

MELODIE

Wie ist der Schatz so dicht umwoben
von Staub und Spinnen-Weberei.
Wie lang noch ist er ungehoben,
wann liegt GEHEIMNIS wieder frei?

Wie lange windet sie sich enger,
die Schlange, die das Leben fasst,
tausend Jahre und noch länger,
der Dämon nun schon Menschen hasst.

Wie lang fliegt Drachen durch die Säle,
mit irrem Blick dort, auf dein Herz,
wie lang, dass Wurm die Seelen quäle,
bevor beendet Unrecht, Schmerz?

Sieh an, längst ist der TON erklungen,
Frequenz, die schneidet wie ein Schwert,
die trennt, wie uns die Alten sungen,
den Unrat von dem wahren Wert.

Geboren ist KLANG, in finster'n Nächten,
bewacht von Hexenkraft, Magie.
Nun wird er wachgeküsst von Mächten,
den' göttlich Kräfte man verlieh.

Das LIED, der Klang, sie kehren wieder,
und schienen sie einst doch verlor'n;
in Wellen brechen sie darnieder,
was Lebens Gift war, tödlich' Dorn.

Der Staub, er wirbelt, Spinnen kriechen,
die Schlangen, Würmer wegwärts siechen,
die Säle atmen pures LICHT,
das nun durch blinde Fenster bricht.

MIT KLEINEM KOFFER

Mit kleinem Koffer kommst du nur
durch Lebenswege schmale Spur.
Lässt viel zurück auf engen Pfaden,
bei denen' s quält, viel Last zu tragen.

Du streifst sie ab, die alte Zeiten,
die Menschen, Güter, Kostbarkeiten.
Der Last zuviel, in Felsenspalten,
kann Gang verwehr'n, dort fest dich halten,
wo lange Rast könnt' tödlich sein,
wo keiner hilft, weil du allein.
Du wärst dann jener, der nicht fand
ins vielgepriesene, neue Land.

Und ist's auch bitter, arm zu reisen,
das Leben wird gestreng dich weisen.
Vertrau, wenngleich du hast verloren,
du weißt, nur nackt wird neu geboren.
Sie werden lachen, wenn du wählst,
dich mühsam aus dem Alten schälst.
Du kriechst durchs Öhr, du wirst es sehen,
da fluchend sie vor Toren stehen.

Der du dem neuen Raum vertraust,
auf höheren Bergen Schlösser baust.
Der Koffer, war er einst fast leer,
hier bist du reich, brauchst ihn nicht mehr.

GETRAGEN

Kommt die Flut in großer Woge,
steht sie vor dir, dunkle Wand,
wähnst dich sterbend schon im Soge,
der dich spült durch Gischt und Sand.

Doch Trugbild ist die Angst und Not,
die Welle hebt, bringt nicht den Tod,
nicht dir zum Schaden tost sie her,
gibst du dich hin, ohn' Gegenwehr.

Wie leichtes Boot, dort auf den Wogen
wirst du behende hochgehoben,
liegst sanft auf Meeres Glitzer-Händen,
wo Sonnen-Götter Zeichen senden.

Die größte Angst ist mächtig Tor,
geht man hindurch, trägt sie empor.
Der sich in Mut den Fluten stellt,
hat seinen Weg ins Licht gewählt.

Nur in Vertrauen und im Wagen
wirst du von jener Kraft getragen,
die, wenn du weggibst eig'nen Willen,
dir wird die größte SEHNSUCHT stillen.

So wenn sie kommt, die große Woge
und steht sie vor dir, dunkle Wand,
vertrau dem ewigwährend Soge,
der sucht und hebt ins neue Land.

VERSORGUNG DER WUNDE

Es ist die Zeit, dir DANK zu sagen,
für alles, was du je getragen.
Tausend Tränen, Leid und Wunden,
in ungezählten schlimmen Stunden,
sind wahrlich nicht umsonst geschehen,
als Knospen magst sie wiedersehen.

Dein Herz geschlagen, voller Narben,
Lebensweg der dunklen Farben,
dein Kopf gesenkt, der Wille schwach,
doch sei getrost, dein Mut wird wach.
Denn in dem Schmerz der Dornenkronen
auch Königswürden immer wohnen.

Gezüchtigt wird stets edler Rücken,
den man bezwingen will im Drücken.
Gequält sind stets die lichten Seelen,
man will das Strahlen ihnen stehlen.
Bist du mit Himmeln eng verbunden,
hält man dich fern, schlägt tief dir Wunden.

Doch glaub mir, nichts war je vergebens,
du dienst dem Wachsen neuen Lebens.
Wie heilig Kraut verborgen sprießt,
der Welt du Lindern, Heilung bist.
Du bist in deinem lichten Wesen
den Menschen Vorbild und Genesen.

Du hast in deinem Kampf ums Leben
der Erde Würde eingegeben.
Du zeigst, dass all das Kämpfen, Ringen,
am Ende Auferstehung bringen.
Dein Mut ist es, die Menschlichkeit,
die Welt aus ihrem Leid befreit.

NARBEN

Dein Fuß wandelte über SCHERBEN,
glühende Kohlen waren dein Weg.
Deine Hand schloss die Augen der toten Mutter,
deine Lippen küssten Tränen fort
von Wangen deiner Kinder.

Dein Arme umfingen liebend die vielen im Leid,
deine Augen weinten unzählige Tränen
um den Schmerz der Erde.
Auf deinem Rücken gruben sich die Schläge ein,
dein Herz, von Wunden übersät,
schlägt mühsam nur.

Der Erinnerung dient es,
an ungezählte Stunden der tiefsten Qual.
In Scham verdeckst du Seelen-Pein vor anderen.
Doch siehe,
in deiner Narben SCHÖNHEIT,
kündest du von tausend Kämpfen,
die es zu überleben lohnte.

Tausend Mal reichst du die Hoffnung damit jenen,
die mit Händen, Armen, Füßen, Tränen,
nun um ihr eig'nes Leben kämpfen.
Dein Sein gibt ihnen HOFFNUNG,
weil sie erkennen,
dass man am Ende
ÜBERLEBT.

JÜNGSTES GERICHT

Ach, was war das ein langes Gewarte
auf Entscheidung und ewig Gericht,
dass alter Mann mit langem Barte
richtend durch die Wolken bricht.

Denn wenn die Welt den Sack zuschnürt,
den Menschen Richtspruch nun gebührt.
Es wird das Volk, das hier verweilt,
in Gut und Böse aufgeteilt.
In Höllen sollen manche fallen,
die andren in die Himmel wallen.

Doch nun kommt's anders als gedacht,
der Gott hat sich nen Spaß gemacht,
SELBER müssen Menschen wählen,
auf welche Seite sie sich stellen.

Den einen ist die Welt zuviel,
sie wählen Geistiges als Ziel,
aus Tand und Ballast woll'n sie flüchten,
mit netten Menschen ein sich's richten.

Die andern raffen letzte Reste
vom Mahl und feiern weiter Feste,
im Prassen ist es da egal,
wenn Beelzebub dort trifft die Wahl,
mit welchem Höfling, welchen Schranzen,
er letzten Walzer will nun tanzen.

TRAUM

Niemals ganz bist du getrennt
von himmlisch wunderbarem Land,
wo man dich bei dem Namen kennt,
von dort hat man dich ausgesandt.

Wie an einem SILBERFADEN,
dir verbunden bis ins Herz,
wirst in der Nacht du eingeladen,
heimzukommen, wolkenwärts.

Mögen viele es dir neiden,
dass du sprichst mit himmlisch Quellen,
sie können niemals weg dich schneiden
von Sternen-Heimat und dem Hellen.

Trachten sie auch, zu umfassen,
dich zu hindern und zu ziehen,
in Nächten müssen sie dich lassen,
wenn Traum mit dir ins All mag fliehen.

Sie können kerkern dir dein Denken,
sie können fesseln Leib und Fuß,
doch scheitern werden sie im Lenken,
wenn GEIST sich heimwärts wenden muss.

GEHEN LASSEN

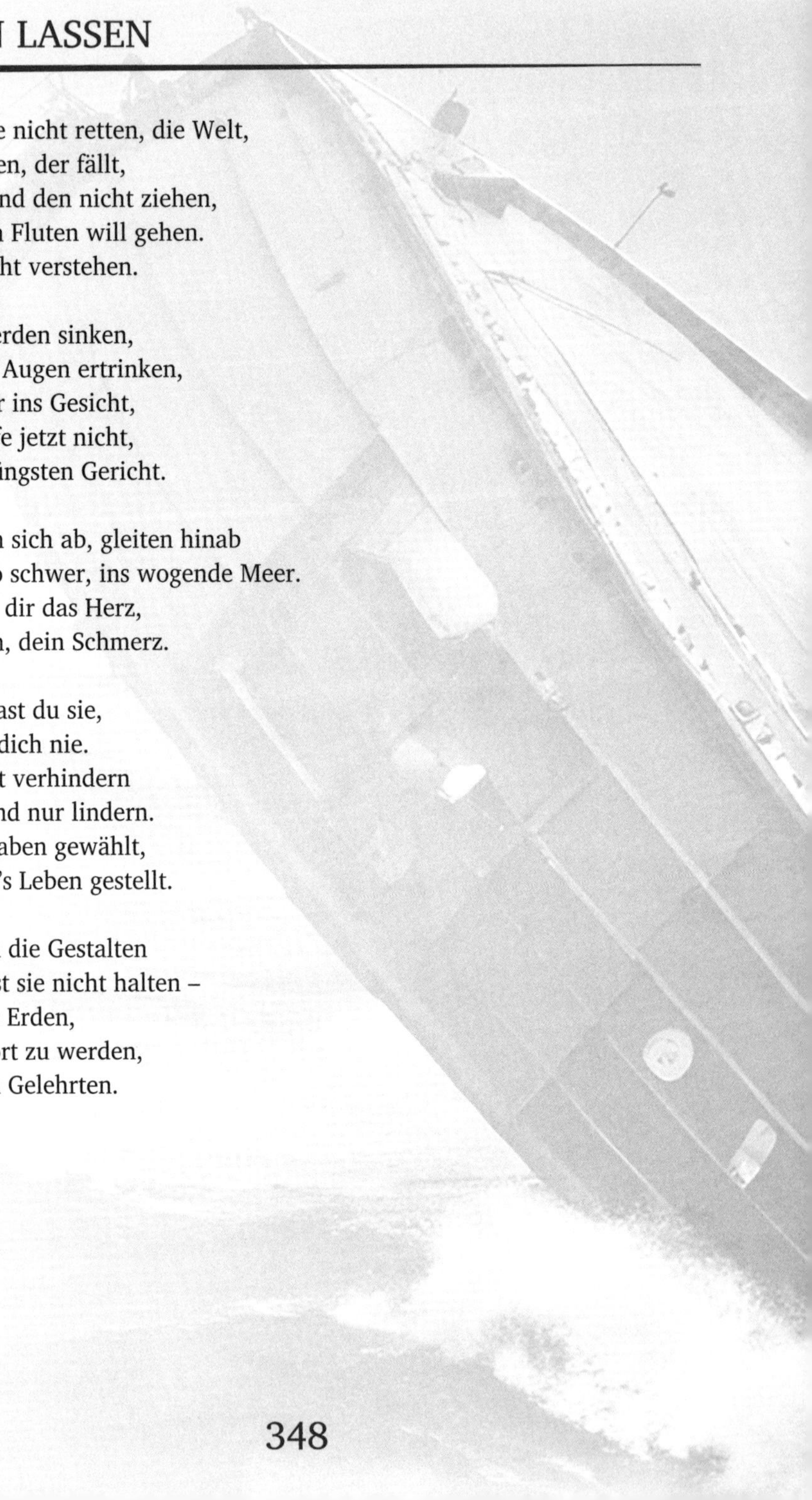

Du wirst sie nicht retten, die Welt,
du siehst den, der fällt,
wirst an Land den nicht ziehen,
der mit den Fluten will gehen.
Er wird nicht verstehen.

So viele werden sinken,
vor deinen Augen ertrinken,
spucken dir ins Gesicht,
wollen Hilfe jetzt nicht,
selbst im jüngsten Gericht.

Sie wenden sich ab, gleiten hinab
so träge, so schwer, ins wogende Meer.
Es zerreißt dir das Herz,
ihr Kentern, dein Schmerz.

Gewarnt hast du sie,
sie hörten dich nie.
Du wolltest verhindern
das Leid und nur lindern.
Doch sie haben gewählt,
sich gegen's Leben gestellt.

Nun zieh'n die Gestalten
– du kannst sie nicht halten –
auf andere Erden,
um neu dort zu werden,
bei andren Gelehrten.

HAUSVERSTAND

„Tu dies, tu das!“ hallt’s in dein Ohr,
wie in der Anstalt kommt’s Dir vor.
Der Ratschläg’ viele, Tipps und Normen,
umschlingen dich, um dich zu formen.

Es scheint, dass keiner es erkennt,
dass Hirn und Geist dir eigen sind;
besser weiß es Kind, Chef, Mann,
nur deine Sicht kommt nicht recht an.

Mach Schotten dicht, wahr’ dir dein Glück,
aus Diskussion halt dich zurück,
stopp so Verwirrung durch die Chöre,
auf dass Tumult nicht weiter störe.

Denn eig’ner Geist weiß soviel mehr
als all das große, schnatternd Heer.
Schon immer eig’ner Hausverstand,
die Lösung meist viel schneller fand.

HÖFLINGE

Es gilt zu erkennen, was Ross ist, wer Reiter,
denn lernst du nicht prüfen, dann geht's munter weiter.
Oft jener, der vorturnt, es nicht gut mit dir meint,
auf's Glatteis dich führt, nur nach außen gut scheint.

Nur wenn deine Augen, wahrhaftig und klar,
erkennen, wer Freund oder Diebespakt war,
nur wenn du dich hütest vor Arglist, Betrug,
kannst wohl du dich schützen vor'm Bösen genug.

Sie werden dich täuschen mit glitzerndem Tand,
mit werbend Geschenken und güld'nem Gewand,
drum folge dem Schlichten, dem Hemde aus Linnen,
in einfachem Haus wird das Gute beginnen.

Wie lockend Versprechung, Versuchung so groß,
wer ihnen erliegt, wählt ungutes Los.
Die Täuschung kokett, die Lüge so bunt,
Verrat und Verlockung hat prächtigen Mund.

Bloßes Palaver der Blender meist bringt,
sein ehrloses Wort aus dem Munde bald stinkt.
So wende dich besser dem Schlichteren zu,
weil ehrliches Pferd hat die besseren Schuh'.

Erkenne alsbald unter seidenen Röcken,
die nackten Gesäße beim Höflinges Bücken,
meide die Masken, Perücken, Pomaden
und jene, die bücklings zum Tanze dich laden.

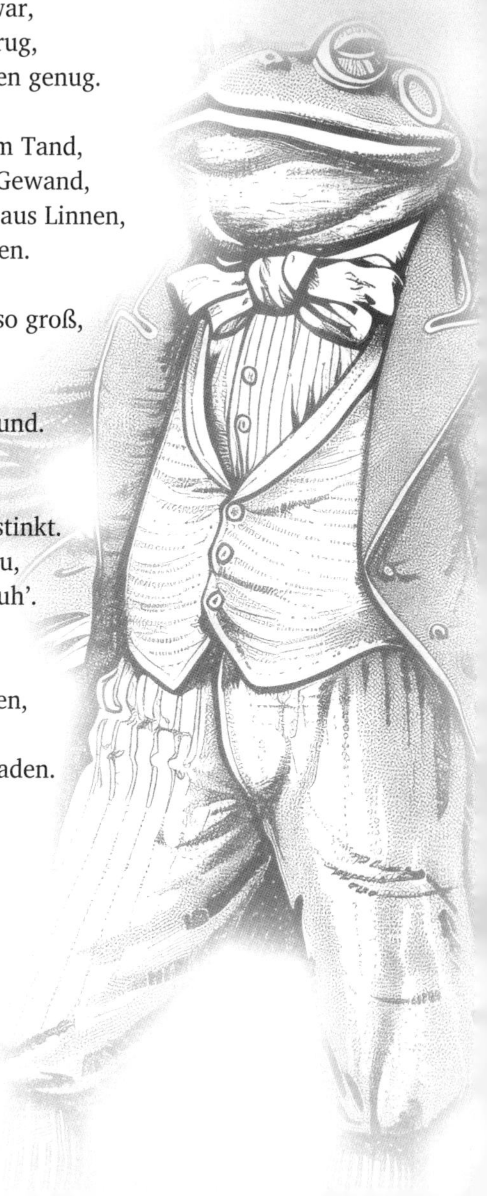

ZEIT-FRESSER

Zwischen Fingern rinnt sie weg,
tropft in den Dreck,
versickert im Staub,
die ZEIT, sie wird taub.

Nicht zu fühlen, nicht zu fassen,
wir müssen sie lassen,
Stunde und Tag,
sie fallen ins Grab,
wo Vampire sie reißen,
die Zeiten verspeisen.

Es sind deren Bräuche,
sich zu stopfen die Bäuche
mit Herzschlag und Leben,
menschlich Stunden-Geweben,
die sie erfüllen.
Sie selbst sind nur Hüllen,
gierig nach Speisen,
die wie Beute sie reißen.

Sie fressen die Zeit,
es ist bald soweit,
sie zwar ihnen zu geben,
aber dennoch zu leben,
ohne Zeit, ohne Raum,
in Geist und im Traum.

Dort braucht's keine Stunden,
wir sind zeitlos verbunden.
Wir werden nicht schwanken,
im GROSSEN GEDANKEN,
denn es gibt keinen Tod,
zeitlos ist GOTT.

UNERWARTETE WENDUNG

Ihr zeiget mit Fingern, auf das, was da schwach,
ihr spottet bis heute, seid noch immer nicht wach.
Ihr tretet mit Füßen, was winzig sich krümmt,
doch, seid auf der Hut, weil es Wendung bald nimmt.

Das Kleine ist Anfang, von niemand gesehen,
und doch wird es wachsen, als Riese bald stehen.
Einst winzig, wie Staub und wie windender Wurm,
wird's mächtig alsbald und steht wie ein Turm.

's ist Tarnung des Recken, – er kommt stets verborgen–,
nicht sehen sollst du, um vor dich zu sorgen.
Der Letzte wird Erster, so steht es geschrieben,
die Großen von einst, dann vom Sturme vertrieben.

Drum spotte nicht derer, die schwach dort im Kleinen,
wie untauglich Kämpfer zunächst dir erscheinen.
Sie sind es, die dort bei dem endzeitlich Treiben
aus Rümpfen trojanischer Pferde bald steigen.

SCHLUSS-STEIN

Drängen tut's Leben dich höher hinauf,
in ständigen Runden, spiraligem Lauf.
Die Mauern so eng, schnür'n sich um dein Leben,
um dich so bedrängend noch höher zu heben.

Man zeigt mit dem Finger, drückt dich an die Wand,
dein Blick dort treppauf, in die Höhe so fand.
Sie engen dich ein, mit ihrem Umringen,
der wachsende Druck wird noch höher dich zwingen.

Allein hätt'st du niemals den Gipfel erklommen,
hätt' Feindschaft von unten dir nicht Rückweg genommen.
So werden die Letzten die Ersten einst sein
und setzen, hoch oben, den schließenden Stein.

Wenn KRÖNEND auf Türmen sie Fackeln entzünden,
dämonische Kräfte ihr Ende nun finden,
denn die war'n geboren, 's hat niemand gedacht,
dass Letzter, durch Druck, wird zum Höchsten gemacht.

So erfüllt sich die Botschaft, wie vor Tausenden Jahr',
wo schon einmal ein heiliges Leuchten dort war,
wo Spitze erklommen von dem, der erwählt,
und sich Erde und Himmel im „Christus" vermählt.

GENUG

September 2024

Die letzten Jahre hinterlassen tiefe Spuren. Viele Menschen sind erschöpft und haben genug von all den Lügen, den Täuschungen, den Manipulationen in einer hochdestruktiven, geradezu degenerierten Gesellschaft. Ehemals Autoritäten wie Kirche, Staat, Wissenschaft, auf die die Menschen vertrauten, bröckeln wie alter Sandstein auseinander.

Lawinen von Informationen und unguten Meldungen rollen sich über uns aus, wie eine Decke aus Unrat und Müll. Das Laute, das Grelle, die schreiende Aufdringlichkeit, die Akkorde der falschen Töne und klebrigen Unwahrheiten, legen sich wie ein wuchernder Pilz auf unsere Wunden.

Und doch keimt Wundersames. In all den Wirrnissen entsteht Sehnsucht, die Sehnsucht nach einer Heimat, dem Ort, wo es sich wieder Atem schöpfen lässt. Dort saugt man die reine Luft wie lindernde Medizin in sich auf. Sanfte Stille durchflutet unsere Ohren, die sich krank und erschöpft gehört haben, friedliche Bilder strömen in unser grau-gesehenes Auge. Es ist jener Ort, wo man nach getaner harter Arbeit seine schlammigen Stiefel in die Ecke stellen, die verschmutzte Jacke an den Haken hängen kann und mit Wasser und Seife den Körper liebevoll von seinen klebrigen Krusten befreit.

Diese große Sehnsucht nach Reinigung, nach Klarheit und Wahrheit wird wachsen wie eine Pflanze, die sich durch die Erdkrume bricht und dem Licht entgegenstreckt.

Dort, wo alle Dinge ihren rechten Platz haben und niemand die Ordnung des Friedens mehr stört, kann die Seele ausruhen nach einer unsäglichen Zeit der Anstrengung.